国家出版基金项目
NATIONAL PUBLICATION FOUNDATION

古代西南少數民族漢語詩文集叢刊·回族與土家族卷

總主編 徐希平
分卷主編 孫紀文
分卷副主編 王猛 楊學娟 丁志軍

答猿詩草

〔清〕陳汝燮 撰
丁志軍 整理

瑣篪前集

〔清〕陳宸 撰
丁志軍 整理

巴蜀書社

圖書在版編目(CIP)數據

答猿詩草/(清)陳汝燮撰;丁志軍整理. 塤篪前集/(清)陳宸撰;丁志軍整理. —成都:巴蜀書社,2024. 12. —(古代西南少數民族漢語詩文集叢刊·回族與土家族卷/徐希平總主編;孫紀文分卷主編).
—ISBN 978－7－5531－2305－9

Ⅰ. I222. 749

中國國家版本館 CIP 數據核字第 20245HS399 號

DAYUAN SHICAO
答猿詩草
(清)陳汝燮　撰
丁志軍　整理

XUNCHI QIANJI
塤篪前集
(清)陳　宸　撰
丁志軍　整理

策劃編輯　張照華
責任編輯　張照華　張紅義　白亞輝
責任印製　谷雨婷　田東洋
封面設計　木之雨
出　　版　巴蜀書社
(成都市錦江區三色路 238 號新華之星 A 座 36 樓
郵編區號 610023)
總編室電話:(028)86361843
網　　址　http://www. bsbook. com
發行科電話:(028)86361856
經　　銷　新華書店
照　　排　成都木之雨文化傳播有限公司
印　　刷　四川宏豐印務有限公司(028)84622418　13689082673
成品尺寸　170mm×240mm
印　　張　27. 75
字　　數　360 千
版　　次　2024 年 12 月第 1 版
印　　次　2024 年 12 月第 1 次印刷
書　　號　ISBN 978－7－5531－2305－9
定　　價　200. 00 元

古代西南少數民族漢語詩文集叢刊

回族與土家族卷主編

孫紀文

回族與土家族卷副主編

王　猛　楊學娟　丁志軍

回族與土家族卷編委會（參與整理人員）

孫紀文　王　猛　楊學娟　丁志軍　李小鳳　左志南　梁俊杰　彭容豐

凡例

一、整理工作主要包括標點、校勘、輯佚、補遺等方面，除特殊情形需要説明外，一般不作注釋。部分詩文集於正文後增列附録，以利研究。

二、整理後的各集一般沿用原書名及原有編輯體例。有多個子集而無全集者，由整理者根據通行原則命名和編排；集名、體例不明者，由整理者確定體例，并根據通行原則重新命名。

三、各卷依據詩文集篇卷多寡確立分册。篇卷多者，可分多册；篇卷少者，可多人合册。

四、叢書統一采用繁體豎排，新式標點。

五、校勘工作主要對底本中的訛、脱、衍、倒作正、補、删、乙。校記置於篇末，記録异文及校改依據，一般不作考證，力求簡明。

六、俗體字、舊字形及顯見的刻抄錯誤，徑改而不出校。常見异體字不作改動，極生僻的异體字改爲規範字，必要時出校記予以説明。

古代西南少數民族漢語詩文成就及其意義（代序）

中國文學歷史悠久，少數民族文學同樣源遠流長。少數民族文學既有母語文學作品，又有大量的漢語文學作品，都是中華文學的寶貴遺産。早期的少數民族漢語詩文作品，或是少數民族作者直接用漢語創作，或是以本民族語言創作而翻譯成漢語并得以流傳。

中國西南地區族别衆多，少數民族文學成就巨大，但較少爲外界所知，這與其實際成就極不相符。抗戰時期，聞一多先生在參加湘黔滇旅行團指導采風活動時，尤其是在欣賞彝族舞蹈後認爲：『從那些民族歌謡中看出了中華民族的强旺生命活力，這種大有可爲的潛力還保存在當今少數民族之中。』爲此，他曾計劃寫一篇文章，標題下注明了發人深思的要點——『不要忘記西南少數民族』[一]，作出中國文學的希望在西南的判斷。其後，學界日漸重視西南民族文學和文化的研究，成果豐碩。

[一] 鄭臨川：《聞一多先生的中華民族文學觀》，《西南民族學院學報》二〇〇〇年第五期。

早在漢代，西南地區就與中原交往密切，武帝時期開發西南夷，司馬相如爲此積極奔走。蜀郡守文翁在四川開辦學校，以儒家思想教化百姓。漢唐時期，西南地區文學進入中華文學視野，且占有重要地位，所謂『蜀之人無聞則已，聞則傑出』。司馬相如、揚雄、王褒皆爲漢賦大家，陳子昂開闢唐詩健康發展之路，『繡口一吐，便是半個盛唐』的詩仙李白將詩歌帶到盛唐的頂峰。在這個大背景下，西南地區少數民族詩文創作也同樣被載入史册。東漢時期古羌人著名的《白狼歌》堪稱少數民族詩文最早的代表。據《後漢書·南蠻西南夷列傳》記載，東漢明帝永平（五八—七五）年間，居住在筰都一帶的『白狼、盤木、唐菆等百餘國，户百三十餘萬，口六百萬以上，舉種貢奉』，成爲祖國大家庭的一員。在與東漢王朝的交往中，少數古羌部落的首領創作了一些詩歌作品。其中，被譯爲漢文并傳至今日的就有著名的《白狼歌》（包含《遠夷樂德歌》《遠夷慕德歌》《遠夷懷德歌》），成爲中華民族團結、文化交融的經典之作。詩歌之外，還有少量散文作品，如三國蜀漢名臣姜維的書表，也可以視爲西南羌人的漢語創作。

我國西南本來就是多民族地區，氐、羌、藏、漢文化交流源遠流長。二十世紀八十年代初，馬學良主編《中國少數民族文學作品選》，全書共五個分册，共收入五十五個少數民族古今民間文學和文人文學作品六百餘篇，是新中國首部少數民族文學總集，影響深遠。其書序中寫道：

『回族、滿族、白族、納西族等，也早已產生了本民族的用漢文寫成的作家文學。』〔二〕其中南詔著名詩人楊奇鯤的《途中詩》，是該書所收録的最早的作家文學作品。該詩收録於《全唐詩》。楊奇鯤還有另一首題作《岩嵌緑玉》的詩，收録於《滇南詩略》。

除楊奇鯤外，南詔國王驃信作的《星回節游避風臺與清平官賦》和朝廷清平官趙叔達《星回節避風臺驃信命賦》二詩不僅韻律和諧，且頗近於隋唐王朝君臣同賦或大臣應制之作。兩詩與稍後的大長和國布燮（宰相）《聽妓洞雲歌》等呈現出西南地區烏蠻族漢語詩文創作之盛。此數詩亦皆被《全唐詩》收録。

據《舊唐書·吐蕃傳》載，貞觀十五年（六四一），松贊干布向唐太宗請求聯姻，文成公主出嫁吐蕃，吐蕃開始『釋氈裘，襲紈綺，漸慕華風；仍遣酋豪子弟，請入國學以習詩書』，又請唐朝『識文之人典其表疏』，漢藏交流十分密切。唐中宗時，吐蕃又遣其大臣尚贊吐、名悉獵等來迎娶金城公主。名悉獵漢學造詣頗高，《舊唐書·吐蕃傳》説他『頗曉書記』，『當時朝廷皆稱其才辯』，皇帝還給與特殊禮遇，『引入内宴，與語，甚禮之，賜紫袍金帶及魚袋』等。特别值得一提的是，他還參與中宗和大臣之間的游戲及詩歌聯句等文字娱樂活動。景龍四年（七一〇）正月五日，中宗移仗蓬萊宫，御大明殿，會吐蕃騎馬之戲，因重爲柏梁體聯句，當

〔二〕馬學良主編：《中國少數民族文學作品選》，上海文藝出版社，一九八一年，第一頁。

君臣聯句將畢之時，名悉獵主動請求授筆，以漢語來了一個壓軸之句。其所作『玉醴由來獻壽觴』，不僅表意準確，而且合於格律、平仄、韻脚，相較前面唐朝漢臣所作毫不遜色，令衆人刮目相看[二]。其詩至今仍保存在《全唐詩》中[三]，留下了最早的古代藏族人漢語詩文創作的珍貴文獻記録，也成爲少數民族漢語詩文創作的典型史料。

晚唐五代時期，回族先民梓州詩人李珣、李舜絃兄妹，漢語詩文創作成就甚高。李珣著有《瓊瑶集》，雖已佚，但仍存詞五十四首。作爲少數民族詩人，李珣得以躋身《花間集》西蜀詞人群，十分耀眼。李舜絃作爲蜀主王衍昭儀，有《蜀宫應制》等詩。這些均顯示出西南地區民族文學漢語創作的成果。

宋遼金元時期，西南地區與各地少數民族漢語詩文創作都有了進一步發展。居住在四川成都的鮮卑族後裔宇文虚中及其族子宇文紹莊堪稱代表。宇文紹莊有《八陣圖》等詩傳世。西南大理國白蠻貴族的漢語修養很高，段福爲國王段興智叔父，創作有《春日白崖道中》等詩作，大理國亡時，曾奉元世祖命歸滇統領軍事。元末大理總管段功之妻阿蓋公主本爲蒙古族，所作《愁憤詩》書寫其與段功的愛情，情感真摯，是他們凄惻動人愛情悲劇的原始記載。

[二]（後晉）劉昫：《舊唐書》，上海古籍出版社，一九八六年，第六二七頁。

[三]（清）彭定求編：《全唐詩》，上海古籍出版社，一九八七年，上册，第二五頁。

明清時期，少數民族漢語詩文創作有了極大的發展，不僅作家數量倍增，而且有了大量的個人詩文集傳世。中國社會科學出版社二〇一四年出版的多洛肯《元明清少數民族漢語文創作詩文叙録》著録極爲翔實，大略統計古代西南地區各少數民族作家漢語文集上百家，雖然亡佚不少，但現存的也還有至少八十餘家，其中不乏一些在全國有較大影響的作家，還有許多屬於文學家族。如納西族木府土司木公、木增家族，木公有《隱園春興》《雪山庚子稿》《萬松吟卷》《玉湖遊録》等；雲南白族趙藩爲著名的『武侯祠攻心聯』作者，有《向湖村舍詩》（初、二、三集）；貴州布依族作家莫友芝被稱爲西南巨儒，有《莫友芝詩文集》等。但目前僅有少量的作家文集被整理過，大多數尚未整理，這極不利於對少數民族文學成就的認識、評價和深入研究。近年出版的一些大型叢書，如上海古籍出版社二〇一〇年出版的《清代詩文集彙編》（四千餘種），國家圖書館編、國家圖書館出版社二〇一七年出版的《清代詩文集珍本叢刊》（一千三百六十七種），收録清人别集數量十分可觀，但少數民族漢語詩文集數量有限。其中一個重要原因便是少數民族漢文資料總體上較爲零散，古代西南少數民族漢文别集尤其難覓，缺乏整理。因此，有必要對相關情況予以探討，以便於進一步的整理研究。

西南少數民族漢文文集文獻整理和研究，已取得一定成果，但總體而言，相關研究還是較爲薄弱。無論是稿本、抄本還是刻本，多未揭示和整理，散於各處，既不利於深入研究分析和總體評價，也不利於民族文獻的保護和傳承，需要整合力量，加大力度發掘整理、搶救保護。

西南地區的少數民族中，大約有白族、納西族、彝族、回族、土家族、布依族、侗族等九個民族有漢語詩文集，其中尤以白族、納西族、彝族和回族較多，其詩文集主要留存情况如下。古代白族作家現有二十四人近四十多部詩文別集存世，大概有近二百五十萬字的文學作品。納西族詩人及文集，明代主要是木府家族。首先是木公（總八百七十三首），其次爲木增，此外是木青，有《玉水清音》。清代則有楊竹廬、桑映斗等二十餘家納西族詩文集。彝族詩文集較多，主要有左正、左文臣、左文象、左嘉謨、左明理、左世瑞、左廷皋、左章照、左章曬、左熙俊等左氏詩文集，高光裕、高奣映、高厚德等高氏詩文集，余家駒、余珍、余昭、余一儀、余若瑔等余氏詩文集，還有魯大宗、禄洪、李雲程、安履貞、黄思永詩文集，等等。回族作家作品比較多，有沐昂、馬之龍等十餘家詩文集。土家族、羌族、布依族、苗族、侗族作家數量雖不多，但有的影響不小，如莫友芝、董湘琴等，都值得深入研究。此外還有少量少數民族作家文集已散佚，如前面提到的宋金時期的宇文虚中等。

西南各民族漢文別集文獻整理與研究具有十分重要的學術價值和深遠的現實意義。西南各少數民族伴隨着中華民族繁衍交融的足迹生生不息，豐富的少數民族文學不僅是中華民族文學寶庫中不可分割的一部分，更蘊藏着其歷經憂患却綿延堅韌、不失特色的生存密碼。西南地區各族文學不僅與漢文學關係密切，而且各民族文學亦互相滲透和影響。如被譽爲明代著述第一人的四川著名詩人楊慎後半生基本居住於雲南，他不遺餘力地推薦、介紹木公等雲南作家，對西南民族地區文化交流傳播和漢語詩文創作起到了促進作用。由此也可以探討中華多民族文學相互影響和促進發展的過程與普遍規律，同時對各民族對漢語的巨大貢獻，以及漢語文包容多元文化、作爲多民族文化内涵載體的特性和凝聚各民族智慧結晶重要價值等也會有新的認識。中共中央辦公廳、國務院辦公廳於二〇一七年一月二十五日印發《關於實施中華優秀傳統文化傳承發展工程的意見》，指出文化是民族的血脉，特别提到要加强少數民族語言文字和經典文獻的保護和傳播，做好少數民族經典文獻和漢族經典文獻的互譯出版，實施中國民間文學大系出版等工作。因此，全方位清理整合西南各民族漢文别集文獻，對於民族文學史料學學科建設和民族文化保護工作，尤具有特殊的意義。這對增進世人認識瞭解豐富的民族文化與文學成就，搶救和保護民族文化資源，探索民族文學繁榮發展的有效途徑，促進中華民族團結與現代社會和諧發展，都具有十分重要的學術和應用價值。

有鑒於此，我們組織申報了《古代西南少數民族漢語詩文集叢刊》國家社科基金重大招標項目，并獲得立項。本課題首次對西南少數民族漢文文學文獻做了全面系統深入的爬梳、搜集和整理研究，展現其創作成就，説明少數民族文學創作與漢文學之間密不可分的内在聯繫和交叉影響，展示其對中華文化的突出貢獻，并以其依托漢文傳承文化的富有典型意義的綿延發展歷程，爲民族文化保護提供借鑒，也爲中國古代民族文獻整理和當代文學繁榮發展探索有效途徑。

課題目標主要是提供最爲全面的西南少數民族漢語詩文集，爲進一步研究奠定基礎，加深對『一帶一路』背景下南絲綢之路和茶馬古道區域内各民族文化交融的認識，發揮保護和搶救民族文化遺産的重大社會效益。

西南各民族文獻現存情況較爲複雜，各族别文集數量差异較大，極不平衡，文集版本也很混亂。除少量文集當代曾初步整理之外，大多僅存清代或民國刻本，還有一些爲稿本和手抄本，大多不爲外界所知，主要散見於西南地區各圖書館和私人手中。同時，各家文集普遍存在作品收録不全的情況。課題涉及面廣，困難不少。别集的普查，作品的輯佚、校勘，部分古代作家族别歸屬的認定，文字的考訂等，都是課題難點所在。對於各種學術争論歧説，我們本着嚴謹的科學態度，不武斷，不盲從，盡力作實事求是的考辨，力求言之有據，推動學術進步。在此基礎上盡力做成最完善、最全面、集大成的西南少數民族漢語詩文文獻叢刊。

按照歷史區域文化概念，我們原則上搜集詩文的地域主要包括今四川、雲南、貴州、重慶和西藏五省區（不含廣西地區），時間一般爲清末以前，作者身份判别根據出生地、籍貫、歷史淵源、習慣定勢等因素進行綜合考量。每種文集皆校勘標點，并附簡短的叙録。根據各族文集存佚數量情況分爲白族卷，納西族卷，彝族卷，回族與土家族卷，羌族、苗族、布依族、侗族及其他各族卷等五個分卷，分别由西北民族大學多洛肯教授，麗江師範高等專科學校楊林軍教授，西南民族大學曾明、孫紀文、王菊教授擔任子課題負責人。湖北民族大學文學與傳媒學院丁志軍博士除承擔土家族相關詩文集的搜集整理工作外，還參與了點校凡例的起草與修訂。寧夏大學和西南民族大學古代文學、古典文獻學專業的部分教師和碩、博士研究生也參與了課題研究。巴蜀書社張照華先生自課題開題即全程參與，認真審讀書稿，提出許多建設性意見。中國社會科學院學部委員、文學研究所所長劉躍進研究員，國家圖書館原館長詹福瑞教授，《民族文學研究》原主編湯曉青研究員，中國社會科學院民族學與人類學研究所聶鴻音研究員，教育部『長江學者』特聘教授、西北大學李浩教授，教育部『長江學者』特聘教授、北京大學廖可斌教授，西華師範大學伏俊璉教授，福建師範大學郭丹教授，四川師範大學趙義山教授等著名學者給予本課題精心指導和熱情鼓勵。在此謹對付出辛勞和提供支持與幫助的所有朋友致以最誠摯的謝意。

由於各種主客觀條件所限，本課題難免存在一些不足，版本的選擇及文字的校勘等也不盡如人意，希望能够得到專家的批評指正。

徐希平

二〇二〇年十月三十一日於西南民族大學武侯校區宿舍

分卷前言

二〇一七年，由徐希平先生主持申報的課題《古代西南少數民族漢語詩文集叢刊》獲批國家社科基金重大項目。項目的獲批對於古代少數民族文學研究而言，無疑起到了非常重要的支撑作用。本人忝爲子課題《古代西南少數民族漢語詩文集叢刊·回族與土家族卷》的負責人，深感責任大、任務重，故與課題組的各位老師齊心合力，共謀課題研究之路徑，力求早日出成果。如今在巴蜀書社的鼎力支持下，相關的研究成果會陸續出版，欣喜之餘，就這兩個民族詩文創作的風貌略作交代。

在中華民族多元一體的歷史文化進程中，有着兼收并蓄之胸襟的各少數民族作家創造了既屬於自己民族、又屬於中華民族大家庭的燦爛文學。遠離政治文化中心的西南地區，也以其獨特的地域風貌滋養着一批批卓有成就的回族文人和土家族文人。他們的創作既表現出與中國古代『詩騷』『風骨』等文學與文化精神相融通的思想旨趣，又呈現出鮮明的地域特色和獨特的藝術審美風貌。

古代西南地區的回族詩文創作，可謂善於把握中國古代文學發展的歷史脉絡，不斷吸收漢語詩文創作的經驗，涌現出一些名家名作。早在五代時期，回族先民李珣便以自己不凡的創作成就，獲得了很高的文學聲望。李珣，字德潤，著有《瓊瑶集》，惜已散佚，王國維編成輯本《瓊瑶集》，録李珣詞五十四首。李珣被列入『花間詞人』之中，他的富有娛樂性質的小詞被前蜀後主所賞，作品被詞家相互傳誦。李珣之妹李舜絃是五代時期爲數不多的會作詩的嬪妃之一，也是有記載的中國第一位回族女詩人，惜其作品大多失傳，今僅存詩四首。經過宋元兩朝的發展，回族文人逐漸融入中華文化之中，尤其是到了明代，回族作家也都熱衷於成爲儒家文人，故而，明代回族文學也迅速發展。同時，由於文教的日益成熟，西南地區涌現出一批風流儒雅的回族文人，如沐昂、孫繼魯、馬繼龍、閃繼迪等人。沐昂，字景高，作爲明代前期雲南政壇上的領軍人物，其所取得的政治成績是顯著的。而作爲一位文人，他剛健、曠達的作品風格則十分引人注目。不論是抒發理想抱負、針砭時弊、關注百姓生活，還是描寫自然風光、與人交游唱和，都表現出其高潔的人格、豪邁的氣度與曠放的情韻。有《素軒集》行世。沐昂作爲雲南地區重要的文學領袖，主持編纂的《滄海遺珠》，收録大量與雲南有關的文人作品，可謂是明代文學的一顆明珠，對保存西南地區的文人創作風貌具有十分重要的意義。孫繼魯，字道甫，號松山，《滇中瑣記》評曰『觀其詩文，大都雄古道勁，適尚其爲人』，著有《破碗集》《松山文集》，惜已散佚。馬繼龍，字雲卿，號梅樵，著有《梅樵集》，已佚，《滇南詩略》録其詩六十八首。閃繼迪，字允修，著有《雨岑園秋興》《吴越吟草》，均已佚，《滇南詩略》存録其詩六十餘首。他的詩歌多有懷才不遇之慨，詩作格調較高。閃繼迪之子閃仲儼、閃仲侗均有詩名。閃仲侗，字士覺，號知願，著有《鶴和篇》等。清代是回族文學的繁榮時期。清代日益濃厚的爲學爲文風氣也影響到回族文人，這一時期的回族文學與整個文學發展的大潮流密切相隨，即便是在西南地區，也不乏著名的回族文人。孫鵬是孫繼魯六世孫，字乘九、圖南、鐵山，號南村。他的詩作着重意象描寫，意境開闊，想象奇特，多寫山水田園，展現西南地區特有的自然風光，詩風清新明快。李根源在《刊南村詩集序》中評曰：『英辭浩氣，磊落出群，有不可一世之概。』『氣韻格律，宗法盛唐，間摹漢魏，歸宿子美，昌黎爲近。』孫鵬的散文創作也十分出色，論説文見解獨到，議論不凡，叙事寫人則娓娓道來，情感真摯。《雲南叢書》收其《少華集》《錦川集》《松韶集》，合稱《南村詩集》。馬汝爲，字宣臣，號悔齋，以綿遠醇厚的詩風享譽詩壇，他的散文清麗纖綿，頗具駢儷色彩，有《馬悔齋先生遺集》行世。李若虚，字實夫，他的詞作在清代詞壇中獨具特色。他以卓越的藝術表現手法，爲後人留下了許多真實再現西南邊疆和藏地風貌的獨特作品，有《實夫詩存》和《海棠巢詞》行世。馬之龍，字子雲，號雪樓，他的詩歌簡峭入古，樂觀豪邁，多紀游山水，有《雪樓詩鈔》傳世。沙琛，字獻如，號雪湖，又號點蒼山人。他爲官期間，頗有惠政，審理重案時得罪上司，獲罪戍邊，因萬民請命，感動皇帝，得以奉親歸里。家鄉滇西北旖旎的自然風光成爲他寄情物外的環境依托，多紀游山水、與人唱和之作。也正是這樣獨特的外部環境和其自身的性格特徵造就了他的詩歌多采用即景抒情、吞多吐少、欲放還收的藝術手法，具有高韻逸氣和幽潔之思，有《點蒼山人詩鈔》行世。除此之外，古代西南地區還有許多回族文人，因他們的作品傳世較少，而不被世人獲悉。如馬玉麟所著《静觀堂稿》，已佚；馬鳴鸞所著《密齋詩稿》也下落不明；賽嶼著作繁多，有《夢鼇山人詩古文集》等，可惜這些作品大多已失傳，現在衹能在《石屏州志》等方志文獻中看到他的遺詩遺文。

古代西南地區的土家族詩文創作，可謂善於借鑒歷代漢語詩文創作的成就，不斷豐富創作内容。土家族主要聚居於渝東南、黔東北、鄂西南、湘西北的廣大地區，其中渝東南、黔東北屬於西南地區。這一地區，歷史上曾長期由土司統治，冉氏、陳氏、楊氏、馬氏和田氏是這一區域的土家族土司代表。改土歸流以前，由於統治者要求土司繼承人必須入學接受漢文化教育，以及土司自身對漢文化的嚮往，一些土司家族開始形成前後相繼的家族文人群體。這個群體普遍有較高的漢文化修養，具備用漢語文進行書面文學創作的能力。渝東南土家族漢語詩文的興盛，實肇端於土司文人的創作實踐。根據現存的文獻記載，大約在明代中期以後，以酉陽爲中心的冉氏土司家族，開始出現能文善詩的文人，先後有冉雲、冉舜臣、冉儀、冉元、冉御龍、冉天育、冉奇鑣、冉永沛、冉永涵等文人從事漢語詩文創作。其中曾經結集流傳的有冉天育的《詹詹言集》、冉奇鑣的《玉樓詩卷》和《擁翠軒詩集》、冉永涵的《蟪蛄聲集》，今俱不存。清代改土歸流以後，酉陽設直隸州，轄酉陽、黔江、彭水、秀山諸縣，酉陽冉氏土司雖不復存在，但冉氏家族的進一步繁衍，使得家族文脉得以延續，涌現出更多優秀文人，且多有詩文集刊刻傳播。如冉廣燏有《寓庸堂文稿》《二柳山房雜著》等；冉廣鯉有詩集《信口笛吟草》；冉正維有《老樹山房文集》《醒齋詩文稿》；冉瑞嵩著有《大酉山房集》；冉瑞岱著述甚富，有《二酉山房隨筆》等；冉崇文爲清末酉陽冉氏文人中最有成就者，著有《二酉山房詩鈔》等；冉崇煃有《雨亭詩草》；冉崇治有《容膝軒詩集》。以上所列詩文集今俱未見，但部分詩作由馮世瀛選入《二酉英華》。改土歸流之後，官學教育和科舉考試的普遍推行，加之冉氏與陳氏、馮氏、田氏等家族互通婚姻，使得這一時期的土家族詩人群體更加龐大。如陳氏家族有陳序禮、陳序樂、陳序川、陳汝燮（原名陳序初）、陳宸（原名陳序遹）、陳景星等代表人物，他們皆有詩集，其中陳汝燮《答猿詩草》，陳景星《疊岫樓詩草》，陳宸、陳寬《酉陽陳氏塤篪集》，均存民國印本。田氏家族以田世醇、田經畬爲代表，前者有《卧雲小草》等，後者亦有詩集，惜未見傳本。馮氏家族以馮世熙、馮世瀛、馮文願爲代表，其中馮世瀛爲酉陽名儒，是清代後期在經學、文學上均有很高成就的土家族文人，有詩集《候蟲吟草》，今存同治刻本。此外，土家族名醫程其芝有《雲水游詩草》存世。石柱馬氏土司家族中，能詩善文者亦復不少，但在漢語詩文的創作成就上要遜色於酉陽冉氏，秦良玉、馬宗大以及土司舍人馬斗熸、馬湯等人是其中的代表人物。馬斗熸曾有《竹香齋詩集》結集傳播，後散佚，乾隆間流官王縈緒又輯録《竹香齋拾遺詩稿》傳世，今未見。改土歸流之後，石柱冉氏文脉亦得到傳承，有冉永燾、冉永燮、冉裕垕等代表，惜無別集流傳。秀山楊氏土司家族歷來多軍功卓著者，文人則不多見。改土歸流前，楊氏土司家族尚無在漢語詩文創作上有所成就者。乾嘉以降，平茶楊氏土司後裔、果勇侯楊芳及其子孫輩多文武兼擅，不但從事漢語詩文創作，而且多有作品集流傳。楊芳有《錫羨堂詩集》刊行，後其孫又輯有《楊勤勇公詩》；楊芳子楊承注有《楊鐵庵詩》；楊承注子楊恩柯有《陶庵遺詩》；楊恩桓有《卧游草》。《楊勤勇公詩》《陶庵遺詩》《卧游草》尚有抄本存世，《錫羨堂詩集》《楊鐵庵詩》今未見傳本。黔東北在明以前爲田氏土司所統治，因思州、思南土司在明初相攻仇殺，朝廷遂廢這一區域土司，置流官，建官學、興科舉。因此，明初以後的黔東北，實已無土司家族存在。這一地區的土家族漢語詩文發展，大約與渝東南同步，正德以後，涌現出田秋、安康、田谷、安孝忠、田慶遠、田茂穎、王藩、任思永、張敏文、張清理、張德徽等優秀作家，他們的作品曾結集行世，惜今未見傳本。

古代西南地區回族、土家族詩文之所以能持續發展，并能够在中國文學史上占有一席之地，很大的原因在於西南地區回族、土家族文人的文學創作既受到時代風氣的塑造，又受到地域文化的影響。同時，古代西南地區的回族、土家族文學也是與其他民族文學相交融的産物。西南地區是一個多民族地區，回族、土家族文人在與包括漢族在内的其他民族交往過程中，各學所長，形成了你中有我、我中有你的多元一體的文學格局。如回族詩人沙琛，在與白族文人師範、漢族文人錢澧、納西族文人桑映斗、回族文人馬之龍的交往唱和過程中，不論在詩歌創作風格、取材對象，還是主題内容等方面都相互影響。這就增加了回族文學的多民族因素，使得回族文學的内容更加豐富。

總而言之，古代西南地區的回族、土家族詩文以其鮮明的地域特徵和獨特的創作風貌爲後世研讀者所稱道。這些創作成就，不僅豐富了回族文學和土家族文學的内容，也爲建構更加完整的中國文學史添磚加瓦，頗有傳承價值。

需要説明的是，本卷内文留存了部分原作者對農民起義軍的蔑稱，這顯示了古人的歷史局限性，爲保持古籍原貌，此次整理不一一修改。

孫紀文

二〇二〇年十月二十五日於西南民族大學圖書館

目録

門人泠樹堂回江右義寧州省墓，瀕行，以詩送之……二八四
春樹……二八四
春草……二八四
彭邑徐璧齋茂材屬題山川小幀，棖觸舊遊，賦此……二八五
贈别樊茂材周卿……二八五
官梅鄰舍雜詩十四首……二八六

壎篪前集……二八九
叙録……二九一
伯兄子駿家傳……二九三
縱筆……二九七
勵志……二九七
即事……二九七
感賦……二九八
新畫牕漫題二十八字……二九八
二十四日大雨，詩以紀之……二九九

答猿詩草

〔清〕陳汝燮 撰

丁志軍 整理

叙録

陳汝燮（一八三一—一八九九）〔一〕，譜名序初，字達泉，别號答猿、酉洞老猿，酉陽板溪山陽人，優廪生。陳汝燮係陳氏入酉始祖陳忠之後。陳忠於明初入冉氏土司幕，以文行爲土司所賞識，後改姓冉氏，其族稱『下街冉』，與土司歷通婚配。乾隆初，陳氏呈請知州耿壽平，恢復陳姓。陳汝燮父陳繼珪早卒，母冉氏爲酉陽冉正簡之女，遺腹生汝燮，孀居養子成立。陳汝燮幼年即受學於酉陽名宿冉瑞岱，入泮後，屢應鄉闈不第，先後往還於貴州銅仁及四川成都、雅

〔一〕 陳汝燮的生年，文獻無確切記載，《酉陽陳氏族譜》載其『約生於一八三〇年前後』。另據《〔同治〕增修酉陽直隸州總志》卷十八載，陳母冉氏二十六歲生汝燮，至咸豐七年五十六歲，由此推知陳汝燮生於道光七年（一八二七）。又，陳汝燮《顧潛老八十壽詩七律二章》有自注云：『時賤年六十有四。』按顧潛老即顧復初，據朱鑒成爲顧復初所作《樂餘静廉齋詩稿序》，顧復初生於嘉慶二十年（一八一五），則可推知陳詩當作於光緒二十年（一八九四），并推知陳汝燮生於道光十一年（一八三一）。今姑依陳汝燮自述，其確切生年則有待進一步考察。

州、遂州、劍州、崇慶州等地，或謀食，或遊歷，在家則以充塾師爲業。晚年返酉，曾主二酉書院講席。適劍川趙藩任酉陽知州，對陳汝燮甚爲敬重，并委以保甲局務，閑暇時則以詩相酬唱。汝燮有《答猿詩草》八卷、《答猿楹聯》一卷。

據陳汝燮自述，其於三十五歲時方學爲詩，王大章在《答猿詩集弁言》中叙及，陳汝燮詩歌創作『殫六七十年苦工』，殆非事實。然而，陳汝燮向有詩癖，嗜詩如命，勤於創作，且轉益多師，因而詩歌造詣深厚，却是不争的事實。陳汝燮一生雖然大部分時間都生活在巴蜀，得到的『江山之助』不算多，但他詩思敏捷，在日常生活中，身邊的景物人事，均能激發他的創作欲望。『誰料晴窗開不得，亂山圍住要新詩。』（《書樓秋望》其二）『我不作詩久，無心又得詩。若問詩來處，詩人自不知。』（《得詩》）『讀書蠶食葉，作詩蠶吐絲。有絲欲勿吐，感觸難自持。』（《學詩》）説明他的詩歌創作行爲已處於一種高度自覺甚至不吐不快的狀態。此外，陳汝燮耽於苦吟，慣於推敲錘煉。『一字一句吟難就，微聲擁鼻雙眉皺。升天入地仗心兵，捕得詩來如捕寇。』（《苦吟行》）『苦吟有味如佳茗，春夢無痕笑落花。』（《清閑》）『句費爐錘韻費押，慣銜拇指咬其甲。』（《咬甲行》）詩人在詩中屢屢記録自己的創作狀態，甚至作出『我詩孟東野』的自我評價，無不彰顯其『苦吟』本色。

陳景星謂其詩『合韓孟元白爲一手，沈博幽香，愈咀而味愈出』（《答猿詩草・序》），王大章謂其詩兼擅衆長，『杜子美抑鬱悲壯，韓昌黎妥貼排傲，黄涪翁凝重深穩，王介甫突兀折旋，皆兼而賅之』（《答猿詩集弁言》），對陳汝燮的詩歌創作成就給予了高度評價。陳汝燮詩作題材廣泛，涉及人生感慨、時局關懷、弔古傷今、寄情山水、酬唱贈答、懷鄉思親等。初學詩歌的陳汝燮，性情豪放如李白，氣勢排傲似韓愈，至後期則詩律漸細，每與杜詩有神會之處。

《答猿詩草》本爲陳汝燮親編，但生前未及刊行。『三百首詩存草稿，自家分體手親編。』（《家居偶作四首》其四），此詩在集中編於同治十年（一八七一），正是陳汝燮自稱學詩之年，説明詩人自學詩之時起，就非常留意整理自己的作品，且最初是分體編輯的。『閑編詩稿巴兼蜀，静聽書聲子又孫』（《倦遊》其二），陳汝燮於晚年自成都返酉里居，在課讀子孫的同時，仍然筆耕不輟，自編詩集。

然而，據王大章所撰《弁言》稱，詩人去世後，該集正副本分别由趙藩、陳景星携去，且陳景星曾於民國元年（一九一二）校訂詩稿并爲之作序，擬付梓而未果。趙、陳二人所得詩稿，當爲詩人自編之集。陳汝燮長子陳颙光後又搜集遺佚，重加釐定，從侄陳值光於民國二十一年（一九三二）出資排印行世。該本今未見收藏。今人酉陽陳夢昭原藏有鈔本一部，一九八六年《川東南民族資料彙編》據以排印。此鈔本未知係據何本而來，但從編輯的拚合補綴痕迹來看，此鈔本已非詩人自編詩稿原貌，或即陳颙光重編排印的版本。陳夢昭逝世後，所藏鈔本亦難覓蹤迹。鑒於該集可得者惟《彙編》本而已，今即以此爲底本進行整理。《彙編》本係簡體排印，而此次整理須用繁體豎排，因此整理者在進行繁體轉録時，統一采用通用規範字。陳汝燮詩歌創作的高峰期在清光緒年間，時代較晚，《〔同治〕增修酉陽直隸州總志》《二酉英華》《國朝全蜀詩鈔》均未收録其作品，未有可供比勘的版本。因此，整理者在點校中，除對顯誤處予以校正外，對其餘可能存在差錯之處，僅用理校提出疑義，以供讀者參考。底本中的作品夾注，除詩人的自注外，尚有少量抄録者的批校，爲免與作者自注混淆，同時便於研究者利用，今統一將自注以外的注文移至『校記』中予以呈現和説明。此外，集中尚附存了相當數量的同人唱和之作，是古代詩集編輯之常例，這些作品已成爲詩集的構成部分，因此，此次整理也將這些作品納入點校的範圍。

由於底本自身的特殊性，以及整理者學識所限，點校過程中的差錯在所不免，懇請方家不吝指正。

丁志軍

二〇二一年四月二十日於湖北民族大學之修遠樓

答猿詩集弁言

酉陽山川旁魄，才雋代興，雪樵、孝端先師以經術顯，石耘、右之、小石三先生以才華勝，子京、子駿以詞章聞，燕士、榕庵、簡延又以古文擅場。諸子皆能詩，詩皆秀出，然未嘗以之名家也。其專以詩名家，獨步當時，爲法奕世聲施，名望高挹群流者，以山陽平陳廣文答猿先生爲最著。先生淹貫略流，博極群書，孝友風節又蓋世無雙，故其發爲詩也，篤於志而細於律，能卓然獨樹一幟，以風世垂教於無窮，蓋其殫六七十年苦工，精力畢萃於斯，非偶然也。今讀其詩，無美不備，杜子美抑鬱悲壯，韓昌黎妥貼排傲，黄涪翁凝重深穩，王介甫突兀折旋，皆兼而賅之。富有千篇，復不苟一字，凡獨構之思，奇辟之境，皆有寢饋、有來歷。體物工細，聲光並茂。殆由平日積學爲詩，非臨時以詩爲學也。先生學既淵懿，性情復厚。太夫人遺腹生先生，先生年登花甲，太夫人神志猶强。先生且養且學，自幼至老，得專力讀書，不役志功利，以成純粹學者。君恒跬步不忘親，常拳拳於高堂之苦節，其悱惻纏綿之思，復旁皇周浹於階庭，烏衣、門墻、薪鉢，情之所鍾，無斯須去於懷，至形諸長言永歌不能忘。讀其詩，又可見其人矣。《百尺樓》云：『一峰如筆塔作毫，毫尖直上摩雲霄。欲持此筆寫奇句，平鋪大紙青天高。』《騎龍庵醉歌》云：『仰天邀月月到門，月落杯底憑人吞。古今只此一丸月，吞盡如何月尚白。以杯灌月入腹中，照我肝膽共澄徹，陰私一點容不得。』〔一〕《靜夜》云：『斗室光陰貧賤里，萬方憂樂寂寥中。』又句云：『人似神仙天半坐，萬山低首聽吟聲。』《破硯》云：『洗滌何須瞞缺處，磨研到底有穿時。』《亂後還家》云：『一語傷心提不得，兒身已作再生看。』此類至性詩甚多。其豪邁處，幾奪供奉之席矣，信乎爲二西詩學之冠也。遺稿正、副本曾爲劍川師、陳笑山先後携去，擬付梓，俱未果。二西文學極盛一時〔二〕，無世其家者，惟先生丈夫子菊餐茂材，博學清德，咸象其賢。先生於是乎無憾於修文矣！惟等身之事未行後而傳遠，菊餐亦思廣其楹藏以妥先靈，限於力，弗克刊行，惟從舊日門録中輾轉搜集，得詩八卷，楹帖一卷。菊餐從弟協民懼歲久佚逸，毅然起而肩厥任，獨力雇傭手民〔三〕，用新法排印，以廣其傳。輕財好義，慰世父之覃顧，紹家學之芬芳，並使後之學詩者得其津梁，不失矩矱〔四〕，則先生之殘膏剩馥沾溉無窮，而風教之維繫於人心者，亦深且長。是協民守先待後之功又烏可没哉！協民爲竹間仲子，竹間篤行君子，先生曾愛若惠連。今有此令器，表章家法，九京可作。塤奏天顯之曲，篪念鞠子之情，是將與永嘉堂聯吟佳話共有千秋也。

民國二十一年，歲在玄黓涒灘且月中，沐邑後學王大章再拜題專

【校記】

〔一〕此詩集中題作《六月十四夜，醉侯小亭邀飲於香山故宅，適寅岩入座，以背月牛飲爲耻，遂移樽至騎龍庵外，席地盡醉。旋上半山，枕石卧，四更始歸，次日喧傳其事，作詩紀之》。所引詩句與集中所録文字有异。『仰天邀月月到門』，集中作『席地醉月月亦醉』。『以杯灌月』三句，集中無。

〔二〕『極盛』二字疑當互乙。

〔三〕『雇』，原誤作『顧』，據句意改。

〔四〕『隻』，疑當作『矱』。按：矩矱，即規矩，法度。

序

吾酉自改流後，乾嘉至今歷百六十年，人文蔚興，馮雪師以經學名海内，冉石雲、右之兩先生以詩古文辭流譽全蜀。而得其宗法，獨能自成一家者，則惟我答猿廣文。君少負異稟，文章淵雅，於學無所不窺，平生精力悉萃於詩。同治己巳識君於城南，接其言論豐采，和藹可親，每聆一二斷句，輒爲心折。嗣後南北分馳，不通問者四十年，迨余還鄉，君歸道山久矣。遇友人屢詢君遺稿，未嘗一日去懷〔一〕。壬子七月，訪友思州，遘君門人質甫冉君，言君詩藏於家。適哲嗣菊餐來見，囑取君詩。未至，余旋返龍鎮。冉君走百里，持君詩乞爲校定，情詞懇摯，誠哉！質甫之重師門也。余細校君詩，客成都最久，詩亦最多。其登峨眉、眺雪山及詠懷古迹諸作，蒼茫憑弔，横絶一時。後走遂州，遊黎雅，泛龔灘、延江，復趣成都，所賦古近體窮搜冥索，覺蒼莽盤鬱之氣，奔赴腕底〔二〕，縋鑿幽險而出以自然，爲近人所未有。其他里居、投贈、詠物各篇什尤爲新雋。偶拈一語，則神采欲飛；偶練一字，則百思不到。合韓孟元白爲一手，沈博幽香，愈咀而味愈出，宜當日名動諸侯，而倒屣無虛日也。嘗考君遊迹，僅遍蜀中，得江山助，所造已如此，倘能縱覽燕趙吴越之區，龍門大河之險，其曠逸雄奇之致，悲歌慷慨之懷〔三〕，充其所至，必有度越古今者。惜囿於一隅，未獲展其懷抱，不禁爲君嘆息也。然劍氣珠光，理無久晦，讀君詩者，感君之遇而益服君之才。五溪、二酉間，垂型來哲，異日與前代揚馬諸賢後先輝映〔四〕，副余之所預期。君可以長不朽矣。

壬子七月既望，宗弟景星拜序於龍池之素心香室，時年七十有三

【校記】

〔一〕『嘗』，原誤作『賞』。據句意改。

〔二〕『腕』，原誤作『睕』。據句意改。

〔三〕『慨』，原誤作『概』。據句意改。

〔四〕『馬』，原誤作『焉』。據句意改。

玉柱峰禪院

群山欲進城，一峰獨截住。落落撑天立，有如擲孤注。曉翠潑不開，積潤經宵雨。乘興一著屐，白雲爲讓路。飛蹬俯過鳥，疏鐘出叢樹。寺門清晝掩，剥啄幸有素。小憩入禪室，呈佛仗好句。清風尋人來，佛几閃香炷。僧語落松子，啄鶴似知數。紅塵飛不到，別具烟霞趣。會當携筆硯，一椽此借寓。

偕家厚庵、小琴兄弟龍洞納凉

古洞泉聲裏，陰沈路晝冥。峭岩經雨翠，高樹接天青。揀石支危磴，尋碑上廢亭。同吟消夏句，驚起老龍聽。

清明前二日作

料峭餘寒瘦不支，棠梨花外雨如絲。正當冷落思鄉候，况是清明上冢時。春夢難尋蝴蝶幻，客愁無奈杜鵑知。依人作計成何事，烟柳條條未展眉。

松匪授首，邊警漸清，喜而有作

密邇黔隅錯犬牙，連年鋒鏑亂如麻。將材不守株邊兔，賊黨終殲井底蛙。破陣軍威驚百里，補牢團練集千家。鄉園從此安耕鑿，打疊騎牛嗅稻花。

天容俯首作諸生，敢謂終軍艷請纓。有筆不投真快事，得詩無敵亦奇兵。剃頭小賊巢空險，折齒元戎限定驚。肯更憐他蟣虱輩，鬼憐螢火暗殘營〔一〕。

【校記】

〔一〕『憐』，疑當作『磷』。

山居十首用皮陸郊居唱和韻

家世山中住，無心號隱居。桑麻餘薄產，莊老有全書。春至饒花鳥，僧鄰響木魚。莫疑多長者，門外祇柴車。

緑陰延五柳，丹訣訪三茅。棄硯坳如臼，藏書屋署巢。奮拳常笑蕨，無口莫嘲匏。貧賤馮歡嘆，非關性寡交。

雨後軒窗敞，嵐光落筆床。齋居張子偉，獨酌馬賓王。囊澀留錢少，詩成脱稿忙。清眠無亂夢，此意幸差强。

泣卧牛衣掩，名羞狗監知。妙無干禄意，尚有買書資。種竹稱名士，培蘭當好兒。小人猶有母，奉養愧姜詩。

三兩家相間，家家白板扉。社神祠似竈，怪樹葉爲衣。垣短驚豺入，橋傾誤犢歸。荆關能寫否，山翠一屏微。

抱甕園能灌，無勞製水車。篁新竿帶粉，果小蒂留花。復局防輸著，論文數大家。檢書偏未暇，編帖亂如麻。

岩高雲不落，溪漲水初殘。作寨删杉刺，通泉剖竹竿。山禽喧佛梵，村犬怪儒冠。得句無人和，長吟幾將壇。

花落紅成陣，蕉抽緑補天。簾鈎窺乳燕，書几坐銜蟬。隨意抄茶譜，何心續草元。一泓清莫比，自愛在山泉。

樹繞綠無縱，鳥聲啼進門。詩箋糊壁罅，茶竈置墻根。束竹成笞帚，移花上瓦盆。籬邊餘隙地，剩欲補龍孫。

守錢憐我拙，擔糞讓人能。天性真成僻，山靈幸不憎。但期龍戰息，敢望鳳書徵。痼疾烟霞戀，良醫謝折肱。

山房即事

悄静虚堂老綠圍，楮陰新雨蟜蟥飛。培花細砌沿根石，鑿樹低安掩徑扉。常擁書簽從帶斷，私存詩稿笑圈肥。此生清福供消受，肯羡簪裙换布衣？

農家

對門老農家，茅屋因樹結。荒山磽不肥，墾辟世幾閲。田陡學樓梯，取徑故紆折。幽行偶經過，返照在山凸。人影蚱蜢飛，稻花開如雪。時有偏髻兒，騎牛出林缺。

大雨即事

渴蜂巡硯嗔水乾，香爐月永消沉檀。大地鼎秘天復盤，流火欲練人爲丹。陰生忽釀秋霖滿，檐溜傾盆聲不斷。屋瓦鱗鱗成漏巵，收書移榻人扶傘。吁嗟造化真小兒，炎凉止在須臾時。烟銷日爛紅胭脂，亂山到門索新詩。

新凉

雨後新凉夜透帷，長吟耐坐四更時。開簾一笑無人覺，山月飛來欲和詩。

讀書

擁書隨意讀，每到四更時。地僻客來少，夜凉人睡遲。燈光紅似豆，蟲韻響於詩。得句不堪煮，鄰家怪我痴。

夜坐

一碗燈如豆，草蟲飛上書。秋懷人瘦後，天氣夜凉初。悄悄成吟短，瀟瀟過雨疏。欲眠還耐坐，清絶小堂虛。

秋暑

餘勇賈秋暑，避暑如避謗。關門耐深坐，剛與暑相忘。讀書不巾襪，冰心頗跌宕〔一〕。偶然作新涼，散步神愈王。記昨夜已深，破夢雨聲壯。山蛾翠全掃，夜雨是眉匠。

【校記】

〔一〕『宕』，原作『岩』，據句意改。

秋日漫興

懶問生毛刺，羞爲叩角歌。窗昏糊紙舊，朱淡點書多。熊膽親能和，牛衣婦不訶。抗希深閉户，歲月耐消磨。

屋子蝸牛殼，匆匆小築成。出雲山在几，遮日樹爲棚。瓦漏時攙籜，籬疏旋辮荆。倩誰破岑寂，啼鳥兩三聲。

山深秋到早，徑曲客來迷。葉自開門掃，書親傍架齊。遠函緘細印，剩酒汪偏提〔一〕。一一閑中事，公然代小奚。

有命書能讀，無營硯肯焚。此身閑似鶴，得句野於雲。清課常晨早，長吟每夜分。相期佳客至，煮茗與論文。

文具慚修飾，酸寒自一家。墨殘多半殷，毫劣自雙叉。買硯原無眼，題簽不用牙。一瓶入清供，偏稱插新花。

無意柴門出，剛逢霽景妍。閘溪行水碾，帖石護山田。露哀園蔬拆，風零野里圓〔一〕。幾家岩谷裏，鷄犬半疑仙。

一種田家樂，相逢話稔收。紅沈榆景暮，黄割稻畦秋。新米香村飯，醇醪賤市芻。深知隨遇好，温飽可無求。

人卧床偏大，車停巷自窮。清貧仍昔日，簡傲有家風。即事工行樂，參禪早悟空。塵客兼俗狀，一笑可憐蟲。

【校記】

〔一〕『汪』字疑有誤。

〔二〕『里』字疑當作『果』。

秋雨

開門山不見，雲氣黑成堆。小院晚凉集，荒村秋雨來。動香茶欲熟，分本菊初栽。歸鳥稀堪數，褵褷落樹才。

齋居

消受閑中福，齋居十笏寬。招山來几榻，掃地過闌干。籠鳥如人語，盆花學字盤。心清常自得，舉事又無端。

情性迂兼傲，工夫懶問勤。片朱磨白芨〔一〕，私印鍥朱文。帖榻蠅頭字〔二〕，香熏豹脚蚊。柴門無剥啄，過我止閑雲。

深談常静夜，清課又良朝。雅任兒曹抹，蟲偕弟子雕。護毫加筆帽，捻稿納詩瓢。尊酒多時止，原無壘塊澆。

閉關非惡事，意氣十分舒。殺賊曾臨陣，娛親且讀書。西風梧葉下，秋雨菊肥初。寫意拈吟管，長城愧不如。

【校記】

〔一〕『朱』字疑有誤。

〔二〕『榻』字疑當作『搨』。

中秋夜坐

秋節倏已中，秋涼透人骨。銀蟾破空走，圓極瑞光凸。乾坤白沈沈，衆星如掃滅。坐悟木犀禪，天香過飄忽。山空人影寒，風泉響明月。

晚來

秋風涼若洗，人立晚來閑〔一〕。得句落黄葉，開門當碧山。兒從偷果去，鳥羨識巢還。早稻知收稔，春聲鄰巷間。

【校記】

〔一〕『閑』，原作『間』，據句意改。

獨立

秋樹亂紅翠，秋齋寒到初。窗破受西風，落葉吹上書。獨立念地僻，佳客過我疏。菊籬有晚花，根荒行與鋤。

落日

落日胭脂色，林高紅半灣。炊香過鄰屋，樵語下秋山。好景句搜出，晚凉人立閑。翻聯看歸鳥，莫便掩柴關。

秋夜

燈影耿辟罅〔一〕，草蟲隨意鳴。夜凉如水潑，書堂有餘清。灑然過疏雨，開門還月明。空階徙倚久，時聞殘滴聲。窸窣弄樹葉，疑有山鬼行。

【校記】

〔一〕『辟』，疑當作『壁』。按：『壁罅』指墻壁罅隙，詩人習用。如釋貫休《夜對雪作寄友生》：『氣射燈花落，光侵壁罅濃。』陸游《將入閩夜行之雲門》：『紡燈穿壁罅，吠犬鬬籬根。』

秋杪見雪

山高易嚴寒，寒乃襲秋杪。窸窣風雨聲，一夜弄庭筱。擁衾縮如猬，睡餘戀清曉。起視前峰尖，皚皚微雪皛。殘果墮瓦響，檐樹啄凍鳥。喜有讀書屋，深暖且静悄。圍坐三兩人，相坐地爐小〔一〕。活火就煮茶，薪涇任烟裊。撥灰得好句，微吟頭自掉。頗疑雪峰路，已有梅花繞。爐案嗅冷香，飛夢到雲表。

【校記】

〔一〕『坐』字疑涉上句『坐』字而誤。

〔二〕『涇』字疑有誤。

閉門

破裘寒擁閉門居，一笑功名壯不如。莫問關山戎馬信，夜窗風雪讀權聲〔一〕。

【校記】

〔一〕『權』字疑有誤。

深坐

避人深坐感蹉跎，豪氣年來半已磨。屋破不堪風雨驟，錢荒偏覺應酬多。擁衾索句陳無己，棄産營書李永和。未識兵氛何日洗，區區無處説登科。

埋頭幾欲老諸生，人墨相磨太不情。一室陳蕃無暇掃，卅年王述未知名。窮通莫問鳩安拙，毁譽難憑犬吠聲。打算從今焚筆硯，雨蓑烟笠事躬耕。

無眠

燈盡一蟲詑，無眠翻擁衾。瘦人寒易襲，秋夢澹難尋。掠地風微響，窺窗月半陰。睡鄉重問路，早起不安心。

銷夏於老樹，低頭聽讀書之堂，即事有作

岩根屋子矮於艭，老樹分丫緑進窗。寒士生涯南道阮〔一〕，幽人栖隱鹿門龐。錢慣書鋪何妨盡，旗豎詩壇未肯降。一陣風來開户響，出迎常誤足音跫。

了無俗事擾鉛丹，長日消磨信不難。最好題分兄弟作，嶄新山趁雨晴看。吟聲悄悄孤蟬懶，涼風陰陰一室寬。時復抱兒親筆硯，要他風味大來酸。

【校記】

〔一〕『阮』，原作『院』，據句意改。

梗泛銅江集 丙寅

渡鴛鴦嘴

沙暖鴛鴦曉日紅，我來喚渡畫圖中。叠青峰影三邊合，澄碧江流兩派通。矗岸高樓基石壁，抱岩危檻露花叢。年年消受閑風月，笑讓漁家一短篷。

過秀城

斗大方城鎮蜀陬，公然黔楚此咽喉。遠山雄秀開荒徼，原樹青蒼入早秋。問字空尋楊子宅，鳳鳴書院自王屏山先生歸道山，無主講者。籌邊正築李公樓。時防邊兵萬餘，連營郊藪。鄉雲指點頻回首，拚作征鴻客燕儔。

望鳳皇山

辟山鬭鷄耳，一山獨鳳舉。看山雙眼青，於此快先睹。秀氣所發泄，竹樹茂如許。朝陽霞采中，五色幻毛羽。好引雛鳳來，梧桐滿山樹。

平塊道中

平塊附秀郭，實萃一邑秀。山秀遠列嶂，近復枕層岫。峋嶙露豐骨，似學詩人瘦。水秀一計曲，幽溪與江凑。紅板間石梁，一一古蔭覆。列市千瓦屋，氣象見殷富。村落相接續，有巷亦不陋。籬短護花竹，墻高垂橘柚。烟火模糊處，點綴林影茂。入望總葱茜，行屬不覺逗。天地開畫幀，欲買苦難袖。定知鍾毓靈，文秀所輻輳。惜我過匆匆，未與通蘭臭。絶倒同行人，但羡多田購。

官橋

數株古樹翠凌霄，塵馬晴迷路一條。山嶺磽頑茅草瘦，店房冷落爨烟銷。惡兵争道馳輕騎，野牧沿奔弄短簫。笑拂征衫吟不就，饑腸轆轆過官橋。

吏目場

人問黔川邊界，地無緑水溪彎。一方碑指歧路，三折街環亂山。

山如覆碗攔路〔一〕，上若連珠結營。最好夕陽回望，畫旗風裏笳聲。

【校記】

〔一〕『覆』原作『復』，據句意改。

桓侯廟

廟貌肅桓侯，天低絶徼秋。峻山通鳥道，怪樹立蛇矛。香火精靈擁，風雲叱咤愁。餘威仍震蜀，窺竊靖苗酋。

發晏農望天心坡

到此川邊盡，黔山接客來。幾家兵守堠，一澗石成堆。飛路顯林缺，小橋横水隈。天梯高不極〔一〕，直上莫疑猜。

【校記】

〔一〕『不』，疑當作『丕』。

登天心坡

穩踏天心立，青天拂袖黏。亂山低塊礫，絶界劃川黔。路噶奇雲讓，詩憑險韻拈。罡風吹不斷，塵土掃靴尖。

爛泥溝

溪路被山夾，仰看天一綫。漸下似深井，欲出不得擅。絶澗蔽蘿薜，天綠獨葱茜。陰處不透日，響答怪禽囀。磴石作滑澾，潦水黑於澱。知有野獸過，蹄印雜隱見。紆折殊未了，轉走迷縫緣。又如讀生書，苦不即終卷。田莊忽開敞，投憩得破店。主前問客來，路旁血可見。日昨虎咬人，談及色猶變。

正箄河

溪流滙處水平橋，溪上人家雜漢苗。畫出隔溪雙水碾，草房低複柳條條。

松城

山亂如群馬，奔騰欲進城。壕臨江水闊，街接石橋平。市上歸苗女，糧裁卧瘦兵。詩囊添異料，蠻徼不虛行〔一〕。

【校記】

〔一〕『虛行』，原作『行虛』，據句意及本詩用韻乙正。

松城早發

旅夢不敢續，驚聽打五更。便教推枕起，早作渡江行。溪水踏一徑，荒鷄聞數聲。向陽前面路，曉日照坡明。

賣梨苗女行

賣梨苗女顏如花，項環耳墜雙髻丫。緑陰一樹遮路大，小憩笑讓客人坐。坐問路短長，午飯可何鄉。答言前營號盤市，此去不過十餘里，口渴買個哦梨子。苗人謂梨爲哦梨。

果勇侯魚池有序

池在盤市營外，相傳池本半畝許，臨池一樹，大可蔽牛。有賈客千金購此樹〔一〕，許伐倒，仍歸其材。主人怪之，遂自伐，冀當獲異寶。甫斧其半，有二金鴨出，飛入池，百計覓不得。池以漸廣，雖久旱、甚雨，亦不甚减溢。池魚以萬萬計，投以網罟，輒得草鞋朽木，不名一鱗，後遂無臨淵者。古有松中白鹿、梓内青牛，金鴨之説，豈獨荒唐？以池屬侯，蓋侯方勛業隆赫，又里居近，鎸侯名以鎮斯池，土人意也。

池水緑於染，廣若湖百頃。深處不可測，淺處雜蒲荇。傳聞池靈異，金鴨所管領。網罟不敢入，入即有神警。世無温嶠犀，誰照水怪影。池口跨小橋，魚游此爲境。果勇侯魚池，鎸碑字字整。惜哉侯俗人，兩岸未培景。何不多栽柳，柳陰著舴艋。

【校記】

〔一〕『賈』，原作『買』，據句意改。

正大營

一角碉樓聳，青山撲面濃。街隨通道折，營剩小城空。私税嚴征馬，村苗半姓龍。獨逃兵火劫，瓦屋尚重重。

曉發大興場

日脚未下地，客行先出街。滿鞋沾宿露，一徑絶纖埃。嶺複樹多合，村荒門少開。羞囊錢已盡，不用緑林猜。

天龍寺晚眺寺在清水門外

豁眼層欄最上頭，一隅野色錦囊收。山眉似畫圖僧屋，戰骨如麻伴古邱。暮雨城孤笳欲動，西風人瘦菊初秋。新詩吟與天龍聽，應笑陳琳愛遠遊。

銅城憑眺

孤城襟帶楚川隈，莽莽蠻烟鬱不開。匯水遠從苗洞至，亂山雄押女墻來。人耕戰壘頻抛骨，句寫邊荒也費才。指點東西餘殺運，時石阡、鎮遠屬境大兵會剿亂苗。一聲長嘯答笳哀。

雨夜不寐

轉側逾難寐，欺人滿被秋。懵騰燈似夢，風雨屋如舟。鄉思登時亂，蟲聲格外愁。披衣還默算，一月此淹留。

跨鰲亭放歌

銅城南門外，江中一山，值兩水交會，如巨鰲昂首，上有跨鰲亭，爲銅第一名勝，俗稱『銅岩』。

銅郊逼仄如漁航，城如漁籃形不方。衆山向背俯仰蹲與立，漁父漁兄漁弟行。似罾似叉似笭箵，峰攢復作漁具張。圍向兩江匯流處，神鰲欲走不能欲伏不得，怒極昂首江中央。自從開闢迄今不知幾萬世，日炙雨蝕化爲頑石堅金鋼。我疑海上釣鰲客，釣絲偶斷令逃藏。又疑戴山苦重立，極倦脱身竄伏來黔荒。鱗甲倏見水波動，鬐鬣欲活草樹香。苗僚好事頗不俗，稱亭絶頂吞江光。顔以跨鰲字如斗，筆力疑挽敦弓强。買舟飛渡快登覽，撫欄引嘯天風長。秋陽慘淡罩城郭，空水一氣青茫茫。我原二西山中客，結茅深住白雲鄉。梗泛銅江携破硯，蠻花仡鳥笑風狂。旅懷悵觸不得意〔一〕，白眼望天傾巨觥。吁嗟乎！財奴征逐竟粱肉〔二〕，腐儒論説惟文章。我醉欲眠亂揮去，怕使山靈罵客俗殺不可當。長揖問鰲何日去，去去隨意歌滄浪。此地烽烟非樂土，强作中流砥柱何所望。我亦不乘赤鮮下清泠〔三〕，不騎白龍叩天閶。但得撲去軟紅塵，五斗旋著仙人羽衣裳。跨鰲直過蓬萊宫外十洲三島路，投筆一笑濯足攀扶桑。

【校記】

〔一〕『根』，原作『振』，據句意改。

〔二〕『竟粱肉』，疑當作『競粱肉』。

〔三〕『清泠』，原作『清冷』，據句意改。

寄家書

飛逐青蚨起，歸期預定難。身真如傀儡，信且報平安。瑣事添批數，孤燈屢撥干。書郵能解意，應不附摧殘。

鬱居銅城逾月矣，同人吴階平下榻見招，因移寓所

生償路債走天涯〔一〕，説賣文章計已差。心似狙公貪賦芧，人如燕子慣移家。琴書物賤羞行李，風雨城寒夢菊花。笑謝延陵能下榻，淹留情慰夜談賒。

【校記】

〔二〕『儨』，原作『賞』，據句意改。

新寓逼仄，名以『斗巢』

斗大寒齋子，羈栖秖當巢。悶吟無闊句，擠坐有新交。爐亦床前擁，書惟凳上抄。終當家數算，小樣漫相嘲。

斗巢九日

風雨城寒已浹旬，重陽初放曉晴新。願爲異地登高會，誰作疏籬送酒人。硯石相隨成火伴，菊花曾識當鄉親。倚門忍説阿娘望，淚漬當歸寄便鱗。

李文圃先生寓齋相對，詩酒過從，追歡匝月，頃者别我將歸，瀕行書贈，殆難爲懷

論交於我肯忘年，似有三生結就緣。詩派過推陳伯玉，酒仙重見李青蓮。敢違薄俗拌遭罵，妙在窮途不癖錢。此後相思憑雁寄，黔山迴接蜀山烟。

東山寺

郭東諸峰畫筆摹，尖者玉笋圓者珠〔一〕。一峰飛進城東隅，飽看當得傾城姝。過雨滿城嵐翠鋪，峰頭樹木森不枯。林缺參差露浮圖，鐘磬到耳清籟俱。飛磴千級取路紆，落葉破碎石髮粗。未到絶頂脚力軟，短笻當作兒孫扶。喧處覓静一人無，止我來挈遍提壺。寺門未遠行踟躕，俯視脚底分街衢。市上吹簫門濫竽，可憐豪傑無狗屠。向南江水融醍醐，江心一山疑小姑。新霜染樹紅幾株，扁舟指點人賣鱸。此峰足亦爲水濡，半壁峭絶城不殊。女墻交附形嶔嶇，雖在峰麓高莫逾。周覽已覺遊興娱，但欠衲子同跏趺。入寺小憩迎僧雛，山茗飲我苦於荼。鄉人南豐留桃符，楷法秀勁侔髯蘇。黔撫曾樞垣先生守銅時，刊楹聯懸壁間。得詩對佛揮鼠鬚，佛亦歡喜微盧胡。未定稿付小奚奴，生怕疥壁招邪愉。僑寓亟思一房租，安頓筆墨和花觚。讀書借坐團蒲〔二〕，清福消受今生吾。坐久忽聞城笳呼，投林戛戛來鴉烏。斜陽倒景穿高梧，照我下山人影孤。已是城廂炊晚厨，爨烟一片青模糊。

【校記】

〔一〕『圓』，原作『園』，據句意改。

〔二〕此句脱一字。

東山寺和壁間刊石楊麗生淦昌、何曉帆采兩先生韻

蓬島飛來第一峰，面江吞盡水雲重。滿城鱗屋秋嵐畫，半壁蠻天秀氣鍾。午梵出林盤白鶴，古猶圍寺活烏龍〔一〕。我從二酉携書至，登眺沈吟飯後鐘。

【校記】

〔一〕『猶』字疑有誤。

曹家園菜圃人家轉西僻處

茅屋矮相接，斜陽紅到扉。幾畦栽菜甲，一女補棉衣。對面遠峰瘦，如拳秋橘肥。偶來身入畫，吟眺欲忘歸。

東關觀音閣

老緑巉岩佛院培，半空樓閣俯江隈。生鱗怪樹挐雲立，對面奇山渡水來。入寺路通飛棧陡，到關船認落帆纔。囂塵斷盡留人久，不覺僧房瞑磬催。

思南王玉峰昆山茂材見訪斗巢，長句寄贈附小札

燮僑寄銅城，蟾圓兩度，前與李文圃明經過從，得讀雜著手稿，欽佩在心。詢悉束裝過銅，將由湖湘往大江南北，遍歷名山川，見在下榻水星寺，再次走謁，俱未得渡。銅江一衣帶水，望隔岸横崗，柏翠無縫，寺露鴟吻，竟如海上三神山，苦不可即，自恨緣慳，終難覿面。即晨蒙枉駕過訪，遂同赴文圃先生醴設，把酒快談，和舊相識。伏念閣下碧梧翠竹，瀟灑出塵，如燮之責文飄泊，骯髒自憐，竟許入群，不加白眼，文字緣中頓添一重公案。用呈俚作，附之錦囊。如使蠹魚吐棄，他日拈出，當作記事珠，念二酉山中尚有故人健在，則此日之逢，差不等諸風流雲散耳。

晉代風流阮畢儕，酒杯到手便開懷。兢傳王播猶居寺，爲訪陳琳始上街。落拓人才歸客路，恠奇著作繼聊齋。記曾幾次神山訪，欲渡無梁返白岩。見下榻水心寺。

早完婚嫁一身輕，五嶽關心向子平。任意詼諧朋友愛，隨緣去住水山迎。校來當代誰名士，修到相逢亦幾生。我是書迂家二酉，留詩親切記班荆。

次韻王玉峰見贈七古

男兒卅歲頭空黑，斫地悲歌滿腔血。飢驅出走鬼邪愉，行行仰天氣爲塞。發燥讀書數行下，功名謂可唾手得。毛燥秋風幾度歸，羅秀才偏文戰北。商量負米養孀親，無方可寄飛鴻迹。竟學鄉人李謫仙，夜郎來訪邊荒國。賤賣文章伏斗巢，偷眼青冥斂霜翮。晨起老聃忽過我，仙風拂拂簾額〔一〕。謂李文圃先生。袖出王維見贈詩，奇氣飛騰如俠客。草書意造出帖外，好處不許俗人識。君才斗計何止八，君量杯添不辭百。嬉笑怒駡皆成文，駭倒豎儒眼光窄。醉卧鼾聲作雷吼，長天爲幕地爲席。不愁羞囊無錢守，不愁破釜無米淅。遊盡名山讀遍書，縱談兩事腸猶熱。鷄鶩群中立獨鶴，驚人氣宇尤超絶。黔山奇崛黔水清，靈秀萃君不能嗇。我和君詩費心苦，燈盡長吟聲未歇。童子開門報夜深，破月西斜霜氣白。有如猛將恣横行，鏖戰驚心當勁敵。吁嗟乎！銅城試士恒河沙，大抵難爲青眼識。君我相逢豈偶然，因緣咨證三生石。

時家梅岩再佺寓銅仁城内，玉峰見贈稿爲索去，尚未取還。適十月二十五日逆苗攻銅仁，僕寓負郭，僅以身免，至今魂夢猶往往在奔竄中。良友贈答之作，漫不省記，蓋膽落久矣。憶渠起處六句云：『妖禽擊天爲之黑，三千里内川流血。興波噴霧十數年，兵氣彌漫文氣塞。孤鴻家在黔山西，樹偃巢焚歸不得。』中有云：『愧我才非王仲宣，倒屣歡迎斗巢窄。』原注：君寓逼仄，署以斗巢。結云：『君不見蜀山栖鳳百尺桐，能發清音裂金石。』臨紙怪發，不可逼視。視鄙作，真狗尾續貂耳。他日梅岩歸，定取元稿録存，以爲吟卷光。如使竟成烏有，則如王君者，天涯海角，再見難期，數行應酬筆墨，又不瓦全，是我輩文字之緣，蒼蒼者皆百計缺陷之也。丙寅十二月十八日記。

丁卯春，予薄游黔之沿河司，與梅岩遇於逆旅，爲言去冬十月二十五日苗匪逼銅，郊郭一帶燒殺殆盡。匪退去，積屍横野，有誤傳予死者。玉峰邀渠至東山寺，疊韻見弔，北望澆酒而招予魂焉，致足感矣。後知予已歸，玉峰喜甚，笑曰：『我王昆山非有求於人者，何久居此危城中而不去也？』明日遂打槳作湖湘之遊云。前後兩詩稿俱爲梅岩失去，一則僅記數語，一則尚未一見，想殺惱殺。丁卯春余再跋。

是年予赴鄉試，薦而不售，毛燥多矣。歸至銅鼓潭，日未晡，擬兼程可抵家，適遇主人報黔孝廉、李東堂來訪。入揖予，問：『陳答泉真是君否？仰閣下名久矣，敝鄉人王玉峰囑問起居，意似甚見愛者。』予愕然問故，爲言去年冬在長沙乃兄某刺史任，玉峰由銅江至署，痛飲彌月，甚稱予詩，知孝廉分發來川，道必經酉，因托見訪。兼稱玉峰酒狂如故，日支乃兄俸作杖頭物，約渠遍詣酒家，飲醉輒罵座。或高歌過市，市人呼爲酒鬼，因作《黔南二酒鬼歌》爲贈。記誦中數語云：『一鬼迎，一鬼接。一鬼歌，一鬼泣。君若爲鬼任君行，君若爲人行不得。』云云。談次予忘歸，是夜東堂邀予宿其寓，不果。大抵玉峰天才高，壯年遭桑梓之變，流離瑣尾，鬱鬱不得志，致其所作多憤世疾俗〔二〕、悲傷感喟之言。凡爲文爲詩，意之所觸，不假思索，不計工拙，拈筆即就，輒數千言，其淋漓痛快、倜儻不羈處，適肖其人。天殆將以厄其遭際者，昌其著作乎？奉贈詩僅三首，其見予《飄萍小草》僅卅餘首，與之遊又不過二三面，蒙逢人輒説，久而不忘，天各一方，猶必因朋友見問。昔太白詩云：『桃花潭水深千尺，不及汪倫送我情。』以方古人，殆不多讓。三跋以志良友青睞，亦使子弟輩閲之如見名士風流也。丁卯孟冬三跋於山陽老屋之緑幘書巢。

【校記】

〔一〕此句文字有錯亂，且脱一字，疑當作『仙風拂簾簾拂額』。

〔二〕『致』，原作『改』，據句意改。

十月二十五日銅城賊警紀事以下《生還集》

十月廿五晨，霜晴曉寒重。突豕破客夢，重衾不令擁。我寓銅北郭，南郊報賊壅。由南至城北，界劃兩江湧。倘能出一旅，問津賊所恐。投鞭豈云斷，何竟逾蒙澒。視城如無人，抄掠地爲動。縱横遍郊郭，賊勢盤走汞。下令閉城門，奇策出權寵。顛當牢守户，幸免蜾蠃捧。獨憐門外民，散若蜂失桶。枵腹逃命〔一〕，未及啜骨董。如鳥過獵射，紛紛落毛氄。如魚投網罟，不辨蛟龍種。是時方校士，幾輩充藥籠。坐入紅羊刦，繭縛一蠶蛹。白骨抛異域，幾時歸先壟〔二〕。我爲賣文至，欲交方兄孔。蒼黄亟其間，奔竄接萬踵。流汗已浹背，捷足趁鞭駷。登坡若登天，羡彼鳥翅翪。趨蹶無善步，脛膝痛且腫。欲隱苦無翳，欲匿恨無空。直走卅里外，倒地席荒茸。口燥不得語，突突心亂踴。道旁飲僚水，如兒卧吸湩。回首賊氛遠，實仗天帡幪。死中得活矣，驚呼弟兄總。筆墨大戰場，平生有餘勇。似此跳梁丑，相逼何洶洶。造物忌文字，思之令人悚。吾戴吾頭歸，笑迎萬山拱。

【校記】

〔一〕此句疑脱一字。

〔二〕『壟』，原作『龔』，據句意改。

是日宿大興場

逃命出銅城〔一〕，至此裁卅里。亦欲賈勇前，苦難舉雙趾。驚困復飢渴，生意如綫耳。都恐賊尾至，屠沽先閉市。主人詢賊狀，張口但唯唯。日落殺氣凛，朔風利於矢。雲色變陰慘，天亦不歡喜。自傷脱籠鳥，未擇丘隅止。潦草進晚餐，燈昏照筋匕。滿市忽駭叫，火光西南起。

十里廿里程，口争手亂指。賊焰亦何虐，賊行亦何駛。夜黑天如漆，篝燈走妻子。負擔雜箱籠，驅帶亂犢豕。良久市悄寂，闃其無人矣。店主剩老翁，圍爐與客倚。道客且耐坐，切勿就枕被。細檢囊與橐，緊著衣與履。倘聞賊聲息，隨我竄山裏。同行六七人，聞言面灰死。坐立總不安，如熱鍋轉蟻。側聽鷄再號，辭主戒行李。冷雨上街響，有意趁客似。蹭蹬至破曉，帽檐濕流水。胡爲乎泥中，一蹶笑不已。默憶在家日，此時睡方美。

【校記】

〔一〕『城』，原作『錢』，下有注云：『疑當作「城」。』是。今據改。

廿六日正大營早餐

曉發廿餘里，小憩正大營。昨夜未就枕，兩目映欲盲。商量且駐足，朋友兼弟兄。主人爲具饌，酒罷供香杭。主人爲置爐，炭火紅焰明。主人爲掃榻，衾重雙枕横。主人且慰客，賊遠客勿驚。或坐或高卧，一飽各任情。我踞床洗足，就語來書生。惜少女子待，學沛公不成。驟呼賊至矣，震如疾雷鳴。男婦鳥獸散，當階棄孩嬰。駭我跣而走，同伴雙目瞠。逾時始静定，訛言由狂傖。舉市氣爲餒，匆匆移進城。客亦揖主人，行行重行行。

宿凉亭凹

朔風勁利戈相舂，吹開萬丈青芙蓉。眼前壁立劃天盡，土人指是巉巉峰。峰脚鬼神疑暗谷，峰頭守兵有茅屋。直上十里據天險，今夜權爲放膽宿。地爐活火燒枯薪，圍坐笑認劫外身。同行一兒睡未久，擁被驚號下床走。群超牽曳唤使醒〔一〕，尚説賊賊不住口。

【校記】

〔一〕『超』，疑當作『趨』。

松城别熊克之同硯

同硯同郡治，復同逃劫出。有如共命鳥，中途忍言别。屈指計鄉路，尚不下三百。相約緩緩歸，生還慰家室。自念稻粱謀，黔山踏泥雪。金盡黑貂敝，長物剩秃筆。差幸戴吾頭，將母倚門悦。君未及答語，欲語先哽咽。道我何歸爲，我寧死異域。我有將命童，阿奶守孀節。我有服勞人，阿咸亦不劣。後我爲我死，我將爲收骨。如或生爲虜，我將訪消息。我留君自歸，傳語報我宅。雙淚涔涔下，欲化杜鵑血。感傷此情景，臨歧不能發。泫然望老天，哀鴻飛一隻。

天心坡遥望鄉山，喜而有作

滿眼青來故國山，山如含笑賀生還。鞋尖尚帶黔泥濕，襟上初消瘴雨斑。殺氣回頭蒼莽外，鄉雲遥指翠微間。紀游詩草多於葉，准擬歸山細細删。

小住秀城，冉子亮崇釆參軍枉過慰問，夜談達曉，黯然握别，情見乎辭

不見冉居常，彈指逾兩歲。欣聞泛錦水，一官思援例。相如雖資郎，文雅多材藝。云何倦游歸，人如舟不繫。歸來仍作客，懶爲田園計。依倚蕭子雲，仿佛齊贅婿。時子亮内兄肖聘三茂材奉母秀郭别業，主其家久矣。聞我逃大劫，來自牂牁澨。三世人身血，幾爲賊刃刺。剥啄叩我寓，注存感高誼。見面驚且嘆，泫然眼含淚。夜談折坐對，相與疑夢囈。憶我負笈日，趨庭鯉方稚。傷心尼父墓，宿草今可剃。石雲師歸道山，今已六年。叔寶態翩翩，風塵變憔悴。一樣有孀母，鼎養所希冀。檄捧色然喜〔一〕，誰測賢者意。薄宦走萬里，心旌發燕薊。渠方謀北上。衹我白未脱，賣文復不利。歸將治帖括，一戰决科第。行行各努力，莫負丈夫志。相贈折梅花，朔風吹判袂。

【校記】

〔一〕『捧』，原作『棒』，據句意改。

井江口岸上，段生舲山揖我分途，彼此悵悵。回憶銅城出走，萬死中未離左右，痛定思痛，何止黯然銷魂

鄉山各望見，恍惚在夢裏。劫外認人歸，山山點頭喜。胡然君揖別，歧路爲我指。大有不忍色，淚溢雙眸子。回首患難中，走險鋌鹿似。君我皆孤兒，此時命如紙。君有垂白祖，我有孀母氏。重逢不敢期，默默分萬死。死或無所知，生者何所恃。意外得生還，全仗老天耳。是身是魂歸，家人定驚視。嘆息我師弟，相從人莫比。臨歧解此情，井江嗚咽水。

偕希顔、印卿兩弟夤夜抵家，即事言情，得六絶句

勝蹻匆忙罄斧資，略如蘇季返鄉時。一囊自負强諸弟，剩貯銅遊卌首詩。

又

崎嶇山路陡於梯，無恙鄉園夜色迷。替説哥哥行不得，解人心事鷓鴣啼。

又

喬柯如畫月黄昏，几磴危階老屋存。尋得旅中前夜夢，但添庭犬吠聲喧。

又

白頭世父白頭娘，我拜燈前色笑歡。一語捫心思不得，兒身已作再生看。

又

舉家圍坐忘宵深〔一〕，燈亦花繁喜不禁〔二〕。未敢多提奔竄景，提來知痛老人心。

又

劫外餘生劇可哀，分明丁鶴化身回。從今省識團欒樂，何物黃金説築臺。

【校記】

〔一〕『宵』，原作『霄』，據句意改。

〔二〕『亦』，疑當作『赤』。

歸計不果，與醉侯閑步遣悶丁卯春在沿河司作。

人對東風苦憶家，異鄉寒食笑梨花。飽難颺去籠中鳥，行亦潛藏井底蛙。乞食此行同伍員，攫金無法避劉叉。倩誰鑄此依人錯，排悶商量酒更賒。

沿司寓中贈雷雨田春霆明經並懷王玉峰茂材

雷陳古誼仰前模，萍水無心數典符。投紅喜交吴季札，分金曾讓管夷吾。新培貢樹聲華好，同上糟邱意氣粗。惆悵王維獨不見，友三遲寫歲寒圖。

正月始雪，憶後山春梅正放，走覓得花，喜而成詠

老梅僵僕巉岩竇，梅椿半壞梅枝瘦。一冬晴暖花不發，遞信時有樵兒候。春來幾日釀春寒，雪如蝴蝶飛成團。冒雪訪梅向岩徑，徑旁雜樹排欄干。磴危陡轉雪欲鎖，冷香遠遠來迎我。梅花是主我是客，愛客纔開花幾朵。忍寒出手折横枝，一笑過我花不辭。安置銅瓶相待久，陪花高興旋吟詩。花兮似許詩尚好，數片落來點詩稿。花未全開詩已成，詩敏於花花莫惱。

一瓶插梅花、水仙，淡雅相敵，真絶妙嘉耦也，戲爲二花催妝，用創韻事

梅花稱高人，水仙如静女。一色白衣裳〔一〕，豐神殊楚楚。同插膽瓶中，嘉耦本天與。梅開半含笑，秀骨喜健舉。水仙自低眉〔二〕，綽約無儔侶。有如新伉儷，相倚欲和語。將瓶當金屋，二美乃配貯。訂聘妙同時，海棠妒不許。主人作媒妁，蜂蝶一齊拒。例供合卺杯，雪屋酒親煮。

【校記】

〔一〕『裳』，原作『棠』，據句意改。

〔二〕『低』，原作『抵』，據句意改。

明鏡

燈旁安明鏡，一燈幻兩燈。燈下自吟詩，影亦學我吟。吟苦屢頭掉，一笑燈不禁。莫笑相賞希，鏡中人知音。

春寒

詎料三冬暖，春來轉酷寒。閫威如少婦，虐政想新官。冰不融深硯，花都勒小欄。休論雨水節，雨雪正漫漫。

楊珂林先生見過，奉呈二律

三世交情重子雲，相陪每爲誦先芬。先生每道先伯祖廣安廣文公生平甚悉。平情應物鄉人愛，善氣如香後輩薰。昭諫及身偏不第，老泉有子總能文。兒時記值高軒過，對句挑燈試夜分。燮七齡時蒙試『擎天一柱』四字〔一〕，差能成對。

不將先輩傲陳餘，過我真停長者車。展拜欲呼三歲子，常談當讀十年書。吠聲老眼看群犬，食字問心作蠹魚。更擬論文延一飯，盤餐隨意擷園蔬。

【校記】

〔一〕『齡』，原作『令』，據句義改。

醉侯於予爲族兄弟，彼此切磋，久而彌篤，疑前生有香火緣者，頃舉茂材，寄詩奉勖

吾家醉侯妙於飲，貌雖似醉心却醒。醉中提筆仰天笑，往往得句更奇警。家居二酉城南隅，債帥聲名滿酒壚。如萍俗子不掛眼，以酒使氣稱酒徒。有時斷酒家中坐，焚香自理琴書課。緑雲墮几净無塵，窗竹笑陪人一個。奇峰隔竹玉亭亭，夜深紅閃上方燈。悄立巡檐人不睡，遥聞古洞起龍吟。士衡高詠東頭屋，寅岩兄。百叔換鵝書滿幅。望峰叔。一門風雅靈秀鍾，酉山爲幀憑空緑。福命齊眉石醋差，鸞膠覓向葛洪家。神仙女作才人婦，不是尋常並蒂花。醉侯新續弦，以生嬲之。醉侯年少少許可，同姓弟兄偏愛我。萬本邀看插架書，一爐親爇煎茶火。我原山客住山

巔，每進城先訪阿連。大醉相携上街走，群兒辟易行旁邊。醉侯真造鳳樓手，賣文賣賦日千首。不把微名敷秀才，一彈錯過鍾期否。祝君迅振鳳池翰，官滿先須憶釣竿。名山事業期千古，醉語同盟切莫寒。屈指人才能有幾，紛紛作鬧時文鬼。憑他偷巧博科名，可憐火炫真螢尾。我輩何妨作酒人，讀書不醉無精神。合喚長思時共飲，杯乾滿腹生陽春。是時菊花醉霜紫，誤認醉侯來眼底。醉侯醉侯須記取，寄贈詩成吾醉矣。

題望峰先生蕉窗臨帖圖

先生前身是懷素，繞屋種蕉如種樹。先生有帖無不臨，小窗深坐傍眠琴。蕉露收瓶當硯水，蕉花照几疑侍婢。我愛先生臨帖處，布景天然畫一紙。更誰寫意作此畫，芭蕉葉比屋還大。塗鴉不配畫中人，我來倘被芭蕉怪。畫中人自腕力争，落紙颯颯微有聲。臨成擲筆鬚眉動，想見行間百態生。披圖正説畫工妙，蕉葉摇摇似相告。告我圖中詩已多，惡詩未必先生要。我惱題詩質芭蕉，留人蕉雨聲瀟瀟。

葛義渠同門見過，幾於平原十日飲矣，蒿目觀時，劇談相契，臨行奉贈，以當驪歌 時民教不靖

老鴞大笑火光碧，李賀詩：『千年老鴞變木魅，笑聲碧火巢中起。』飛來强奪鴉巢息。鴉兒結隊殺鴞鳥，一軍笑指鴉無敵。鴉軍欲散噪不已，歸家戲草屠鴞檄。草檄將成猶未成，似聞舍有文章客。投筆就舍與相見，此客原來舊曾識。神仙家世稚川裔，童子軍中同奪幟。彼此蹉跎歲月徂，未見羅江東脱白。剪燈細語鴉片香，深宵一榻忘岑寂。愛君灑落不染俗，七尺長身獨鶴立。秀氣入骨如春山，目光閃閃電搜壁。過我書齋竟日坐，亂書幾架高過額。檢閲但見十行下，直疑挂一必漏百。滔滔倍誦不易字，暗盜在腹殊不測。有時擲書作諧謔，聽者絶倒聲滿宅。有時舉酒賞我詩，逾分見許仙人謫。平生落拓守寒素，雅無地癖兼錢癖。罄懸囊澀不自顧，破裘常被親朋質。憐予蒿目爲鄉鄰，醉拭龍泉腸却熱。君不見陳琳手握如椽筆，草檄淋漓能駭賊。處堂燕雀自嬉嬉，我輩閑觀爲太息。相陪惜君歸意决，明日歸鞍當早發。送君歸去不成吟，也學寒鴉聲嘖嘖。記取時平會有期，重來共煮鴞羹吃。

己巳夏，作仿百尺樓，兩面看山，嵐光飛撲。西南一峰名石笋，峰頭小塔，塗以白堊，如筆添毫，引手可拾，開軒吟賞，率賦長句

一峰如筆塔作毫，風雨不動毫尖牢。欲持此筆寫奇句，平鋪大紙青天高。對峰結樓仿百尺，峰立樓前如好客。雨餘嵐翠堆成團，愈襯峰頭塔尖白。倚樓愛塔復愛峰，擲筆狂吟一笑逢。

病肺夜起偶作

長夏積陰雨，凉意山中透。絺葛置篋笥，囊空已欲售。日來作凄冷，疑是深秋候。未防不正氣，襲人如盜寇。失調致病肺，涕嚏雜唾嗽。有如中卯酒，不耐青氈舊。昏沈但思睡，衾裯擁白晝。一榻圍亂書，夢與古人覯。夜乃不成眠，强起坐燈右。翻揭獨行傳，譙元至戴就。餘者三四紙，丹鉛忽留逗。隔壁讀書聲，清若飛泉溜。念皆梧竹姿，期是後來秀。作詩且屬和，句軟當我宥。詩成雨復來，蟲語一燈瘦。

雪洞納凉同家醉侯、小亭作

平地怪峰湧，傑閣據峰凸。柯交十圍樹，森森蔭不缺。枯幹瘦蛟立，拏空更奇絶。尋徑上危磴，塵埃喜浄刷。倦倚紅欄干，林翠染巾襪。此身已入畫，一幀天所設。抬手招天風，來薰帶微熱。更與下峰麓，呀然得洞穴。細草雜藤花，倒垂手可擷。疑有神清字，既被苔蘚嚙。古記費搜尋，趺壞卧斷碣。一峰排洞口，似欲將洞閉。有名號飛來，半角蓬萊截。皺處何玲瓏，債處學瘡癤。聳若詩人肩，隆若帝子準。四五尺高耳，作勢自屹嵲。左右侍兩山，怪石巧補綴。空中小於龕，樹根妙盤結。入洞甕人聲，語響不外徹。牖户互通達，萬古避日烈。四壁塗白堊，真如積古雪。坐久忘三伏，疑已變凛冽。恨未載酒來，拇戰試一決。洞天不能留，相嘲少仙骨。

與醉侯、小亭城南龍洞納凉

萬樹罩岩緑，岩根洞口呀。放翁《榮州》詩：『亂山缺處城樓呀〔一〕。』汲泉深似甕，卧石怪如爪。壁峭猜苔篆，祠荒漬土花。龍吟聽隱隱，久坐悄無嘩。

別有谽谺洞，旁登路幾梯。乾蝸粘壁死，驚鳥撲衣啼。太古書應在，窮幽句欲題。數弓門外地，好結舫齋低。

閑步穿林出，林陰落滿身。郭門遥類塔，石路浄無塵。谷間青黄色，樵歸一兩人。自饒村僻意，清爽況秋詩。

洞口重盤桓，清流得意看。廢亭留扯客，殘礎繡苔乾。祖典談遺宅，予五世祖、小亭高祖俱由此遷去，惟醉侯爲烏衣子弟。龍靈幻小壇。半壁石龕如竇，神帳飄風，如有蜿蜒之迹。斜陽催送客，遠照隔江巒。

【校記】

〔一〕陸遊詩題作《初到榮州》。

醉侯、小亭約游暑西山溝，尋山麓澗斷處而返

西山背街路，僻境人少知。橋小石爲板，村幽花夾籬。嚙人嫌豹脚，浣婦有蛾眉。樹底泉堪漱，凉生落照時。

入勝競相引，緣溪健步争。人家種瓜賣，鳥路附藤行。小憩水侵袂，偶咳岩殷聲。欲歸惆悵甚，匆匆欠題名〔一〕。時小亭以爲非身具仙骨者斷不能到，擬題名石上云。

【校記】

〔一〕『匆匆』，原作『匆匆』，據句意改。

六月十四夜，醉侯、小亭邀飲於香山故宅黄香山茂材故後，醉侯以四字署其門云。

適寅岩入座，以背月牛飲爲耻，遂移樽至騎龍庵外，席地盡醉，旋上半山枕石卧，四更始歸，次日喧傳其事，作詩紀之。

飲酒不醉如不飲，醉中拇戰酒復醒。醉侯小亭不俗人，麴生風味招同領。相招紙片如葉飛，爲言新買江魚肥。魚肥酒美配痛飲，諄屬此約不許違。步月夜叩主人寓，飛觴興有寅岩助。燈前賭酒背好月，怒欲開門携月去。重與約遊移酒樽，騎龍庵静月在門。席地醉月月亦醉，月落杯底憑人吞。古今祇此一丸月，吞盡如何月尚白。月果在腹還在天，醉裏狐疑猜不得。旋枕山石仰面眠，月入醉眼月更圓。愛月起舞復長嘯，山鬼走避疑狂顛。歸來已盡四更也，幾人醉語喧月下。吠聲如豹迎酒人，群犬終較市兒雅。

龍洞在州城南門外

峭岩壁立高摩天，岩樹復緑如空懸。一洞谽谺圭竇大，疑有神物裂岩破。洞中黝暗晝亦冥，洞口進出泉泠泠〔一〕。角痕爪迹紛在壁，冷風時帶龍涎腥。亭傾故址留殘礎，小憩徘徊日當午。滿地林陰走蜿蜒，不聞鳥語聞蟬語。仰看絶壁開空龕，神帳飄風拂翠嵐。欲騎茅狗徑飛上，爲約龍婦龍子相對談。吁嗟乎！年年六月乾旱苦，天下蒼生望霖雨。此洞之龍老死不出山，得毋中有龍宫，奇珍異寶積無數，龍亦甘作守財奴。洞門大聲唤老龍，勸龍莫作可憐蟲。龍兮龍兮，更休蟠臥推耳聾。

【校記】

〔一〕『泠泠』，原作『冷冷』，據句意改。

仿百尺樓九日醉歌

君不見豪奴日日羅長筵，醉生夢死殊可憐。我輩清貧不時飲，一飲竟醉黄花前。人生能有幾重九，不必登高須飲酒。舉杯仰看青天高，繞屋黄花開笑口。獨飲獨酌興不佳，時復擎酒澆黄花。黄花冒雨作醉態，一枝枝羁籬眼斜。我約黄花同醉死，世界如斯幾知己。嶙峋傲骨與花争，有此酒人花定喜。大醉欲卧百尺樓，亂折黄花插滿頭。風雨入樓不肯避，黄花與人同耐秋。重九古傳黄花節，陪花一醉花生色。樓脚萬山如拱揖，我不登高高莫及。

攬秀集 庚午

九月朔日自嘉陽入峨邑

笑向峨眉去，扁舟旋賃成。溯流單縴緊，點浪短篙争。紅袖分艙座，青衣問水程。回頭高幖影，翠壓女墻平。

晴雪蘆花撲，荒洲雁落低。大波添沫水，分路上蘇溪。秋净蠻天迥，途生遠客迷。行囊雜書本，登岸僕能携。

宿蘇溪〔一〕

千里桑陰岸路平，逼人餘暑怯秋晴。村莊隱約不知處，坐聽出林簫鼓聲。

又

一回坐久日將斜，市散人歸醉語嘩。問得蘇溪前不遠，踞山飛閣指林椏。

【校記】

〔一〕詩題疑有誤。

宿蘇溪

店房深照夕陽紅，點綴深山入畫中。第一過橋榕樹底，幾家門繫釣魚篷。

又

晚凉貪坐溪邊石，燈影摇溪兩市分。下榻竟無乾净地，臭蟲如豆更饑蚊。

蘇溪鐵索橋

絶澗飛橋聯鐵索，索端釘地牢於縛。負以石橋成高欄，兩欄懸鈎横木著。復板帖妥亘數丈，往者來者聲槖槖。人行百鈎左右動，如米在箕愁簸落。地險大似詩題惡，辣手出奇爲此作。踟躕欲過不敢過，我立聳肩學饑鶴。

峨邑界牌

界坊頽古道，原樹鬱晴雲。靈境三峨近，平田兩縣分。客懷常似醉，秋熱尚如焚。明日丹梯路，清凉謝俗氛。

抵峨邑口號

癖嗜山遊遠不辭，二千里外訪峨眉。幾生修到峨眉令，管領青山日詠詩。

宿峨城

不上峨眉行，枉自生在蜀。不上峨眉吟，癖吟名亦辱。峨眉立天外，萬仞叠蒼玉。恨不振奇翼，摩天化爲鵠。尋山紆道來，笑我餘熱觸。一城大於斗，恰在山之足。秋嵐劈空落，滿城沾縹緑。市冷帶村意，净掃囂塵局。投憩破店中，百錢换芳醁。奇遊愜素心，坐聽更鼓促。行裝笻笠屐，安頓趁早旭。不願逢高僧，示我傳燈録。四大本來空，蒲團亦拘束。不願逢仙人，授我長生籙。故山有靈藥，黄精自能劚。但願搜奇詩，字字絶塵俗。高立峨眉頂，吟嘯鶩飆屬。奚囊壓荒怪，世眼不敢矚。何當夢飛去，先爲山靈告。

發峨城出南門

城南店少帶田莊，低叠山屏逼女墻。一路晴烘開畫幀，三峨雲擁學迷藏。笻聲早向街頭試，遊興纔同蔗尾嘗。筆墨吟箋須順便，此行都付小奚囊。

化龍橋

峨眉遠被白雲封，此去穿雲我亦龍。橋若化龍飛得起，競騎龍背入雲峰。

兩河口靈寶寺

溪流分燕尾，溪石聚鵝卵。枕溪露寺屋，圍墻間長短。門前溪水嚙，砌脚成虚窾。梩柳密無縫，怪瘿學酒碗。托根水石間，團碧蔭如傘。老僧喜客過，念佛出相款。登山興特豪，兼程怕淹緩。過門不肯入，佛休怪我懶。譬如道有極，造之在勇悍。不見樂羊妻，輟業勖機斷。

報國寺在深溪中，山險而逼，自縣城至此十里，峨眉之麓也

峨眉不肯落平地，陡然一落勢猛鷙。山多地窄不相讓，頗似城闉轃車騎。填衢塞巷紛雜沓，

亂插旌幢與旗幟。一山獨見尊者相，前後左右競趨侍。亭午冥冥日色冷，古杉萬樹鬱秋翠。回風刷耳起虚籟，疑吟木客嘯精魔〔一〕。野泉斷路忽通衢，疏磬出林知有寺。寺坊豁露林盡處，爛眼金填擘窠字。溪路引入深幾許，將人圍裹山有意〔二〕。我非佞佛求福人，尋詩得得携笻至。能寫峨眉絶境無，先出此題將我試。

【校記】

〔一〕『魔』，疑當作『魅』。

〔二〕『裹』，原作『裏』，據句意改。

同梅岩憩萬年寺，瞻仰磚殿，遂宿僧舍，紀遊題壁

不壞留磚殿，堂堂署萬年。名山宜古佛，鑄象即銅仙。築屋工傳鬼，拈香我結緣。蒲團同覓坐，來歷證生前。

寶樹蓋檐緑，一窗東向開。窗高看壑斷，樹缺放山來。禪味茶俱永，塵勞佛不猜。爪痕留壁上，好爲佛飛埃。

峨眉絶頂遇富順劉茂材星源淵如，相得甚歡，再寓嘉陽，作平原十日之飲，長句贈別，不勝黯然

凌雲載酒方醉眠，長風吹上峨眉顛。劉伶亦復好遊好飲酒，拄杖在手偏提懸。追人直到絶頂處，僧寮下榻纔相遇。一笑同圍芋火紅，興發狂呼排酒具〔一〕。峨眉秋老寒氣催，山顛風雨横空來。游山意外得妙友，喜極一倒深深杯。劉伶之醉醉不死，試問人生奇遊奇遇幾如此。酒醉得詩應更奇，引手捫天天作紙。題詩字字絶塵俗，天縱不言佛歡喜。酒罷高談露性靈，知君慧業本前生。屣視科名論不朽，蹭蹬莫怪天無情。虎頭山下讀書屋，書香不斷奇雲簇。星源尊君爲丁卯科孝廉。神仙家住小桃源，何年寫寄雲林幅。星源住三多寨，爲富邑名鄉。嘉陽客鄉更留連，毛燥秋風彼此憐。時秋榜已出，俱落孫山外。明朝各打青衣槳，李郭舟分望亦仙。舉酒臨江澆大佛，別時懷抱殊鬱鬱。既戀峨眉又戀君，縮地方從何處乞。

【校記】

〔一〕『興』，原作『與』，據句意改。

發嘉州遂泊沙板灘即事

嘉陽山水苦相留，棖觸歸心又買舟〔一〕。好是篷陰灘轉處，佛岩空翠落船頭。

又

泛泛中流槳乍停，烏尤送客眼中青。重來載酒知何日，幾度回頭望黛屏。

又

船舷笑拂脚跟塵，纔上峨眉訪願輪。畢竟山靈感知己，舉頭天外看歸人。

又

煤堆傍岸寨籬密，鹽井滿山筒竹高。纔是水程三千里，油花溪口早停橈。

【校記】

〔一〕『棖』，原作『振』，據句意改。

餞熊鼎之孝廉北上

不甘家食薄科名，又買舟車萬里行。最好梅花迎又早，無多書本束裝輕。饑寒練骨才華出，磊落談心感慨生。入世幾人蘭臭合，驪歌傾聽可勝情。

年來聚首歷秋春，相契私疑有舊因。歌哭同懷空俗物，錢刀輕棄見天真。彈冠我待王陽貴，下榻君偏仲舉親。一樣爲公遊偃室，飛書草檄見經綸。

害馬縱横已數年，揭竿竟逼義民先。一時鼎沸官無勢，半夜巢焚鬼自憐。誤到冉求司押虎，怪他劉勝作寒蟬。顛危大局何人顧，賴有書生爲保全。

新令田文適館尊，陽鱎叱退魴魚存。山中人望陶宏景，閫外權專陸伯言。冷面辭金從暮夜，矢心造福爲鄉村。何妨桀犬來群吠，勇退原宜早閉門。

毛燥秋風唱莫哀，奇游我自大峨回。文章雅愧升天佛，朋輩誰稱命世才。緑酒爲君澆祖道，黄金從古説燕台。陳琳附冀偏無福，多累箋書慰藉裁。

猶記同遊錦水邊，惟君歸泛孝廉船。幾年戰伐投班筆，四海飄零失祖鞭。當世止知金榜貴，此行好作玉堂仙。文壇難得熊渠子，射策看同射虎傳。

乾菊

殘菊花乾淡不黄，重陽開後幾經霜。本來骨傲羞分潤，縱使心枯肯斷香。裝枕輕鬆思舊雨，倚籬蕭索怨斜陽。便儂研末冲杯酒，自製延齡服食方。

乾葉

秋來葉脱可憐生，一種乾枯曬晚晴。遜我文章多潤氣，怪他零落有風聲。踏從玉碎樵鞋響，燒並琴焦野竈明。記得緑陰如畫裏，年年雨露占滋榮。

臘月朔日，竹閑自城内采到臘梅十餘枝〔二〕，分插大小瓶具滿，詩以詠之

梅花本是山人派，身在城中嫌濁穢。淡黄衫子作道裝，城中人見都驚怪。山人有弟號竹閑，臘雪驢鞍游興閑。進城欲訪歲寒友，梅花一笑隨歸山。花未入門香進屋，十枝八枝樵様束。此行仿佛公之奇，自出城來以其族。兩三間屋皆盈書，各置銅瓶聽擇居。我是主人花是客，客主公然共標格。主人清貧花應知，無物供養惟吟詩。不知梅花要詩否，一陣風來花點首。

附竹閑和作

臘花前身黄仙鶴，生來不插塵中脚。化作梅花尚著黄，不宜城市宜邱壑。昨日我自城中來，梅花隨我香拂衣。分贈先生及小友，都道歸裝雅絶人。所稀折花帶歸無半樹，换得一堂詩無數。或者梅花即是詩，非帶梅花帶詩句。我欲和詩吟不工，幸隨梅花入詩中。問花在城供俗眼，何如山裏伴詩翁。

【校記】

〔一〕『采』，原作『來』，據句意改。

西復西樓辛未

樓房曲折紙窗明，筆硯安排最有情。人是神仙天半坐，萬山低首聽吟聲。

遊暑柳陰中，水石留人，欣然有作

門徑值深溪，亂石肖屏象。齒石水勢急〔一〕，石阻故崛彊〔二〕。或作金鼓聲，或爲琴筑響。偶來水石間，喝耳息塵想。手種數株柳，垂絲密於網。高下不成行，一碧團斷岸〔三〕。擬結小茅亭，兩字柳溪榜。亭子枕溪水，傍溪石可磉。水石皆詩題，捻髭幾技癢〔四〕。柳風吹句來，格外見清爽。溪流自無盡，柳樹蔭方長。作詩傳柳溪，倘有知音賞。

【校記】

〔一〕『齒』，疑當作『嚙』。

〔二〕『彊』，原作『疆』，據句意改。

〔三〕『高下』二句疑當互乙。

〔四〕『技』，原作『枝』，據句意改。

八哥

禽亦將行喚，籠寬養八哥。能言舌初剪，名硯眼如波。師己知謡早，依人忌語多。出身猶記否，朽木剩殘窠。

六月初九日，田家許姓招飲，留宿其家。是夕大雨如注，至一二更，雨益甚。屋臨溪岸，堤壁百尺，疊亂石爲礎，溪漲撼之聲勢不測，擬欲崩落，不能成寐，偕印臣子、嘉雨弟呼燈起坐，走筆作此

許子不憚煩，致富解好客。觸熱邀我飲，厚意相促迫。重違鷄黍約，遂著尋山屐。山程十餘里，上下極險僻。草深蔽腰半，徑細容足祇。一落倘不防，絶壑定棄擲。對面見野屋，匏樣繫山石。隔溪尚數里，直可引手摘。彳亍過深溪，壁立蔭竹柏。犬吠知門處，門磉乃在額。主人出迎我，婦女亦歡懌。坐我乾浄地，不壁有新宅。是時烈日午，盥沐脱巾幘。旋走雲團團，更催霜格格。盆傾雨何急，庭宇波崩湱。横風擊檐瀑，如坐破浪船。跳珠入杯争，濕霧裹筵席。忽忽雨陣收，殘日雲罅射。四山浄於洗，亂漲走龍白。群龍會溪谷，怒吼岸被齚。似爲我初來，

相留永今夕。燈上雨再作，下榻一房窄。此房枕溪起，柱脚懸百尺。雨猛溪益喧，洶湧撼危磶。誰云置屋牢，傾折煞可嚇。輾轉不成寐，詩膽碎如擘。驚呼兩阿連，啞口乏奇策。默祝雨師〔一〕，英雄莫相厄。豈出即景題，催詩作戲劇。落筆争淋漓，藉紀飛鴻迹。

【校記】

〔一〕此句脱一字。

蟋蟀

蟋蟀是詩客，夜來多苦吟。豆棚疏雨過，老屋一燈深。不寐説秋夢，久聽生道心。小籠兒女覓，記向古墻陰。

絡緯

庭幽啼絡緯，軋軋誤繅絲。爲我添心緒，悲秋賦小詩。鄰燈射瓜架，凉月淡荒籬。嘲笑山妻懶，冬衣補綻遲。

倚樓

吟燈紅瘦未添油，絡緯聲中獨倚樓。伏處年光驚過鳥，破窗星影摘牽牛。孤斟已罷難爲醉，百感無聊總爲秋。不負清凉增睡味，夜深看吐月如鈎。

舊書

舊書合當舊交看，敝篋搜來幾卷完。壁蠹尚供兒輩讀，抹鴉猶記幼時攤。餘簽折角都沾墨，碎點如心不變丹。燈下笑翻詩句出，多年稿紙未摧殘。

敗筆

酸寒何處覓封侯，敗筆枝枝也自投。幾輩藏鋒原有意，人間貪黑可無休〔一〕。花生一夜憐春去，陣掃千軍記力遒。合讓上床眠禿友，酬他功苦伴吟樓。

【校記】

〔一〕『黑』，疑當作『墨』。

斷墨

元霜一笏懷誰教，半段如槍硯角拋。剛性驟磨原易折，斷紋能續不妨膠。頓成金碎文人惜，當作香分稚子敲。研向晴窗嫌太短，幾回和指漬池坳。

破硯

莫笑傳家破硯池，半生行止鎮相隨。藏來匣合傾身讓，携爾巾應折角宜。洗滌何須瞞缺處，磨研到底有穿時。作圖補識殘銘字，忍失當年絶妙辭。

静夜

静夜樓頭萬景空，貪凉窗户敞玲瓏。馱來破月雲如馬，吟對秋燈我亦蟲。有限光陰貧賤里，無端憂樂寂寥中。竟須裂石吹長笛，獨自憑高問碧翁。

吸烟

吸烟如吸酒，雅有味外味。烟壺咽泉響，芬馨心肝胃。自疑化爲龍，張口吐靉靆。往往枯腸搜，一吸若灌溉。佳句汩汩來，恰帶烟火氣。寄語醉鄉人，斗酒殊浪費。

小硯

小硯圓於餅，磨人味亦佳。蠅頭銘字刻，鴝眼墨光揩。洗處雲生指，携來月入懷。大田無力買，遣子此安排。

羊礄岩

迤邐石板灘，臨岸路忽斷。在頂不見足，誰得尋丈算。對面峙高岩，逼近比几案。壁立刀斧截，黝若受烟爨。相合成絶峽，注峽溪流亂。俯見峽中人，高不逾尺半。彳亍踏溪水，疑是溪鼠竄。岩楞石梯路，步步出鑿鑽。就楞左右折，一折一楞換。不折即陡壁，猿狖不敢玩。折折學之字，難計折幾段。石梯雖不窄，光滑似磨鍛。加有破碎石，纍纍蚌蛛貫。角峭者瓦礫[一]，體圓者金彈。小或如棋子，大或如卵蒜[二]。踏之倘亦蹶，萬丈落無絆。聞昔墜岩人，皮骨盡碎爛。思之駭且悚，兩脚忽然軟。且以坐代行，臀移手更按。後來草鞋鼻，時踢我幘岸。岩樹矮爲欄[三]，樹缺怕俯看。漸漸得土坡，生死界纔判。坐作吴牛喘，脱帽滿頭汗。我魂懼已落，擬作些詞唤。西南乃黔邊，險隘此爲冠。百千億萬人，可以一夫捍。昔年南防兵，咸豐九年，貓貓山郎送倡亂，大兵往征。旌旗五色燦。想見輿與馬，過此心膽散。天梯連石棧，謫仙語非讕。一篇《行路難》，誦之爲三嘆。

【校記】

〔一〕『者』，原作『看』，據句意及下句『體圓者金彈』改。

〔二〕『如』，原作『知』，據句意及上句『小或如棋子』改。

〔三〕『樹』，原作『澍』，據句意及下句『樹缺怕俯看』改。

苦吟行

一字一句吟難就，微聲擁鼻雙眉皺。升天入地仗心兵，捕得詩來如捕寇。詩成落筆軍奏凱，字字城堅還甲胄。酒醒茶罷燈殘候，舊題纔畢新題又。嘔出心來值幾錢，未必篇篇梨棗壽。宇宙奇詩寫不完，此心何苦同詩鬥。君不見山人有癖在苦吟，詩草漸多人漸瘦。

結屋

山人結屋小於舟，妙看青山繞屋稠。屋就地偏多轉角，山如人傲不低頭。座吹花氣風能韻，窗受嵐光雨正收。閑坐攤書閑覓句，但聽蟲鳥報春秋。

閉門

秋色酣楓桕，秋陰駐薜蘿。閉門成落漠〔一〕，得句費摩挲。夜冷燈都瘦，山深雨易多。此時宜中酒，尋覓睡鄉魔。

【校記】

〔一〕『漠』，疑當作『寞』。

學詩

少小愛書籍，中年乃學詩。我生如春蠶，默計殊可嗤。讀書蠶食葉，作詩蠶吐絲。有絲欲勿吐，感觸難自持。將書當葉食，深恨十年遲。捫腹數所得，若敖鬼餒而〔二〕。如其不負腹，所吐應更奇。人云不如蠶，蠶絲有用時。織成黼與黻，煌煌獻丹墀。詩人徒苦吟，煮之不救饑。古今幾李杜，千秋名姓垂。所以多田翁，聞吟攢雙眉。養兒不識字，温飽如操劑。絲盡蠶必僵，況乃理莫移。何苦争詩名，嘔心終不疲。我聞人所言，急欲焚硯池。誓將奉錢神，求爲暴富兒。詩稿數百首，棄置勿復疑。豈料甫棄置，刻骨深相思。有如陸放翁，驚鴻慘生離。又如蘇屬國，結髪傷分馳。平平仄仄平，依然撚吟髭。情願作蠶僵，詩癖終不醫。不作可憐蟲，走肉而行屍。

【校記】

〔一〕『敖』，原作『傲』，據句意改。

仿百尺樓坐雨

擁樓山立如群龍，霖雨不落常在胸。幾日淋漓雨興濃，團團雲霧將樓封。樓外昏黑龍無蹤，龍角微見山一峰。欲霽不霽妨春農，田水汩汩聲如舂。新秧已算針有鋒，恨不蓑笠扶吟筇。低頭悶坐覓句慵，喑啞頗學霜天蛩。雨勢忽助風横縱，飛電霹靂相追從。紙窗不足當其衝，平空打破疑戈舂。書床澆濕水溶溶，主人於龍豈怒逢。或者入樓課督儂，急陣已當詩題供。我欲留龍飲一鐘，龍醉竟卧樓上重，小樓雖小龍能容。龍若不留請將雨陣鬆，還我樓外簇簇青芙蓉。

頃以《仿百尺樓坐雨》命題，予作七古，諸生成七律，再筆和之

樓居最小署吟窩，一樣春陰夢里過。中酒情懷詩亦少，落花時節雨偏多。餘寒著樹喑啼鳥，宿霧糊山失黛螺。可奈飄摇窗紙破，讀書難點夜燈何。

餘情

坐憑硯席有餘情，每盡三更到四更。短燭春寒昏雨氣，高樓夜静顯書聲。王維自悦松間屋，羅隱何須榜上名。慧業修來人不識，蠹魚猜定是前生。

書屋偶成

得錢買新書，爲書起新屋。起屋學樓閣，高敞且折曲。叠書拄頤頷，斜陽自來曝。從遊六七人，賃屋借書讀。屋屋安書几，我屋本不促。屋屋有書聲，我屋端不俗。夜雨門未推，雲借書床宿。曉晴窗盡開，山枕書堆緑。書聲半天落，鄰家都耳屬。紅影幾屋燈，鄰家争拭目。告我書屋好，畫圖無此幅。譽我屋中坐，神仙無此福。我是屋主人，讀書未果腹。便便邊孝先，前生未敢卜。作詩當屋記，交與童冠録。

餘寒

深木杜鵑響，山村花事休。餘寒鈎曉睡，積雨販春愁。酒惡終難斷，詩貧不耐搜。晴人意好〔一〕，回憶踏青遊。

【校記】

〔一〕此句脱一字。

嫩晴

嫩晴幾日斷春寒，春樹春山翠作團。開盡向西窗格子，斜陽烘几硯池乾。

閑詠

窄板兜梁釘，安巢備燕來。香泥抛點點，書几爲移開。

小小瓷瓶子，春蘭插幾枝。晴窗風不動，微覺妙香吹。

一兒纔滿歲，知學讀書聲。抱向開書處，啞啞鬧不清。

丹鉛當午倦，坐引睡魔初。眼合頭頻點，鴉塗一葉書。

與十弟錦曇共燭夜課，喜賦短歌

長檠短檠都勒休，明燭香煎烏柏油。山中從不識更漏，燭跋即當夜課籌。我與阿連共一燭，兄自吟詩弟自讀。讀書吟詩聲並高，燭心歡喜花成簇。

遣興四首

使筆如使箭，瞄題如瞄垛。雖不能挽强，命中我亦頗。垂髫事帖括，卌年費燈火。科名風馬牛，默默知計左。悔不早投筆，屍伴馬革裹〔一〕。悔不早學仙，身騎鶴背坐。落拓長如此，真愧裸蟲裸。舉酒望青天，滿眼奇愁墮。

慷慨談忠孝，不計利與害。行事求心安，不論成與敗。讀書溯古人，别有英雄派。如今幾卷書，多被人讀壞。胸先入勢利，出處一蜂蠆。舉世趨其風，毒痛無不屆。此輩占富貴，操術特狡獪。山鳥爾何干，乃呼咄咄怪。

我家有老屋，二酉南山下。山路比梯陡，幾不通車馬。鄰里往來人，耕夫與樵者。白雲留住我，頗覺此心野。賦詩三五卷，純任性情寫。落筆似草草，胸中有爐冶。但令意自得，何惜和者寡。客來説俗事，低頭學聾啞。

山人有老母，紡績不離手。山人有病妻，不能操井臼。君羹既未嘗，歸遺復何有。株守破硯田，碌碌增顏厚。喜有上學兒，垂髫年八九。私譽是書種，或者不吾負。多爲買異書，羞作錢奴守。誰與婿阿巽，沈吟山谷瘦。時熊少山孝廉爲英兒作伐。

【校記】

〔一〕『伴』，原作『拌』，據句意改。

自題兩面看山樓

高樓兩面有高窗，開向西邊又向南。雙架書連雙架筆，一層山幘一層嵐。不教眼放心俱放，未免詩耽酒也耽。時坐時眠時小立，此樓如繭我如蠶〔一〕。

【校記】

〔一〕『此』，原作『比』，據句意改。

清閑

窗明几净讀書家，莫謂清閑負歲華。問字人抄新著作，耕田奴理舊生涯。苦吟有味如佳茗，春夢無痕笑落花。看看八齡兒入塾，又能弄筆學塗鴉。

輕肥讓與得時流，生長林泉熱念休。不用衣冠嘲樸野，本來樵牧是朋儔。片言雅愧銜環鳥，小步權尋識字牛。畢竟清閑間未得，一年强半在書樓。

悶懷

亂紅掃盡緑成陰，烟雨冥冥山更深。春事依稀棼尾酒，悶懷消遣里頭吟。新書葉脱嬌兒補，舊藥方靈病婦尋。幾日餘寒還峭甚，安排换去薄綿衾。

清貧

粗衣惡食歲能支，許戀山林亦母慈。滿屋是書看不了，終年無事起常遲。心泯機械疑成佛，天與清閑爲作詩。悟得虚名如餠畫，江東原未要人知。

山居偶成

四山都抱屋，一姓自成村。小樹圓於傘〔一〕，新秧緑進門。遺兒足書史，留客裕盤飧。笑創山人派，吟銜署答猿。

【校記】

〔一〕『圓』，原作『園』，據句意改。

深居

静極無塵事，深居養拙宜。巢添紛燕語，窗破補蛛絲。信手翻殘卷，無心得妙詩。閑中清趣在，不許俗人知。

書課童烏讀，燈常半夜紅。門無題字客，人是信天翁。地僻真堪隱，錢荒不諱窮。住家如畫裏，山翠裹簾櫳。

霉天

霉天有例不多晴，處處分秧野水平。好是夜來燈上候，田蛙齊學讀書聲。

山陽平八景詠並序

吾鄉距州南七十里，諸山挺秀不凡，四面環抱，梯田百棱，不糞而腴。泉高足資灌溉，塵氛屏絶，有桃源遺意。先代自城南移居，今已六世。一姓之村，世安耕讀，自後生輩，穎秀者尤多。每晨火夜燈，書聲四起，磅礴毓發，殆未有艾，蓋二酉分靈，非偶然也。居常見古達人賢士，一别墅，一僑寓，往往以吟詠文章，著丘壑之名而紀溪山之勝，如摩詰輞川、柳州愚溪，何可勝述。矧生長釣遊之地，長令寂寂，能毋山靈笑我拙哉？先是，先伯祖廣安廣文廷弼公、從祖恩進士三秀公有八景之詠，遺稿散失。爰就八名，各綴小序，狀其景，晰其方，而繫以詩。自維江東不第，語又不工，何足爲鄉山增重？録之集中，邀同人見和，且以誘子弟之能文者，倘大人先生采附郡志，以永其傳，又詅痴符一段意外想也。

香爐捧日香爐岩方整如香爐，高距東面，日月之升，疑其捧出。

東山如香爐，山烟香篆裊。高處捧太陽，大器用肯小。朝翔五色雲，幾回鳴鳳鳥。人間有睡鴨，未免特微眇。

席帽披霞向西横崗突起，作席帽形，每晚霞照曜，其景可玩。

山靈學秀才，尚未離席帽。落日散霞綺，滿帽紅光罩。一笑對青山，爾我都毛燥。天風吹不落，莫認接離倒。

仙壇積雪俗稱天壇，蓋老屋南山也。高入雲表，積雪未消，如玉山照人，最爲奇絶。

南山高入雲，陰處積古雪。朗朗群玉立，到門亦佳客。仙人山頂坐，星辰手可摘。春雨雪乍銷，一壇暈空碧。

文筆參天山當北爲老屋祖，頂麓有文峰寺，因峰名也，秀聳如筆，俯視衆山，西南百里外能見之。

濕霧是濃墨，青天爲大紙。突兀文筆峰，疑豎天龍指。此筆自千古，妙在絶傍倚。一切盡俯視，俗手提不起。

大石鍾靈俗稱大石頭。在東山足，石湧出平田，大於屋，如龍見首，頭角崢嶸，形狀最怪。鄉人多以小兒寄拜，呼爲爺。

怪石聳平地，楞角似菱芡。大比蝸牛屋，半被藤蘿掩。米襄陽不作，拜之亦近諂。不信石有靈，一喝看頭點。

仙橋跨壁在北深谷中，稱天生橋，弓影架空，絶似今石橋狀，以僻在山窟，尋常車馬之客不能探訪也。

僻徑入深谷，長橋跨青嶂。有如人端坐，放工兩膝上。世無過來人，彌高徒仰望。路接青雲梯，欲題須膽壯。

八堡層嵐俗稱八堡，基在正南，爲老屋對門山。凡三層，漸高如疊屏，雨後晴初，嵐翠欲滴，雖荆關不易寫也。

山缺復補山，層層山透露。昨日過疏雨，嵐亦分層數。開門對八堡，空翠裹檐樹。家住輞川圖，今摹右丞句。

雙流砥柱在西溪流匯處，有石笋矗立二三十丈，予募鄉人作小塔於上，如筆添毫，見者疑爲鬼工云。

溪水雙白龍，相要入斷峽。石笋拒峽口，如劍初出匣。一塔笋尖明，神工喜地狹。中流作砥柱，龍過膽猶怯。

家居偶作四首

懶爲浮況作解嘲，安排身世混漁樵。無才筆底難求潤，每飯鍋中且録焦。居僻直如陳仲子，酒狂敢學益寬饒。西頭老屋多年破，百改千删畫可描。

屋邊樓起出心裁，窗格玲瓏兩面開。山翠撲檐疑雨落，天風掃榻待雲來。書能熟讀兒聲續，詩未成篇鳥語催。消受林泉清净福，人間原自有蓬萊。

未必科名屬子虛，一編仍自惜居諸。文期中式摹花樣，字不成家學草書。賞雨自宜藏有酒，遊山何礙出無車。菜根咬慣忘兼味，霜後園菘雪後蔬。

蘭衫白紵自年年，且喜胸中俗盡捐。别號寫登書賈帳，小眠夢上米家船。磋跎似我原無用，著作何人是必傳。三百首詩存草稿，自家分體手親編。

偶成

好風如熟客，每到自開門。誤作客迎出，瓶花笑不言。

得詩

我不作詩久，無心又得詩。若問詩來處，詩人自不知。

家子駿索雜體詩稿，率賦寄贈

入幕如君最少年，元瑜書記想翩翩。時安硯州别駕署中。句如名酒清爲聖，身似梅花瘦欲仙。荒廨山圍空翠落，低窗紙破夕陽穿。州門每入頻相訪，文字緣深骨肉緣。

年年毛燥總無成，無用該君笑老兄。失意敢存非分想，向人羞作不平鳴。未堪縱酒談懷抱，聊復將詩寫性情。夜撥秋燈抄舊稿，紙應寄與阿連評〔一〕。

【校記】

〔一〕『紙』，疑當作『衹』。

桃源行並序

戊午歲，世兄冉右之先生同寓錦城石牛寺，出所著《酉述稿》見示，爲言州北大酉洞酷肖淵明所記桃花源。據《通志》，酉陽在漢屬武陵郡之遷陵地，漁郎所問之津，安知其不在此？惟晉永嘉後，没於蠻僚，宋及元又爲土司地，愈以不彰。自桃源縣隸湖南，好事者求其地而不得，遂以逃船洞當之。聞逃船洞中無土地，且洞濱大江，自戰國楚師入滇後，久爲通衢，無見而復失、迷不得路之理，用是通儒斥爲附會，並以陶《記》爲寓言。余謂《記》中『忘路之遠近』一語，尤漁郎到酉陽之證，爲相視而笑。今先生所撰《州志》印既竣，蒙自成專伻見贈，閲輿地、山川條，大酉洞下實紀當日夜談之語，仿是意作詩詠之。時甲子季夏，先生又因鄉試赴會垣，行李已戒，俟獲雋歸來，當以請質焉〔一〕。

酉陽纔是真桃源，《桃花源記》非寓言。騎驢覓驢人不識，流水桃花都減色。右之先生本洞仙，先生有『三十七洞天舊主人』號。從新指破千年惑。爲言州北五里遥，大酉谽谺洞口標。仿佛有光源水處，尋源一徑湧春潮。陡辟一重天與地，田園屋宇無塵氣。想見村中長子孫，先芬能誦秦皇避。吾酉在漢屬武陵，路忘遠近問津明。永嘉以後淪蠻僚，直到元明失洞名。桃源縣以桃船冒〔二〕，通津何至迷津告。真反無名贗作真，淵明不笑桃花笑。先生正名郡志中，載筆休言附會工。憑弔洞中無故物，桃花剩作古秦紅。

【校記】

〔一〕『請』，原作『清』，據句意改。

〔二〕『桃船』，題序及《西志》均作『逃船』。

後桃源行

壬申二月望後一日，張子雨、家醉候兩茂材、家小亭參軍及譚受之四君邀予遊大酉洞。時風日晴和，洞中桃花正放，如待游客。至則玩飛泉灑玉、仙人碓諸景，盤桓久之，旋拾洞中碎石，攔激清流爲渠，相與坐石盥漱，不覺清寒沁人臟腑，滿身起粟，再坐不得。及出洞，又成熱客矣。尋人家煮茗飽吃，各折桃花一枝而去。

仙源只許仙人到，邀得神仙多更妙。前身我是武陵漁，桃花一見齊含笑。桃花笑我頗有因，花縱無言不必詢。當年晉魏談塵事，認得漁郎是故人。小亭吃酒酒仙墮，仙令佳兒臣叔我。乃翁魯亭先生以孝廉令三輔。醉候外氏訪葛洪，子雨先人問張果。譚子買田在洞中，秧針未緑花先紅。源水桃花歸管領，不是多田俗富翁。晴烘一路遊人熱，入洞盤桓凉沁骨。一笑一咳石應響，疑有神鬼藏隔壁。兩壁鐘乳何紛紛，殘碑剥落繡苔紋。摩崖太古藏書字，款認當年舊使君。謂牧伯羅次垣先生。洞口同看泉灑玉，如龍伸舌涎絲續。萬丈一落化烟雲，濕痕滿地紛難掬。洞天回望矗岩巉，岩半谽谺另一龕。仙碓舉頭高不落，傳聞舂響起更三。盤桓許久幽探懶，激水成渠聊漱盥。猶記前年醉此間，舞浪如龍衣盡袒。前年六月，同醉侯、小亭携酒飲洞中盤石上，醉後各袒衣赤足，踏亂流而舞，激水過額，以爲笑樂。陰冷侵人不可留，世間疑已换深秋。出門笑指桃花在，暖日仍蒸汗滿頭。更入人家煎苦茗，大碗争擎作牛飲。借問神仙有此無，未免洞靈爲齒冷。欲行各折桃花枝，我换桃花却有詩。帶花帶詩入城去，送人一路仙風吹。

彭節母太孺人榮膺旌表，令予作侯茂材屬題坊額，長句應之。

彭郎磯畔烏夜啼，孤雛親哺愁雲低。雛成飛入泮林去，頭白烏喜猶雛携。我生遺腹如趙武，折蓤挫薦親尤苦。一樣人傳節母名，煌煌棹楔讓先成。學成棹楔知何日，照眼春暉淚雙溢。

望峰先生《南船北馬詩集》題詞

家有名士慚不知，昔年頗謂臣叔痴。叔固有痴不賣人，亦不能買鄭虔三絶畫書詩。提筆愛寫蘭竹石，寫字亦如寫蘭寫竹寫石秀勁無俗姿。名士字畫筆墨游戲耳，不覺乞者買者屨滿户外聲名馳。聲名恨爲地所限，俗子乞買得之容易反加白眼求其疵。能得幾錢作潤筆，忿將來者牛羊麾。閉門不屑作干謁，老屋茅破秋風欺。古洞蟠龍山立玉，先生住龍洞溝，有玉柱峰之勝。三間屋子山水之中相撑搘。屋裏間臨帖本摹畫稿，山來陪坐龍來窺。負郭腴田都被世上者屠沽小兒占虚名〔一〕，餅畫不爲先生救寒饑。老天不令填溝壑，幣聘起作諸侯師。蓮花幕静安筆硯，繆榮吉牧伯、徐秋山州别駕、陸金粟少刺相繼延聘。名帖舊幀紛相隨。涪陵歸來又幾載，就館繆公涪州官署。陸賈裝富盈朱提。米珠薪桂有錢買，硯田株守樂不疲。我時造訪侍坐側，贈我手所書畫豎者大幅橫者披。並出蕉窗臨帖卷，名公巨手長篇短詠一一如芋吹。先生《蕉窗臨帖圖》，題詠者數十家。屬我學吟附卷尾，謬聞大阮青雙垂。細論卷中諸作者，肯綮所中膏肓所指，無異解牛庖丁齊緩醫。如此風雅僅能名書畫，一字不吟心爲疑。先生乃出舊作示，篇篇評點經王維。儀部郎中王屏山先生〔二〕。爲言年少童軍戰北不得意，壯遊湖海京洛時。船唇馬背走萬里，河山人物所睹所記所應所接相與助我思。後來長安米貴居不易，窮愁抑鬱詩益奇。如今詩人多於草，不知性情兩字爲何誰。東塗西抹配紅白，自謂工部復生謫仙再世某在斯。標榜附和得意狂欲死，惘然不顧識者嗤。老夫爲此不多作，且讓此輩聳肩擁鼻捻其髭。我聞先生言，有如捧喝施。再讀先生作，爲忘朝夕炊。當作荆州强借去，韓家阿買使寫宜。我道先生之詩亦如其書畫，文壇藝苑自能豎鼓旗。眼前惡俗字匠畫師詩翁何足道，先生奴隸叱之誰敢訾。又况衣鉢所附托，仲弓家自有好兒。小鵬弟以字畫繼起，有小坡之目。我於先生七世以前共昭穆，賂遺推叔非紹威。小子生亦有吟癖，尋詩親泛錦水登峨眉。偷江東集例可仿，還望先生爲題詞。吁嗟乎！先生書畫名早詩獨得名遲，家有名士慚不知〔三〕。

【校記】

〔一〕『者』字疑衍。

〔二〕『部』，原作『郡』，據句意改。

〔三〕『慚』，原作『漸』，據句意及首句改。

門人劉菊生永延來館甫十日，因家事轇轕，匆匆别去，旁人有疑予師弟隙末者，臨别贈言，黯然無已

自與侯芭半載離，草元人苦費相思。如何侍側無多日，又是臨歧送别時。文字緣猜前世結，光明心恨俗人疑。秋山路遠登高送，風雨淒凉寫入詩。無多骨肉苦相猜，幾諫歸須解釋開。莫爲饑寒銷壯志，能經盤錯是奇才。家貧筆硯抛原易，年少光陰買不來。客燕有情應念舊，捲簾相待到春回。

無營

稻田收畢喜年豐，飽飯無營百念空。編篋作盆移蕊菊，摘花爲食飼鳴蟲。深山閉户真塵外，細雨尋秋似夢中。縱有應酬非俗累，最相知處寄詩筒。

夜雨作響，新寒逼人，悄然得句

一雨斷殘暑，秋尋野屋來。疏疏檐滴響，切切砌蟲哀。山木寒將落，燈花瘦不開。夜深猶

兀坐，衣念薄棉裁。

秋夜偶成

秋寒猶薄瘦人勝，秋夜初長喜課增。一陣西風大唐突，欺人窗破滅書燈。

又

破窗燈滅更皚皚，月爲聽書悄悄來。喜極不眠燈不點，打開窗共月銜杯。

門前

門前曬穀夕陽殘，不覺秋深有暮寒。割盡黄雲晴更久，冬犁耽閣稻畦乾。村人收穫後犁田謂之冬犁。

金珠堡堡有藥王樹，數百年物。

尋幽西復西，四五里深溪。束峽山如笋，盤岩路學梯。村貧樵子住，樹古藥王題。回首文峰下，吾廬夕照低。

九月三日與十弟錦曇飲山村段姓家

數里鄰村約酒軍，趁晴遊眺亦欣欣。秋藤結果紅於茜，路傍山藤結果，大如鷄卵，而蒂末皆鋭，紅鮮可愛，與諸藤子絶異，村人謂之爲『金盤瓜』。古木成林翠入雲。不覺到門山徑陡，何妙歸路夕陽熏。我能冒雨如籬菊，許否重來覓醉醺〔一〕。

【校記】

〔一〕句下原有注云：『秋藤』二句，一作『秋藤果熟鮮於血，老木根虚瘦有筋』。此非自注，當爲後人所加按語。

秋日山遊

年來猿鳥諒忘機，掃盡門前是與非。泥飲慣尋田父去，出遊喜帶好詩歸。天留餘熱秋晴健，林近新霜落葉稀。笑爲吟身添野意，無名草子暗粘衣。

新月

微吟擁鼻未成篇，人倚西樓欲暮天。新月笑如評句筆，等閑打個半邊圈。

與家醉漁、筱艇、譚受之同遊北川寺，遂至二酉洞，即事成詩

山城隔岸緑林邊，水寺清閑訪北川。一院秋香無隱爾，座間同證木犀禪。

又

自來自去佛無言，送客斜陽滿寺門。嘆息前朝如夢過，古鐘惟剩鑿釵痕。寺鐘有鑿釵痕，相傳鑄鐘不成，土司夫人擲金釵爐火中，一冶而就，今爲僧盜去矣。

遊興同人尚未闌，藏書喜得洞天寬。是誰欲爇秦皇火，四壁堆薪萬束乾。李姓業陶瓦，儲乾薪洞中殆滿。

瑯嬛我學茂先遊，秘笈龍威許探不。合向洞門租隙地，傍岩起個讀書樓。

天茶園弔土司冉椿林元齡公墓

出菁奇山氣勢粗，群峰立笏似朝趨。一亭碑碣荒苔蝕，百歲風霜宰木枯。裕蠱恨兒終失國，啼鵑招客爲携壺。浙潮聲裏留遺裔，忍問臣佗署老夫。按土司再傳至雍正十三年即改土歸流，子廣煊的及二孫遷徙浙江之仁和，至今無反酉陽者。

五臺山文峰絶頂即山陽老屋後山。

絶頂高登第五臺，飛空石路净塵埃。岩扶鐵索忘梯巧，龕斷爐香替佛哀。當面山争盤地伏，出頭人竟上天來。罡風拂拂吹吟袖，萬壑雲消眼界開。

官隘口楊姓招飲，留題主人壁，山靈有知當喜。詩人足音跫然者，自我始也

絶峽忽開豁，溪源燕尾分。劈空山立壁，據險磴盤雲。衣潤黏嵐翠，途乾趁夕曛。丸泥封隘口，竟可斷塵氛。

覓路深深入，桃花想洞源。衣冠逢太古，耕稼競荒村。福地何年辟，奇山獨自蹲。避秦人是否，占此好林園。

石作門前案，横斜百丈堆。喬柯争石罅，落葉打門開。屋似畫中住，我尋詩乍來。多情鷄黍約，三宿尚徘徊。

古怪好林石，祇今纔入詩。句奇山鬼誦，字草野人疑。酒約楓同醉，客如雲去遲。倘添泉

水活，我亦爲家移。

板溪場

破店斷還續，閑時無市囂。路紆街轉角，山瘦草如毛。寒凍風聲厲，晴乾水價高。趁墟當二七，都讓醉人豪。

壩水溪

曲曲沿堤路，堤危與水争。人家團石翠，樵語亂溪聲。田趁巉岩敞，橋惟巧木横。叢祠尤入畫，樹裏粉墻明。

湖廣寨

曲抱山如椅，深潴水作潭。山倚重屋擠，水静一村涵。僻境疑塵外，鄉音囿楚南。吟筇過亦偶，慚愧姓名諳。

大茶園許氏幽居〔一〕

誅茅愛此隔塵寰，車馬無喧鷄犬閑。泉響夜添深菁雨，林凋秋露對門山。洞天流水桃花裏，野屋幽溪怪石間。一種巉峰排玉笏，畫圖尤配寫荆關。

【校記】

〔一〕前有《天茶園吊土司冉椿林》，「大茶園」「天茶園」疑爲同一地名。

由楠木莊至横擔山楊柯林先生山居

夾溪山逼難伸脚，伸脚參差犬牙錯。左旋右折阻溪行，溪流時作不平鳴。一重一掩深深入，飛閣臨溪岩嶪岌。老蔭層層翠柏圍，粉墻半繡苔斑濕。溪僮爲指子雲家，山頂炊烟竹外斜。上山林密不知路，撥雲且覓鷄聲處。

冬日偶作

少時所讀書，忘却難倍誦。少時所作事，思之如舊夢。卌歲百無成，一衿困嘲弄〔一〕。時文横使才，屢戰式不中。梳頭見白髮，默默心暗痛。往日英雄氣，盡斂不敢縱。向平逼婚嫁，俗累兒女衆。將身比吴蠶，自裹繭如甕。蜕化知幾時，苦境正羈鞚。空山霰雪積，是時值冬仲。號寒擁破裘，真愧凰與鳳。重糊窗減明，密裱壁無縫。一笑攤書處，深屋暖於洞。無聊作新詩，姑把流光送。不管傳不傳，録稿且呵凍。

【校記】

〔一〕『衿』原作『矜』，據句意改。

栖鶴庵

寒藤翠擁寺門秋，幾蹬筇措響石頭。栖樹已無孤鶴在，籠紗不爲相臣留。前明崇禎時，文鐵庵相國流寓酉陽司，曾題句庵中。身兼樵牧僧難雅，面滿塵埃佛亦愁。山脚瘦田圍破屋，荒凉風景倦凝眸。

玉柱峰禪院感懷土司故迹按刹院係前明宣慰使建。

一柱撑空氣象尊，照人朗朗玉山論。偶携白酒登峰頂，不許紅塵近脚跟。匝院松篁天漢掃，滿城烟靄寺門吞。前朝事問蠻彝長，凄咽鐘聲斷客魂。

固北關

關在州北三十里之兩河口，前州牧王个山創修〔一〕，冉右之先生作記數千言，鐫之關壁。咸豐十一年，髮匪陷黔江。同治三年，匪再過黔江，州團練數千人克復防禦，能逼賊境外，飲至策勛者恃關爲進退，戰守之備也。當克復黔江時，燮曾與其役云。

雄關面北截江流，險扼黔彭並楚陬。官渡漲喧墟市雨，女墻嵐畫峽山秋。阿蓬水、黔江水匯關左入峽。最嚴門管烟塵靖，不朽銘詞筆陣遒。記得兩番防豕突，籌邊人重李公樓。

【校記】

〔一〕『个』，原作『介』，據《同治奉化縣志》改。按：州牧即王麟飛，字個山。底本疑因揀字而誤『个』爲『介』。

耐寒歌贈六弟竹閑

北風掀樓樓爲摇，陳子樓上吟聲高。罷吟呵凍録詩稿，韻脚竟比樓脚牢。詩稿日來如笋束，篇篇交阿連録〔一〕。耐寒如此在寒窗，爾我弟兄原不俗。北風何苦作意吹，鑄冰驅雪故將寒士欺。寒士不争名、不争利，免其受寒亦細事。畏强欺弱太世情，拍案罵之驚巽二。阿連勸休罵北風，使行冬令由天公。一寒正煉志士骨，肯與庸兒争熱中。我聆弟言一笑大〔二〕，笑唱耐寒歌索和。兄唱弟和風如知，且邀北風進樓坐。

【校記】

〔一〕『交』下脱一字。

〔二〕『大』字疑有誤。

後耐寒歌再贈竹閑

天寒欲雪又不雪，硯水冰生碎花纈。一爐烰炭火星滅，破氈枯坐身如鐵。雙足冷透雙手裂，齒牙叩響猛欲折。吟聲在鼻秋蟲咽，凍之不死思不竭。愛吟何嘗得詩訣〔一〕，恰出心裁非盗竊。再三删改嚴摘抉，怕留病痛學瘡癤。竹閑愛我詩腸別，偷和成篇呈我閱。閱詩燈亦大歡悦，釵蟲一串垂垂結。地爐旋將柴火爇，更滌瓦瓶煎雀舌。濕薪有聲清且徹，和以瓶笙合律節。爐圍相伴竹閑啜，七碗盧仝貪似饕〔二〕，風味品評殊不劣。由苦得甘古豪傑，以此消寒自清絶。黨家羔酒嫌黷䵝，爾我趨炎都不屑。忍耐一寒計則決，開門雪花堆成凸。高歌手打唾壺缺，財奴裘馬炙手爇〔三〕。此歌莫對財奴説，竹閑竹閑記切切。

【校記】

〔一〕『嘗』，原作『賞』，據句意改。

〔二〕『仝』，原作『同』，據句意改。按：盧仝有《七碗茶詩》。

〔三〕『爇』，疑当作『熱』。

種火

種火如種玉，一爐寶無價。讀書冰雪天，賴此禦寒夜。種深火不温，種淺火易化。斟酌深淺間，他手未肯借。滿腹孕陽春，籠高當馬跨。冰雪寒雖嚴，雙足乃蒙赦。有時撥其灰，紅飛火星射。首唱種火詩，微吟味如蔗。頭腦幸非俗，應免冬烘駡。

正月六日晨起，微雪在樹，風景絶佳，早餐後旋即消盡，試筆有作 癸酉

五日夜微吟，六日晨見雪。雪因風不動，雖微妙能積。山樹無榮枯，如龍鱗爪白。後園乾菊叢，亦綴萬粉蝶。乍疑入瑶島，滿眼瓊花葉。更疑梅花仙，化身萬千百。聞昔定光佛，此日誕生節。得毋佛説法，清言霏玉屑。山中多雪時，此景特奇絶。賞雪百尺樓，兩面窗扇辟。聳肩學鷺立，酒酣耳復熱。狂呼滕六神，少安勿言別。明日春風來，憑仗爲迎接。人日立春。如何轉瞬間，雪竟消無迹。天似催我詩，甫吟題遽撤。又似示我畫，欲臨稿已失。立地得悟境，空空即色色。快雪喜時晴，題詩先人日。

人日立春喜晴

人日今年值立春，草堂春學遠歸人。暖回雪地晴逾好，喜入詩題思亦新。蝶彩門中增瑞色，佛名經裏問前因。今年例有鄉闈。土牛送到偏偏早，似識山林主不貧。

試燈夜書帷燒燭，覺目光爲奪，仍借短檠擁卷，一坐遂久，陶然賦詩

燭光炫爛宜貴賓，燈光幽淡如雅人。山人點燈翻滅燭，一燈雖小紅滿屋。硯鏡熒眸短墨磨，爐香撲鼻奇書讀。燈與山人舊有緣，深更相伴更相憐。雨聽春夜吟方静，雪待冬宵冷未眠。朱門留客開夜宴，羔酒笙歌豪拇戰。絳蠟如椽萬炬燒，街談巷議庸兒羡。亦多葉戲與樗蒲，戀戀更殘燭淚枯。誰信新年山裏客，油燈一炷勵工夫。長物無多倍珍重，短檠配得青氈擁。喜意端應照筆花，私心更欲傳書種。書自有味燈有情，來因還祝結生生。忽然念撤金蓮照，閃閃紅光燈大笑。

今年例有鄉闈，僕三戰三北，猶欲爲曹沫雪耻之舉，老女畫眉，自忘其醜，能毋旁人齒冷也

卌年無分説登科，心喜其如見獵何。數豈終奇同李廣，老猶思用似廉頗。飛馳日月繩難繫，

辛苦工夫鐵自磨。合比貧家遲嫁女，避人臨鏡畫雙蛾。

旁人休笑髮鬅鬙，一點名心死未能。雅欲大言離席帽，更饒清味對書燈。奇文欣賞陶元亮，廣厦躊躇杜少陵。擬把贏金孤注擲，孝廉船再訪張憑。

二月十一日雨中喜劉生永延至館

念舊真如燕，重來占社前。去秋生歸，予送行，有『客燕有情應念舊，卷簾相約待春回』之句。春風吹入座，急雨洗行塵。別久見逾好，山深住亦緣。小樓仍榻下，經史看窮研。

偶成二首

生如書蠹味吟披，憒樂幾忘歲月馳。不問米鹽真措大，敢存著作亦吟痴。買僮戲仿王褒約，責子閒同靖節詩。泉石山林留我住，野心推許白雲知。

應酬屏盡户常扃，怕爲塵氛汩性靈。偃室祇因公事至，牙琴不許俗人聽。檐過細雨簾帷潤，座拂春風筆硯馨。笑看西南山入畫，紙窗開處翠瓏玲。

春晴即事

宿雨山餘潤，晴光媚一村。白澄田水活，紅破杏花繁。春困如中酒，閑游偶出門。喜看農器鑄，人集鍛爐喧。

山中六首

山中塵不到，矮屋學漁舠。止有新樓子，西南一面高。

樓子憑虛起，相聯乙字形。開窗三兩面，面面受山青。

窗格間横豎，都糊畫與詩。雨晴常透亮，不羡嵌玻璃。

筆墨花瓶硯，都盛在一盤。展長新樣几，便我异書攤。

奇字從人問，書燈屋屋明。鄰家猜不著，何屋是先生。

先生家食慣，菽水奉堂萱。别號私鎸印，吟銜認答猿。

一笑

新書翻閱如曾讀，疑是前生讀過來。一笑轉輪王愛士，不將慧業錯輪回。

小溪閑詠

溪流漲雨石粼粼，溪柳迎風學拜人。最欠小橋三兩板，畫圖點綴未均匀。

閑步

□□閑步處〔一〕，村景乍晴天。溪漲宜花鴨，風柔欠紙鳶。鑄聲農制器，叱響犢犁田。三兩株新柳，生生翠可憐。

【校記】

〔一〕『□□』爲底本所標。

春寒

春社已逾日，春寒燕未來。杏花都勒住，不肯一齊開。

磨朱

新卷磨朱作點圈，無心偶得句清園〔一〕。就提珠筆書成稿，字比心頭血更鮮。

【校記】

〔一〕『園』，疑當作『圓』。

咬甲行

予每苦吟，指甲不覺咬禿，捻髭之外，又添韻事矣，作咬甲行。

句費爐錘韻費押，慣銜拇指咬其甲。莫疑豎指示詩法，苦吟指爪剛遭劫。詩成爪禿烟難掐，烟壺水響聊一呷。君不見麻姑鳥爪欠慧業，背癢倩搔意非狎。又不見唐代一個長爪郎，白玉樓成已奉扎。我甲我咬我自吟，詩到老時知幾匣。讓我遊戲人間不死亦不仙，得咬甲時且咬甲。

視蒙館讀書兒嘲舍弟竹閑

一兒讀書口齒澀，一兒讀書如咽蘗。即黄柏，味甚苦。一兒一聲句一絶，有音無字蟲唧唧。一兒憨笑一兒泣，一兒寫字臉塗墨。先生坐對常默默，先生忽嗔面如鐵。先生威欲施夏楚，案旁折竹長三尺。我勸先生且勿嗔，我勸先生亦莫責。童蒙求我我求童，此種因緣亦難得。但須莫讀都都平，今生又造來生孽。小時不必皆了了，就中盡有芝蘭質。他日鷄群鶴立人，要憑此際栽培力。不然先生明年文入彀，上林自去新巢構。群兒請付村學究，束脩之羊本來瘦。

緑陰軒 羅莘耜先生酉陽觀風。

古榕陰裏屋如蓬，絶徼江山重寓公。謫宦愁携修史筆，卜居疑仿浣花翁。文章北宋髯蘇亞，欄檻摩圍落照中。指點戎州天更遠，萬重蠻樹徙飛鴻。

孫相國祠 文靖公　在州東馬鹿溪。

鯨鯢未掃斂霜鐔，丞相騎箕地可尋。諸葛豈無擒獲計，馬援終遂裹尸心。秋生壞沼蓮花盡，天入窮邊瘴癘深。嶺上祠堂魑魅伏，神兵常擁陣雲陰。

二酉洞

探酉何甘讓昔賢，洞靈招手擁蠻烟。得遊福地休疑夢，能讀奇書始算仙。客伴星軺收漢瓦，我尋桃源覓漁船。石渠天禄端須到，懶記琅環學茂先。

武陵峰

武陵峰峭迥凌雲，眼底黔彭地界分。一徑蛇盤尋曲曲，萬山龍伏晝蝹蝹。壇眠星斗諸天近，梵雜鐘魚兩縣聞。指似頻年兵燹劫，上方臨睨立斜曛。

閏六月杪赴省鄉試，留别群季及門諸子七律四章

大鳥多年笑不鳴，槐黄信到勸西征。一番遠志天邊去，幾日秋凉雨後生。客路重尋巴字水，舊遊喜話錦官城。正如老女安排嫁，默數佳期却有情。

卌年兒女債初償，檢點賠錢剩澀囊。老母弱妻深慰藉，瘦僮羸馬費商量。休談多轍陳平巷，誰助長行陸賈裝。賴有門人諸弟輩，賮金封祝桂花香。

讀書生作可憐蟲，官樣文章夙未工。薦我難忘楊白起，乙卯薦卷房師楊晉三先生。拔人空遇夏黄公。夏鷺門學憲《峨岷攬秀集》蒙刻試藝。疲兵力戰全輸後，孤注心虚一擲中。草草出門偏喜色，馬頭初日萬山紅。

此行祗算我遲遲，吉語偏誇殿後師。式合揣摩爭勝作，曲高珍重送行詩。一囊書劍真如伴，兩字升沉妙不知。次助重違將伯意，莫疑馮婦惹人嗤。

出門行

時癸酉夏杪，鄉闈期迫〔一〕，將有蓉城之行，賴弟兄朋友分金爲助，始能治裝。自維年逾不惑，孀親老矣，未謀禄養，蹉跎歲月，回首無聊。是役也，背城借一，未知命竟如何，慷慨出行，不覺其言之長也。

出門仰天一大笑，當頭朗朗文星照。文星文星勸汝一杯酒，乞漿得酒歲在酉。我爲賓興赴錦城，肯向文場相助否。文思助我不須多，帖括年來久揣摩。東塗西抹成花樣，年少猶應讓阿婆。卌歲青衿仍潦倒，奉菽驚心孀母老。功名無分冀科名，能慰丸熊心亦好。命竟如何未可知，匆匆行色出門時。短僮瘦馬踟躕立，似識先生缺斧資。先生群季殊不俗，更有門人非碌碌。各奉兼金爲助裝，羞囊忽忽騰寶光。文光寶光都燦爛，先生氣雄神愈王。想見巴渝之水青城山，彼迎此接爭相向。我曾劫外稱頑仙，（往年遊黔之銅郡，逆苗圍城，幸能逃出，曾作『劫外頑仙』小印。）又曾證佛直上峨眉巔。天香一簇憑人采，不信嫦娥不結緣。此行勝敗投孤注，清風一陣吹人去。酣戰三條燭燼時，凌雲且仿相如賦。

【校記】

〔一〕『闈』，原作『闉』，據句意改。

二酉洞代人觀風作。

未見書難借，閑尋二酉來。名山容我住，洞府自天開。句警詩成草，岩荒篆認苔。有人收漢瓦，星使此間陪。

孫相國祠

丞相祠堂在，征蠻恨不歸。白蓮當路絶，碧草映階肥。報國躬真瘁，籌邊計豈非。神兵猶夜出，荒徼肅餘威。

武陵峰

武陵峰萬仞，突兀鎮黔江。勝引僧逢一，高登屐踏雙。眼中全縣小，脚底亂山降。好作驚人句，籠紗向佛窗。

緑陰軒

該有黔中謫，何曾實録誣。緑陰千古在，抱石一軒孤。茅屋侔工部，詩名敵大蘇。戎州蠻樹密，鴻爪更模糊。

凍菌

山凍樵歸荷擔催，擔頭野菌破籃堆。冬心競學梅花抱，風味何嫌朽木胎。價值一寒輕菜把，鮮腴幾點艷羹村。須知饞嚼原無毒，冰雪多番煉質來。《博物志》：野菌有毒，能殺人。

凍筆

忍凍孤吟筆不擎，中書難向此君評。屬毛敢信錐無穎，點墨微聞硯有聲。幾架花開添雪照，一尖冰結配刀名。感儂呵暖猶含淚，强和平平仄仄平。

山行 官壙底道中。

亂山如馬路如蛇，屋蓋杉皮一兩家。恰好春風微送暖，籃輿香簇忍冬花。

閉户

歲月堂堂去不還，欲圖名利苦緣慳。行將隱矣林間屋，卧以遊之畫裏山。知己本來惟木石，對人何惜學痴頑。讓他獨秘干時術，車馬輕肥向市闤。

答猿詩草甲戌

門人曾搏仙輝應黔銅郡袁太守之聘，夜過見訪，率賦送行

月漏庭柯響杜鵑，客中逢客話纏綿。暮春我正懷曾晳，浪迹君偏學仲宣。蓮幕清閑宜韻士，花苗迎接亦奇緣。對床行與難兄會，乃兄乙垣少尉候補寓銅。爲道山猿欠寄箋。

疊韻酬聚五見和送別搏仙之作

和詩聲響鬥啼鵑，慚汗教人欲脱綿。廣厦庇寒思杜甫，後堂生色到彭宣。唱酬草草尖叉韻，市井寥寥筆墨緣。合把佳章都寄去，挑燈謄上浣花箋。

饒聚五同硯以詩豪名，把晤月餘，未讀新作，柬問

屬耳吟壇樹鼓旗，恠來會面少新詩。花含晴檻春何懶，將卧堅城敵亦疑。皮陸不應無唱和，項劉終要決雄雌。緑陰似水携柑路，可聽求聲出谷時。

疊韻酬聚五見和索詩之作

惹來勁敵欲搴旗，風雨敲門疊遞詩。快讀聲高菩薩笑，時安硯天妃廟。無眠和久小童疑。信惟强國能稱霸，悔不騷壇自守雌。切莫再提朋黨事，大作有朋黨之語。犬狂吠人時〔一〕。

【校記】

〔一〕句下有注云：『疑脱二字』。按：此注當爲後人所加。

聚五疊遞和作並致函，以午點見招，門人劉庚尼予行，再疊代柬

春陰如夢壓青旗，正欲村游遠覓詩。高韻又勞童子送，勤來未免市兒疑。君休消息探黄鶴，我自烹調戀伏雌。時劉生殺鷄食我。惟願饆饠留待我，加餐同慰上燈時。

聚五敦促和詩，時有感懷，合前兩韻，三疊奉寄

春盡山花落杜鵑，餘寒猶釀雨綿綿。低窗小几書聊擁，客感鄉心筆莫宣。賭韻怪無佳意緒，賣文算是惡因緣。憑空草草書愁字，懶用巾箱五色箋。

攻破愁城借酒旗〔一〕，酒酣高詠感懷詩。市無屠狗交難擇，俗縱呼牛應敢疑。戀豆勾留嗤棧馬，辟人翔集愧山雌。寄言索和休敦促，酬應忙忙少暇時。

【校記】

〔一〕『城』，原作『成』，據句意改。

聚五與李嘉圃兩同硯，相約以多疊前韻見困，四和嬲之

同聲詩句響於鵑，脱稿多於柳脱綿。受困魏吴如蜀主，欲朝秦楚笑齊宣。萍蓬妙聚三萬水，文字知修幾世緣。力戰竟須吞兩大，呼童擘碎詐降箋〔一〕。大作『古來容有詐降時』之句。

各出騷壇正正旗，耻爲飣餖小家詩。措詞爽亮旁無注，押韻堅字疊不疑。舊雨忍欺吟客瘦，下風肯作庶人雌。長城七字金城比，幾見金城有破時。

【校記】

〔一〕『擎』字疑有誤。

疊韻不休，聚五、嘉圃幾逼人爲城下之盟，適因小試出保，有托而逃，五和柬之

心嘔真同嘔血鵑，重重吟緒剥吴綿。愁償急債身難避〔一〕，擬度昭關髮頓宣。《説卦傳》『爲宣髮』注有『髮半白黑』一説。痕印雪泥原浪迹，詩逢仇敵亦前緣。旁人休進和親策，疊韻安排十萬箋。

萬箋如豎萬竿旗，怒馬搴旗唱凱詩。氣猛蕩開三面敵，心雄打破一團疑。推敲半席陪天后，平仄多年辯霓雌。《文選》『雌霓連蜷』注：霓，入聲。隊隊童軍需督帥，班師權讓歇些時。

【校記】

〔一〕『償』，原作『賞』，據句意改。

廖述三昌謨傾蓋相歡，以詩見贈，並屬讀大稿，因書卷尾

老作詩狂氣莫馴，論交慷慨率天真。眼高浮世羞錢虜，口誦雄篇駭座人。榜未題名羅隱困，

甑常無米范丹貧。聞聲不見偏能見，慰我相思四十春。

閉門逆旅笑枯禪，贈句飛來月比園〔一〕。善相最慚推伯樂，移情端合待成連。必傳著作盤生氣，獨避屠沽結雅緣。明日安排邀痛飲，旗亭擲盡杖頭錢。

【校記】

〔一〕『園』，疑爲『圓』之誤。

楊若山同硯歸自嘉州，以詩見懷，奉酬二律

不將貧賤薄陳平，一揖相逢盡有情。手斷廿年交誼重，頭銜六品國恩榮。文章父子追蘇氏，車馬鄉鄰艷長卿。貨殖笑如遊戲作，指揮鹽賈計奇贏。

歸帆安穩不嫌遲，纔卸船艙巨萬資。過我獨除矜貴氣，懷人先寄性靈詩。孤燈淡對書堆處，一榻清談酒醒時。慚愧無聊糊口計，虛譽多負許多師。

叠韻酬看山見和並辭招飲

舌耕滋味太平平，講畫時文失性情。市上吹簫同伍員，年來稽古愧桓榮。將歸感觸清秋燕，

可去思量異姓卿。難得唱酬逢舊雨，敗棋一著也能贏。

腸枯疊韻和成遲，比是貧家動缺資。豈有夜郎偏自大，本來子固不能詩。輕肥同學無多輩，風雨連床又幾時。招飲有違愁觸熱，應憐襤褸是吾師。

楚南王浩然師竹**時賣字來館，用促其行**

高歌所地擲深杯，誰爲王郎勸莫哀。饑餓憑天磨血性，飄零從古屬奇才。征衫濕帶巒雲至，由黔省至酉。蠟屐喧隨暮雨來。似有前生緣未了，傾襟萍水各疑猜。

破簾蟲語一燈疏，說鬼談禪興有餘。乞食詩傳陶靖節，倦遊人似馬相如。心傾何敢誇懸榻，目望應須念倚閭。爲計茶陵程尚遠，得錢趁早買舟車〔一〕。

【校記】

〔一〕『買』，原作『賈』，據文意改。

李嘉圃同硯弄璋，柬賀

不許長庚夢別家，卌餘年等喚爺爺。試啼三日重陽後，一笑遲開似菊花。

又

彩映桑弧葉早紅，抱孫心事慰丸熊。帳前銀鹿安排否，定數黄姑第一功。夫人黄氏。

陳平同學幾經年，生子羸君一著先。他日究師能跨竈，小君記我寫紅箋。承傲問名衆仲故事。

筵開湯餅倒金缸，醉語多煩寄瑣窗。從此五更加努力，東風結子要成雙。

館中呈州司馬文松岩先生

兒童竹馬使君還，笑粲龍潭兩岸山。小縣屈臨欣代早，荆州初識愧緣慳。本無積案勞清理，可許呈詩請細删。聞説放衙惟静坐，落花依舊訟庭閑。

幾載監州舊有緣，登科人重孝廉船。無多眷屬惟携鶴，最好聲名不要錢。儉約率民龔渤海，安和備事杜延年。非公未敢琴堂至，莫認書生簡傲偏。

文壇毛燥數無功，羸馬扁舟嘆轉蓬。糊口偶然來宇下，野心仍自戀山中。鍋蕉録寄難辭遠，筆闊收存不救窮。羡殺階前盈尺地，枝枝桃李領春風。

欲獻新詩久未成，虚堂神鬼瞰吟檠。逍遥喜不猪肝累，奔兢羞爲狗骨争。青眼遲遲傷老大，黑頭頻祝到公卿。由來枳棘難栖鳳，看兆喬遷轉谷鶯。

天后宫館中重陽苦雨，醉後得句

天妃一笑掀雲幔，笑人旅食年年慣。風雨重陽懶出門，酒杯在手鄉愁亂。鄉愁亂逐風雨來，菊花夢見故園開。慈母老人愛種菊，花時孤兒不在屋。雨中菊花雙淚流，分明慈母思兒哭。文章誤我被饑驅，誓對天妃焚書不許後人讀。焚書歸去耕山田，出入時在慈母前。年豐歲稔得飽飯，肯用教書作孽錢。邇來苦雨幾匝月，閉門孤負登高節。鄉愁難對屠沽小兒説，此輩滿身銅臭心如鐵。慣欺寒士寒，祇附熱人熱。有家不肯歸，坐令天妃笑我拙。明朝如快晴，請辭天妃行。留詩辭行妃定喜，高吟壓倒風雨聲。不然匆匆冒雨走，竟學菊花趁重九。破笠遮頭屐齒高，拜别天妃去將母。

龍鎮天后宫重陽坐雨即事

九日天妃誕日傳，一堂鐘磬醒朝眠。秀才奉祝無他物，焚化新詩當紙錢。

又

株守寒氈不説歸，先生痴戀讀書帷。可堪弟子如楓葉，一到秋深漸漸稀。

又

作寒作冷雨如麻，夢裏鄉園菊有花。忽忽思親揮暗淚，每年佳節少歸家。

又

抽黄對白頗能知，更憶趨庭上學兒。題紙覓誰飛遞去，登高一試五言詩。

又

重陽如此悶難排，兀坐無聊擲酒杯。簾捲西風天欲暮，奇愁和雨破空來。

月下菊影

賞菊樽開月色新，叢叢弄影證前身。亂箍籬落水逾澹，借宿茅亭夢不春。荒徑迷離兼照我，西風摇動欲扶人。陶潛醉後眠難醒，妙債嫦娥並寫真〔一〕。

【校記】

〔一〕『債』，疑當作『僨』。按：僨，嫻雅。

水邊菊影

種菊臨流喜未殘，幾枝霜傲映微浪。開教櫓槳能斜指，秋與樓臺並倒看。蝶瘦疑穿浮荇入，魚游應誤落英餐。梅花此後横青淺，一段豐神詠更難。

美人風箏乙亥

秀骨刪刪托此君，紙裁衣帶紙裁裙。輕憑風送凌銀漢，高映霞椿趁夕曛。笑看村童工曳綫，錯疑神女慣行雲。封姨妒煞頻吹仄，不爲兒家酒漸醺。

步虚留影仿驚鴻，城郭新晴掩畫中。斷不輕狂行暮雨，衹應抬舉托春風。人如引鳳天邊去，婿覓乘龍世上空。姊妹雙携飛更好，如何避面各西東。

龍潭雜詠二十首

驅人饑走已忘疲，酬應匆忙少作詩。得暇尋詩無定處，清和三月晚晴時。

人家撲地數閭閻，兵燹經過更焕然。好是隔溪回眺處，暮山青界煮油烟。市煮黑油烟甚大。

矮屋圍橋欠酒旗，溪流中斷勢傾攲。下街上堡橋分界，橋上重橋過不知。王路橋兩橋疊架。

沈沈石室傍衙開，排闥峰青架筆來。忍說少年遊息夢，杏壇依舊泰山隤。二十年前送先師冉公石雲肄業龍池書院，舊地重經，有邈若山河之感。

兩字清官到處聽，放衙無事止温經。苞苴却有天然迹，春雨苔錢滿訟庭。州司馬文松岩先生清白自勵，士民愛畏。

官無營政當居家，花木栽培野趣賒。幾日春風添畫意，萬絲新柳緑排衙。泛署多種垂柳。

後山山勢聳崔巍，砌石成梯一徑微。收盡淡烟新霽雨，撲空嵐翠滴樵衣。龍潭後山。

山根茅屋學團瓢，一帶平田舊姓高。記得日前遊屐過，翠秧如毯雨如毛。高家田在後山麓。

刺籬夾路野花香，矮矮柑林矮屋藏。知是誰家雙板外，褪紅衫子曬斜陽。柑子林爲龍潭冶遊地。

一溪里半九弓橋，僻路幽尋遠市囂。天與王維新辟墅，石泉花竹媚詩寮。王澤軒上舍卜宅處。泉石溪林，天然入畫，其子暢亭茂材以文會友，每過從，極相款洽。

輞川客結野鷗盟，賃廡依然擁百城。一段鄉心抛不了，綠陰圍屋聽鵑聲。頃安硯無地，蒙暢亭以宗祠見借。

積雨門前添野水，檻泉無數出林彎。牙牙怪石忽攔路，泉自紆行石罅間。檻泉觱沸亂流石竇中，又當日輞川所未有。

把酒論詩愧作家，雙峰遺舍門尖叉，後門一樹香飄雪，指點春風屬李花。同硯饒聚五時以賭韻見招。

黃土溪連梭子橋，灌田水活助肥饒。尋源忽得谽谺洞，妙有桃花幾點飄。龍洞在街南里許。

洞府深沈晝欲冥，石泉噴響帶龍腥。登橋似據龍門立，大膽哦詩質洞靈。洞中有石橋、石臺，爲龍潭遊暑勝地。

百尺層樓矗岸危，隔溪山擁翠參差。可容乞借元龍卧，醉起憑欄寫好詩。萬謝兩家江樓極高敞。

馬頭閑趁渡溪航，罌粟花開細徑香。屋子三間田四面，讀書聲裏訪劉郎。門人劉夢仙茂材别墅在東岸里許。

跨間橋飛百尺虹，虛空樓閣撼天風。俯欄一嘯驚波起，似有神龍拜水中。福星橋奎閣極高，壯觀一鎮。

萬竹圍廬翠掃天，結廬松雪本神仙。何當六月薰風引，竹裏安床一覺眠。趙明谷家竹竿萬個，不問主人不得入也。

硯田半破厚顔磨，長此蹉跎喚奈何。獨坐夜深吟不就，一燈挑雨客愁多。

四月望夜喜六弟竹閑、十弟錦曇至館

相別裁半月，相思如幾年。異鄉念骨肉，此意何纏綿。叩門馬鈴響，將近二更天。入門前問我，垂袖捻吟鞭。燈光大歡喜，雙照行裝妍。告我堂上慈，無恙安食眠。告我垂髫兒，學詩有佳聯。兩弟家中來，家中事能傳。五五與十十，清楚如數錢。屢夢還家鄉，此境疑夢然。爲呼竈下養，爨火茶先煎。遠來恐饑渴，心急看厨烟。弟本手足親，兼有文字緣。從我百里外，請業相磨研。舌耕見我苦，私作蛇蚿憐。相約歸奉母，膝下同周旋。讀書破茅屋，樂事天倫全。遠遊務名利，此意殊不賢。君我今聚首，對床感坡仙。作詩紀時日，孟夏初月圓。

重寓石牛寺感賦

乙亥秋，偕門人劉夢仙庚至省垣，寓石牛寺，是前丁卯鄉試下榻處。舊地重經，彈指十載，羅秀才尚未脱白，應爲古佛笑也。

老畫蛾眉不自羞，西風迎客錦城秋。舊巢妥帖安梁燕，古迹荒唐話石牛。寇準軍拚孤注擲，昌黎書擬相公投。暫時一借僧窗榻，高卧何須百尺樓。

天涯萍聚味醰醰，功課依然筆硯貪。怕讀時文遭佛罵，苦搜佳句當禪參。夜凉病肺驚風雨，交久忘形劇笑談。時爲帖體詩課，崇寧劉受之、成都李立庵和之，晨夕聚談，極寓中之樂。點綴欄杆秋不俗，幽花紅學酒人酣。

禪榻重尋感鬢絲，鐘魚聲歇罷吟詩。貪錢僧賣經壇樹，籠壁誰題佛座詩。鄉思如麻宵夢引，秋衣無幾早寒欺。慈親手綫遊人淚，袖上襟邊子細窺。

回首東川望西雲，二千餘里水山分。安貧減捐纏腰貫，合格商量奪目文。當路薦人羞狗監，戰場添我作鵝軍。可能三敗湔前耻，隱隱天香佛院聞。

七月晦日微陰，同人邀遊二仙庵、青陽宮，晚歸有作

忙到槐花後，偷閑約出遊。江清尋近郭，陰澹試初秋。路讓馱糧馬，人同喘月牛。相如病消渴，村店戀茶甌。

緑陰辨榿木，黄雲穿稻村。糞草分巷入，水碾隔堤喧。橋陡肩輿緩，塵高眼鏡昏。林彎金字匾，遠遠認庵門。

古柏立當路，拿云氣鬱森。境尋前夢在，門入幾重深。往年曾遊此庵。碑剥餘仙款，照墻嵌張三豐詩碑，惟題款能辨。庭空落野陰。仰瞻騎鶴像，瀟瀟滌凡心。

面壁重盤桓，詩碑冷眼看。後院壁多勤石詩，傑作殊少。茶烟吟別院，花影簇秋欄。欒社楹聯警，鄂莊勤公小祠，其公子葆符、保亨各留楹帖甚佳。仙槎木榻寬。小所署額『仙槎』。步頭幽徑轉，無縫緑雲團。

嵌路石如卵，護花墻及肩。怪藤扶竹立，老樹倒溪偏。漪亭。鳥瞰過橋客，農巡隔檻田。方壺園嶠之橋，竹外露田家村落。天然木根凳，坐悟静中禪。

色界誰空得，當壚忽美人。青羊肆酒家有犢鼻蛾眉光景。多情原佛性，帶醉訪仙真。林鶴澹無語，銅羊瘦有神。此間古蜀肆，紫氣尚如新。

下楷得少趣〔一〕，道流貧賣茶。紫雲軒小坐啜茶。綠荒經院樹，紅艷石壇花。人意共雲在，磬聲催日斜。學仙宜我輩，重到興猶賒。

過橋尋別徑，迎仙橋。避複比文章。溪水流人影，林梢幀女墻。景新成句易，天晚進城忙。空手歸休笑，衣都帶桂香。時兩院丹桂盛開。

【校記】

〔一〕『楷』，疑當作『階』。

崇寧劉受之茂材謙同寓石牛寺月餘，闈後別去，作歌贈之，即送其行

念佛沱通錦江水，念佛沱，劉住處地名。文心又毓雕龍技。讀書蕭寺槐花黃，我來賃廡欣連床。三場戰罷有餘勇，草稿束笋投文章。行文字字皆奇創，佛燈照讀神爲王。破空飛月進門來，嫦娥亦賞新花樣。君形鶴瘦心和平，佳兒頭角尤峥嶸。令子隨侍讀書。閉門日伴而翁課，人静微聞筆硯聲。月餘聚若求聲鳥，疑有前生緣未了。彼此拈題耐苦吟，短檠寫照頭頻掉。時作帖體詩課。揭

曉遲遲君且歸，鄉園密邇走如飛。我是二千餘里客，山山水水多間隔。羸馬扁舟準備難，臭銅擲盡行囊窄。君憐我，不忍辭。我送君，强成詩。西風無情吹别離，詩成滿紙牽情繫。石牛點首佛微笑，似憐君我情都痴。願得平分一簇桂，遲日蟾宫重把袂。劉安莫獨占瀛洲，元龍自有百尺樓。

石牛寺前後爲城南最僻處，一帶皆蔬園，草屋十餘家，瓜架豆棚籬落相間，雜以花果，汲井灌園，桔橰答響，徑曲愈幽，野景滿目，凉天散步，塵俗一洗矣

城南逼少成，剩地敞虚回。古刹開門處，城垣當横嶺。車馬路阻絶，恰喜市囂屏。賃廡佛微笑，遠遊一泛梗。旅愁似中酒，西風吹不醒。晚步寺前後，一一清趣領。荒徑三五曲，蔬畦八九頃。藝蔬成世業，人家占畦町。矮屋蓋麥草，逼仄肖溪艇。橙柚緑團團，垂檐重欲打一。一抹炊烟横，林梢裊輕影。夾徑麂眼籬，藤菜密補整。緑籬翠蔓，人稱藤藤菜。籬缺通出入，棚低瓜礙頂。提籃小兒女，摘菜如摘茗。見客慣慚怍，問之言語哽。緑陰鳴桔橰，縛架樹成癭。隨手判升沈，斬竹代修綆。時有菜傭來，灌畦同汲井。種植接新舊，陸續發翠穎。曲徑將百轉，足駐心未肯。譬如倒食蔗，漸漸入佳境。又如讀奇詩，愈進句愈警。繁華頗難耐，洗滌賴幽静。似此閑鷄犬，仿佛桃源景。回首名利場，覺悟一時猛。菽水問歡承，望雲心耿耿。舞彩老田園，學圃業宜請。寺鐘喚客歸，暮色團清冷。小榻翦秋燈，斯饑聊説餅。時劉受之餉以月餅。

【校記】

〔一〕『打』，疑當作『玎』。按：玎，低平貌。

登成都南樓

籠樹榿林鬱萬層，麗譙極目快高登。犬牙繡環開天府，牛背斜陽曬惠陵。豐樂有形兵氣靖，興亡如夢古愁增。文章敢説江山助，却有新詩入檻憑。

山障岷峨據上遊，江清環抱邵城流。暮烟莽莽樓臺迴，落木蕭蕭天地秋。裂石好吹黄鶴笛，飄萍愧敝黑貂裘。臨風指點鄉雲遠，欲下危梯更小留。

桂湖謁楊升庵先生祠，兼紀遊迹

太白流夜郎，東坡謫儋耳。往往江漢英，高名振萬死。勝國鍾間氣，乃有楊太史。拜疏議大禮，痛哭逆帝旨。勁直少嫵媚，豈云氣節市。一朝投荒裔，金瀞天萬里。垂不蒙赦〔一〕，數奇過蘇李。著書二百種，抄貴雲南紙。但論公文章，博麗亦無比。文學辟邊徼〔二〕，默默屬天使。

香火遍南人，三百餘年矣。魂兮歸來不，新都舊桑梓。夙聞城南隅，祠公水中沚。槐黃踏會垣，我忙隨舉子。卌里馳瘦馬，西風一鞭駛。逆旅成困眠，夢回落燈蕊。破曉尋公祠，瓣香特虔祀。老桂園萬枝，寫公直如矢。明湖開百頃，寫公心如水。水深魚唼喋，沾萍破船艤。庭陰滋蘚紋，寒花餘菊婢。樓閣烟靄中，縹緲蓬壺似。覽之不能盡，一湖分外裏。小步怯清冷，草露濃濕屣。飯餘更重遊，當作舊書理。晴光暖吟袂，幽探景堪紀。巉山夾細徑，玲瓏怪石累。假山在祠左。徑曲卧蛇蚓，石高立獬豸。轉出杭秋舫，架橋一蓬似。道人供茗碗〔三〕，推窗望宜倚。架橋爲舫，齋曰『杭秋』，正對假山之背，兩面明窗，几榻亦潔，匾題『天然圖畫勝西湖』七字。内小室設卧榻一具，爲獨鶴巢羽流陪客茶話，幽静可愛，如坐洞天。中外闌通道渡湖，時聞槖槖之聲，雅足破寂，初到之客，不知其爲橋也。更至香世界，路穿叢桂底。桂林下屋背城面湖，外匾『香世界』，内匾『叢桂留人』。老緑開罅隙，女墻露半雉。湖中横小堤，種柳似垂蕊。水嚙堤不崩，柳根盤其址。堤斷湖水通，虹腰堪渡蟻。曲折達芳嶼，仿佛孤山峙。鄉賢叠山裔，新祠勒銘誄。謝宗愍公字子澄，咸豐間洋匪入寇，公令天津，盡節，鄉人立祠湖中，祀之。沈沈蔭古松，薜蘿相牽掎〔四〕。遠籟雜歌哭，疑有鬼雄起。門對升庵祠，鴟吻林梢指。遠認紅欄外，芭蕉畫沙咀。湖光此最闊，野鷗家不徙。可惜高荷葉，稀疏類佳士。湖蓮經水淹後，十萎八九。湖後水半涸，湖草穢芹址。傑閣蘚封甓，武庫占其涘。武備庫在謝公祠後，隔岸籠竹中，荒僻爲屐齒所不到。左行近北岸，小紅通雁齒。緑岸篁柳密，翠濕染衣履。構亭學鴛鴦，意匠頗非俚。譬如作笋脯，雙尖見盤匜。雙亭如連環，四面皆水，由北岸達以小橋，湖景以此爲最。舊題『交加亭』三字，記跋語謂旁岸多竹，取竹翠交加詩意以名亭。予謂不如用隨園『水中亭子學鴛鴦』之句作横匾，尤雁合也。次爲沈霞榭，竹陰宜睡美。榭爲竹陰翳蔽〔五〕，臨湖爲樓，有『小錦江』三字匾。連綴起樓臺，楊柳緑於綺。楊柳樓臺與沈霞相接，各成樓三間，欠疏落之致。還至澄心閣，湖遊嘆觀止。微嫌文合掌，删改未容已。先生化鶴歸，句留定歡喜。祠後大廳顔『一半句留』四字。最愛讀公集，遺像今伊邇。猜疑前數世，曾待丹鉛幾。掃榻宿祠堂，耐寒吟擁被。得句不敢呈，慚愧雕蟲技。明日是重陽，菊花笑莞爾。

【校記】

〔一〕此句脱一字。

〔二〕『徼』，原作『儌』，據句意改。按：句下原有注云：疑當爲『徼』。當爲後人所加。

〔三〕『碗』，原作『豌』，據句意改。

〔四〕『薜』，原作『薛』，據句意改。

〔五〕『蔽』，原作『敝』，據句意改。

駟馬橋

北風初弄雨瀟瀟，橐筆衝寒氣不驕。出郭自安寒士派，敝車羸馬懶題橋。

午後至二江沱，日晏，船皆不發，回三河場觀劇，晚乃歸宿沱店，得五絶十首

野店臨江水，江船泊到門。來遲船不發，投店時黄昏。

黄昏難得待，纔是午時過。將日方時藝，文章後尚多。

消遣觀場去，三河集少年。客途利市〔一〕，一劇巧團圓。演《巧團圓》一齣。

天仙見色身，小字亦宜人。文情鶯語轉，秀氣翠眉顰。小旦文秀，色藝俱佳。

斜陽催客走，歸店晚晴時。忽慢勾鄉思，雕籠叫畫眉。

錦城留寓久，難别當家鄉。今夕投荒店，堆書憶滿床。

書生不善飯，捧腹自便便。賣飯偏論碗〔二〕，能消幾個錢。

雇僕疲牛似，餐眠唤不靈。寒酸天派定，命不帶奴星。

蝸殼茅廬矮，牛皮草薦寬。是眠還是坐，斟酌兩俱難。

强睡心愈亂，懷人更憶家。一燈陪不寐，花落復開花。

【校記】

〔一〕『客途』二字下有注云：原缺一字。當爲後人所加。

〔二〕『碗』，原作『豌』，據句意改。

發二江沱

沱水清灤岸，蕎花學蓼鮮。孟冬初二日，早發第三船。攬載小舟每發有頭二三船之目。泛梗蹤無定，思鄉句不圓。篙師矜客遠，賃艇受毛錢。

趙家渡泊舟登陸

林立遥瞻水市檣，板橋通港學虹長。船窗白醉迎斜日，岸桔紅鮮趁早霜。生地乍經街道錯，前程未了客心忙。行行健著登山屐，喜見峰巒似故鄉。錦城至此百里，始見高山。

宿風洞子

店門日落群山緑，兒女當門呼客宿。衆客不宿我投宿，生怕前途無店屋。縱有店屋遠難行，不如此地清净無雜賓，一盞燈陪一個人。紀程刪改新詩新，詩稿添多囊不貧。

曉行登山王廟山頂 趙家渡後山絶頂處。

山勢騰空逞奇偉，如龍見首不見尾。萬岫旁撐指爪長，雍蔽晨光團靉靆。店壁風穿撲座人，廟門雲入邀山鬼。烟霾乍掃萬壑晴，玻璃遠露江水清。許人放眼搜奇句，奚囊暗領山王情。青天一笠蓋人頂，長吟發口天上驚。馱騾群過鈴忽語，陳郎郎當當失路。悵然饑走復下山，觀音橋邊早餐去。下山四五里至觀音橋早餐。

興隆場

亂山落平地，變局弄小巧。相擠未即行，交錯牙與爪。山縫開墟市，將山當城堡。市屋山欲壓，市門山來抱。嵐陰滿街落，積潤晴不掃。一廟最高敞，竹棚蓋深窈。棹凳潔可坐〔一〕，啜茗此間好。輿夫苦催行，茇憩殊草草。山光信悦性，一過如飛鳥。

【校記】

〔一〕『凳』，原作『橙』，據句意改。

自興隆場至南渡口四五十里，山頗開展而地土磽瘠，人烟亦稀，悶坐籃輿，吟興亦爲蕭索矣

地瘦草亦短，水枯田不多。時於雲淡處，露出遠山蛾〔一〕。兒女掘番薯〔二〕，人家圍緑蘿。肩輿行不速，客愁無奈何。

【校記】

〔一〕『蛾』，疑當作『峨』。

〔二〕『薯』，原作『暮』，據句意改。

輿中遠望中江縣雙塔

籃輿顛簸夢初回，陡下雲梯倦眼開。一綫江流山忽秀，迎人雙塔報城來。

南渡口隔中江城僅二三里，遥望水山環聚，秀爽不侔，頗以未到爲憾，對塔吟詩，欲使寄聲山靈云

一塔尖於倚天劍，一塔笋立節微見。劍塔凌空笋塔低，如筆兩枝江爲硯。群山如笏復如屏，遮住江城看不見。不見城如見城想，見映水樓臺倚山，雉堞一一波光蕩漾嵐翠横。山水窟中詩好吟，我不來吟非無情。勞勞八十里，今日已倦行。倦行遂歇南渡口，推篷邀塔來飲酒。酒半吟詩與塔聽，塔鈴語風酬答久。來朝解纜下潼川，塔塔還肯相送否。

南渡口曉發[一]，宿候風井，舟中即景五排十八韻

秋盡江消漲，難爲打槳行。中江水涸後，行舟但用篙撑。摇摇看纜解，步步耐篙撑。送客雙枝塔，停漁幾樹檉。破蓬霜尚濕，低岸旭初迎。人犬憑分載，鳥鷗欲約盟。吟心同浪活，天氣值冬晴。地想流觴緩，源尋濯錦清。金裘蘇篋罄，書畫采舟輕。岩近丹霞映，一帶皆丹映。峰遥翠黛横。灘來疑雨響，船過聽沙鳴。淘淺賞錢索，沙淺處岸上人淘出船路，謂之淘淺，船過每取一錢。逢墟每渡争。洲禽飛雁鶩，村果粲柑橙。橋板高鋪架，江橋皆以四五尺高方木架置水中，鋪其板上，船過輒去板讓路。筒車涸掛鉦。兩岸灌田筒車多涸不能動，遠望如懸鉦然。山昂頭似虎，觀音岩形似虎踞，舟人稱貓岩。

石路背如鯨。磨木輪翻水，中流淺灘上每安小輪數十，借水激轉，磨木汁爲香料。防魚竹插城。漁人插竹簽攔江如城，以便布網圍魚。遠遊搜異景，閑詠助吟情。晚傍孤村泊，寒思濁酒傾。長年炊舵尾，夜火葦花明。

【校記】

〔一〕『渡』，原作『波』，據句意及前題改。

舟過觀音場有序

場在候風井下流，去潼川僅四十餘里，地最狹窄，藍逆之亂，墟人築小城以避賊氛。市肆皆在城内，舟過不泊，但見一門臨江，中有土山，如老人脱帽，童然露頂。當門處石山瘦立，高於城者數丈，矮樹圍碧中，隱隱見女墻一段，舟人指爲炮臺云。

城小借場名，今人稱觀音場，或稱觀音城。青山占半城。地陰如在峽，時泰不屯兵。戴樹石峰秀，抱門江水平。知非趁墟日，悄静不聞聲。

泊潼川南關

隔岸高撑塔勢遒，城隅飛閣露紅樓。掀蓬一眺匆匆甚，孤負尋詩過梓州。

又

江風横捲暮烟寒，嗷雁行聯落未殘。同是蘆花洲畔宿，小舟如葉客身單。

舟過射洪，望金華山陳拾遺書臺

荒寒江郭荻花開，矗岸奇山柏翠堆。我溯家風兼吊古，蓬窗回望讀書臺。

康家渡

水抱岡連雉堞斜，烟嵐畫出寨門呀。路盤岩壁丹相映，屋住林彎緑半遮。古渡笑隨人改姓，好山疑約客歸家。舟行十里供環眺，摹寫深慚筆不花。

劍南雜詠

地畫梁州城，星分井絡躔。蠶魚開太古，戎僰控窮邊。玉壘圍屏遠〔一〕，花溪抱郭園〔二〕。繁華仍昔日，絲管錦城傳。

瘠壤變腴膏，功推蜀守饒。堰深分灌口，米賤熟長腰。落木山歸屋，分秧水過橋。秦時明月在，食德薦馨椒。

既富誰爲教，文翁石室開。魯鄒希雅化，將相起英才。比户弦歌接，如城卷帙堆。有人繼揚馬，摛藻重蘭臺。

鴉陣空盤處，偏安迹已蕪。苔封殘碣暗，木拱古陵枯。窮寇氈能裹，庸才淚亦無。金湯輕擲去，惆悵失雄圖。

丞相祠堂在，人思治蜀初。鸝聽仍隔葉，龍卧不歸廬。才大孤能托，身殲賊未除。霸圖留可守，誰勸寫降書。

莊好尋潭北，吟豪想劍南。寓公名萬古，明月照雙衾。忠愛同詩寫，哀歌到酒酣。草堂梅萬樹，風雪欲親探。

巉碧撐天外，峨眉秀莫齊。雪惟三伏化，天向四圍低。松古拿龍爪，岩陰印處蹄。狂吟邀佛聽，得意此扶藜。

傳道嘉陵路，盤雲絶棧通。驛餘籌筆冷，山擁劍門雄。割據憑陵處，興亡感慨中。早梅驢背穩，今古幾詩翁。東去江流大，山圍兩岸秋。波光吞白帝，峽勢束黄牛。猿逼三聲淚，人吟一葉舟。性生馴不得，浩蕩羡輕鷗。

劍外天逾闊，詩題不費尋。梅花禁瘦骨，佳句寫冬心。風物仍繁盛，江山自古今。憑誰仗忠勇，叱馭快登臨。

【校記】

〔一〕『玉』，原作『王』，據句意改。

〔二〕『園』，疑當作『圓』。

銅鼓歌

鑄銅爐火燒南雲，伏波一柱留奇勛。蜀漢偏安重北伐，内患復逼南蠻氛。蠻酋騎象吹角起，江樓戍鼓聲不死。僰道雲深鐵騎騰，丞相南征兵若蟻。渡瀘五月走疑兵，銅青躍冶鼓新成。七擒七縱如兒戲，攻得蠻心一例平。南人立誓不復反，共知丞相天威遠。多多埋鼓鎮蠻中，千年萬年銅不損。至今南詔墾蒿萊，雅鋤掘出群驚愿。蠻兒賽學巴渝舞，蠻女敲抽玳瑁釵〔一〕。九絲城罩蠻天霧，諸葛祠堂荒草樹。數枚銅鼓護精靈，有人移入成都庫。鼓七尺廣尺八高，面平底空微束腰。邊伏四蛙旁四耳，花紋細緻疑鐫雕。年深出土稱神物，通身繡暈爪皮緑。想見征蠻督鑄時，綸巾羽扇親敦促。相傳瓦枕復知更，五更五擂代鷄鳴。一樣木牛流馬外，聰明巧思出天生。漫云是鉦不是鼓，樂器錞于周禮取。南蠻寶愛以鼓名，諸葛大名自千古。吁嗟乎！典午太阿方手持，大星早落空出師。不平撾鼓銅聲吼，掩淚長吟蜀相詩。

【校記】

〔一〕『敲』，疑當作『鼓』。

蜀荔支詞

峽山云樹曉蒼蒼，老葉禁寒傲雪霜。何事騎牛巴女過，竹枝忘唱荔支香。

又

梅屬揚家桔姓廬，海仙倩與作先驅。遷來蜀國知何日，記取忠州粉筆圖。

又

飛騎紅塵進敢慳，香風曾度劍門關。可堪宫女談天寶，一笑當年念玉環。

又

蛇珠猩殼壓籃筠，日啖從知味絶倫。太息髯蘇磨蝎命，不教歸作劍南人。

又

涪江龍雨晚添潮，江上林園夕照描。萬顆垂垂嬌欲滴，錯將名字喚紅綃。

又

前身原是嶺南姝，霞剪衣裳絳雪膚。可惜蜀無龍眼樹，無人知是茘支奴。

新寒夜坐

新寒如黠寇，驟來不及捍。欺客衣裳單，故意起爲難。囊空遇事忍，綿衣延未换。平生矜傲骨，耻學寒蟲唤。一寒遽至此，意氣爲之偄。破硯耐久交，伴人擁書案。夜坐足最冷，頗欲供爐炭。挑燈碎花落，得句懶吟鍛。寒士不耐寒，瓶梅旁一粲。

紅葉

老楓烏桕染霜匀，點綴山林别有春。飛落疑來投刺客，稱呼艷到作媒人。荒寒郊野秋如畫，絢爛文章醉有神。屬附西風休掃去，石階吟坐當花茵。

買菊

人世難逢買笑緣，且尋老圃解腰纏。籬無秋色何辭價，市有幽人更值錢。重九節分沽酒費，兩三枝擇插瓶鮮。西風不是居奇客，輕售黃金幾餅園。

乞菊

饞殺鄰家種菊稠，餐英許仍乞醯不。華原鮑叔分金比，帖似阿潛爲未投。耐我干求仍冒雨，憑誰慷慨慰吟秋。相迎一笑西風裏，此惠應將老圃酬。

答猿詩草丙子

蜀都懷古

路辟金牛事有無，蠶梟舊迹已模糊。江山靈秀誇文藪，割據興亡感蜀都。烽静羌蠻新樂國，地通秦楚古雄圖。高城放眼供憑吊，最稱臨風倒百壺。

陰平窮寇裹氈來，火井餘炎作死灰。司馬能兵扶漢賊，卧龍無壽棄庸才。帝王事業荒陵在，丞相祠堂古柏摧。指點平蕪天莽莽，春風愁聽杜鵑哀。

揚馬文章萬古垂，於今問有替人誰。撞花春暗當壚市，帶草香殘洗墨池。山影舊環官閣遠，江流回抱浣溪遲。蜀風一卷憑誰補，獨立蒼茫詠杜詩。

一隔據險萬難全，衍祀無知別可憐。從古嚴明能治蜀，有人心力盡籌邊。烟雲變滅英雄事，山水勾留嘯傲緣，玉壘祇今無恙在，古愁好約附吟鞭。

蜀漢宮詞

業繼高光復漢宮，武擔山翠撲簾櫳。無情最是孫權妹，不共君王入蜀中。

母儀貴相本天鍾，新寡偏難諱族同。聽得外間臣子勸，行權事引晉文公。穆皇后幼有貴相，劉焉納爲子瑁婦，後寡居。先主入蜀，臣下勸納之，先主以同族爲嫌。法正曰：晉文公納子圉之妻，廢禮行權。云云。

嗣王才育便流離，南郡棺寒奉迓遲。猶記征吴師出日，官家垂淚念皇思。甘夫人生後主禪，當陽長板之敗，卒葬於南郡。章武二年，奉迎葬蜀，謚皇思夫人。

長樂宮中奉養優，蟬鳴黄葉蜀天秋。魯王尚少梁王小，幾輩宮人未白頭。後主立，尊穆皇后爲皇太后。後主尚有弟永、理，封魯王、梁王。

嗣統陰儀數建興，皇英先後屬張星。誰知黄皓工煬竈，不露風聲到後庭。兩張皇后俱張桓侯女，稱賢后。黄皓專權，不聞宮中諫言，千古疑案。

譙周慫恿遞降箋，宮裏猶無的信傳。匆匆行裝催北去，蛾眉淚灑劍門烟。後主入洛，諸宮人偕行。

洛陽新入聽哀絲，安樂無情蜀不思。不肯國亡身再辱，千秋一個李昭儀。魏以蜀宮人賜諸將，李昭儀曰：『身不可再辱！』自縊死。

古琴

柱銘剝盡失年時，製作多疑是伏羲。此外名難焦尾擅，幾人音比伯牙知。三彈古調聽原少，一笑新桐制不奇。掛壁和書成舊物，弦間常爲拂蛛絲。

古劍

休將名字問青萍，拂拭還聞古血腥。舞罷未知何代物，佩來兼重昔人銘。緱殘歲久纏重蒯，鐵銹年深蝕七星。龍氣自來韜不得，夜窗風雨泣精靈。

古鏡

鑄自何年緣暈鋪，背銘猶剩字模糊。一窗飛電光難掩，終古澄潭水不枯。幻影六朝空粉黛，奇愁幾輩變眉鬚。人間閲歷輸君久，曾伴秦宫照膽無。

古硯

銅雀臺荒片瓦留，細紋凉暈古時秋。洗明鴝鵒雙青眼，磨煉英雄幾白頭。宿墨多從凹處聚，良田誰替後人謀。一方珍重傳書種，此去年光更久悠。

恭同吴仲宣制軍養痾歸里，留别尊經、錦江兩書院諸生韻，公餞奉呈

學校以道重，止善推明親。讀書必經世，俱學爲大人。大人赤子心，永言保其真。醖釀一爐内，舉念皆陽春。爲霖慰蒼生，非徒禄榮身。志不富貴淫，性餘薑桂辛。植本在忠孝，勛業斯足珍。卓哉我吴公，矜式士所因。

用兵如作詩，出奇意獨創。駱相靖蜀烽，功與韓范况。我公繼制蜀，籌邊績不讓。耕織舊業安，瘡痍生意暢。十年雨露恩，春暖萬花放。富教展素藴，整齊比隊仗。重開文翁室，研經先導唱。創建尊經書院，士林獻『重開石室』匾頌之。公意爲巴蜀，培植起將相。

蔑古事帖括，舊習成癥結。説經今硜硜，大有廣長舌。致周不泥遠，敦勉意未竭。浮文陋

相如，獨行小王烈。期爲天下士，高論共心折。譬如泛濫水，赴海得排决。整頓十年書，衷腸有餘熱。寸陰以爲寶，肯擊唾壺缺。

官廉無歸裝，刻書清俸支。捐刻四《漢書》，板存兩書院。春漲送歸舟，穩於駿馬馳。節度重西川，朝廷未公遺。留侯性多疾，暫卸使節持。淮南舊青山，田蕪欣更治。諸葛人愛日，文翁化成時。舉袖别士民，畫像益州貽。以校書圖像留尊經閣，士林勒石奉祀。盛世榮晝錦，陋彼蓴鱸思〔一〕。

【校記】

〔一〕『蓴』，原作『尊』，據句意改。

惠陵懷古

陵樹童童剩鬱蒼，尚疑車蓋學樓桑。英雄氣奪當塗讖，巴蜀炎餘火井光。天靳賢孫傳北地，臣能名世起南陽。千秋正統誰争得，一笑曹瞞破冢荒。

邛竹

萬緑掃蠻霧，山多筇竹深。出林抱奇節，作杖賞堅心。蒟醬同方物，橦華接野陰。盤江少行客，風雨籜龍吟。

蜀葵

冠蜀爲花姓，開時夏正長。淡黄衣有暈，森翠葉成芒。午院薰風醉，曉園清露香。爲憐幽艷質，改服道家裝。

蒙茶

瘴雨暗蒙頂，何年人種茶。靈根蘇雪汁，細顆摘雷芽。置檻山僧護，盛籃貢物誇。相如最消渴，未解試甌花。

郫酒

截竹戍瓶甕，自唐名已留。郫筒尋杜句，蜀酒配眉州。村店禮林出，春觴錦水流。鱉靈祠畔路，商略築糟丘。

江茂材少淹約爲三峨之遊，五月初八日舟發錦江，率成奉贈

西山同鄉人，少淹古狂者。鷄群立獨鶴，翹然見高雅。壯年書滿腹，摇筆江河瀉。文場整軍出，叱咤萬人啞〔一〕。去秋膺鶚薦，射策屈董賈。留寓在石室，相識袂初把。譚藝興獨高，每坐到燈灺。荀君數過我，席香三日惹。青眼陳琳作，濃圈示寬假。稱引逾所分，不在士元下。君詩韓昌黎，我詩孟東野。嗜痂出意外，和邀結吟社。西子本國色，不妒東鄰姐。牡丹擅天香，許侍群花姹。城南萬里樓，酒壚蔭槐檟。挽我解衣坐，凉透臂與踝。南風吹醉語，市兒爲之嘲。拇戰氣陵人，銜杯嚼蝦鮓。世無吴道子，酒狂貌誰寫。忽發遊山興，峨峰訪般若。知我舊曾遊，縱臾作前馬。奇山如奇書，字字供搨扯。不讀人固俗，不温味亦寡。比遊屬兩便，默算泯厍厏。非想非非想，唯唯應聊且。是時菖蒲水，浪蹙學鱗瓦。買舟下嘉陽，篛蓬小旗赭。斜陽一篙響，摇摇纜解也〔二〕。岸山隨舟飛，晴翠落深罭。强我説三峨，恬耳態何諤。譬如茅屋人，未識萬間厦。加倍張其奇，空中起爐冶。傾聽狂爲斂，憑我縱復舍。請磨三斗墨，預備峰頭灑。

【校記】

〔一〕『咤』，原作『蛇』，據句意改。

〔二〕『買舟』至『解也』兩韻中，『篛蓬小旗赭斜陽』七字原誤作注文，今據句意改爲正文。

五月十九日登峨眉峰頂，倦極不能成詩，江少淹敦促不已，次日補作索和

芒鞋踏遍碧芙蓉，又上峨眉第一峰〔一〕。憑我雲遊爭健鶴，迎人雨過走乖龍。夢尋僧屋巢痕舊，下榻般若堂是往年舊宿處。衣帶天門石氣濃。天門寺左有天門石。占得普賢曾識面，六年前事證吟筇。

罡風吹霽睹光臺，鐵檻臨岩動欲摧。睹光臺，看佛光處，以鐵索爲欄。脚底雷門開洞府，雷洞坪。眼中雲海失塵埃。混茫天影蕃夷界，隱約岷山伯仲陪。小立驚寒忘五月，此行合帶大裘來。

深屋關門静擁爐，笑從意外棄葵蒲。齋鐘韻約吟魂定，茶鼎聲煎雨陣粗。墨妙欲摹何水部，何子貞先生手書長聯仍裝懸壁上。錫飛空訪老浮屠。主僧月照師未歸。奇詩讓與江淹寫，一樣腸搜怪我枯。

客裏何心絶頂登，浪遊偏學打包僧。中原界外山重看，蠻夷地及雪山皆朗然在目。故里天邊感倍增。行倦病於中宿酒，夜寒醒恰對孤燈。半生落拓塵容抗，不敢談禪説上乘。

【校記】

〔一〕『峨眉』二字下原衍『峰』字，今删。

洗象池禪院即事六首

白象何年洗，湛然留碧池。鑽天坡名千磴躡，冒雨一筇支。迎客樹如揖，進門雲欲隨。僧寮分半榻，小憩已忘疲。

五月爐仍擁，獨眠疑雪寒。雨聲詩夢濕，禪味佛燈殘。支枕聽晨梵，敲梆喚早餐。起遲欣薄霽，閑眺倚危欄。

萬岫飛欄底，條條碧玉龍。空明除障礙，崱屴失巉峰。鑿暗沈樵斧，天寬縱寺鐘。亭亭孤立久，石氣撲衫濃。

佛愛能詩客，留行雨又來。茶香聽雨坐，窗迴寫詩開。高樹發新翠，滿身封古苔。塔杉傳范紀，知是六朝栽。塔杉以形似名，見范石湖《吴船録》。

架樹泉通筧，木筧架樹頂，由後山引泉入厨。供厨水置倉。倉以木板爲之，可蓄水十餘石。泥爐多炭火，木瓦耐冰霜。寺以木版代陶瓦。絶俗宜奇句，凌空此上方。俯看雲起處，妙見玉毫光。

洗象一池水，還應洗我心。客遊如鶴野，僧語入禪深。本然師新住此寺，最深佛理。信宿緣重結，留題韻偶尋。明朝登絶頂，私祝息淫霖。

伏虎寺留贈静庵方丈、明遠禪師

嵐翠林陰裏一庭，奇山虎伏抱門青。雲封溪口塵先斷，磴轉橋邊草自馨。泉韻清於僧説法，客心頑愧石聽經。勝遊此處山初入，頓喚勞人俗夢醒。

劫火燒殘土木新，層樓叠閣勢嶙峋。寺門太遠開山脚，岩翠如潮滴瓦鱗。苦笋分餐皆至味，蒲團借坐是前因。讀書欲賃三間屋，可許投齋傲昔人。同治六年，寺毁於火，新構尤極宏壯。

山頂曾有舊遊蹤，過此匆匆欠拄筇。庚午之遊，未入此寺。作夢尚疑今日幻，尋詩真比往年工。鐘敲樹裏聲難散，花種階前色未空。三百十名羅漢果，與他緣結損青銅。寺右五百羅漢院塑像精工，第三百零十爲心勝修尊者，瞻仰有觸，爲損資裝金。

茶話雲堂暑氣清，雨猶好客特留行。新詩獻佛摇孤管，净梵醒人聽五更。祝髮靈山知是福，回頭苦海悔求名。此遊未定重來日，同著袈裟約再生。

昭烈陵

終抱偏安恨，崇封暗碧蕪。蜀中真帝僅，君後漢陵無。佳氣樓桑盡，悲風宰樹枯。兩川沈霸業，萬古憶鴻圖。統續高光緒，臣收管樂徒。美髯情眷注，大耳貌魁梧。鼎已分三足，錢剛復五銖。餘炎然火井，壯志翦當塗。魚水歡何愜，英雄品不誣。營連愁破陸，計決失吞吴。敗衄慚鄰國，伶俜托渺孤。丕才能倍蓰，嗣予藉匡扶。豚犬成家例，蛟龍舛命途。局殘司馬掃，壟剩杜鵑呼。官肅芻蕘禁，人嚴俎豆趨。浣花江郭近，森柏相祠俱。荒蘚門雙板，斜陽浣一隅。漳河疑冢破，長笑阿瞞愚。

落葉二首

颯颯秋風寇野堂，哀蟬曲唱劇蒼涼。林寒怕踏陶潛徑，園小憑堆庾信床。乾與貧家添爨火，多如主試擯文章。歸根畢竟强於客，不爲飄零感異鄉。

榮枯冷眼到山翁，縛帚朝來掃未蟲。作響蕭疏如急雨，無情抬舉是西風。荒村路複秋苔碧〔一〕，古寺樓照夕陽紅。祇有栖鴉忘不得，一枝曾借緑陰中。

【校記】

〔一〕『複』，疑當作『覆』。

黄葉

西風吹冷讀書幃，黄落關心木葉飛。不學桕楓千樹醉，尚嫌桔柚一林肥。溪通舍北和橋複，村畫江南有夢歸。最稱將軍稱大樹〔一〕，身披金甲鬥霜威。

當成硬紙一張張，欲寫新詩感鬢霜。病瘦苦描秋土色，忍寒愁試道家裝。驛荒駐馬憐衰柳，宫冷鳴蟬燦夕陽。猶記緑陰如畫日，鶯衣紙露影微茫。

【校記】

〔一〕『最稱』之『稱』字疑有誤。

秋日無題

滿地都是秋，不勝鄉愁擾。滿眼都是詩，轉苦題目少。寫秋兼寫愁，静坐人悄悄。無題即詩題，或者詩愈好。光陰東逝水，客子南飛鳥。蹭蹬百無成，愁絲千丈裊。秋士况多悲，詩了愁難了。

菊花四首

雁來紅萎木樨殘，佳色無多點畫欄。花事一年之反殿，騷情千古屈原餐。身甘隱逸銷沈易，世重繁華賞識難。抖擻精神開冒雨，讓儂揩眼捲簾看。

逢秋病肺戒飛觴，菊酒空傳費長房。三徑清愁催警句，兩年佳節感他鄉。寄人籬下枝猶傲，枕我床頭夢亦香。爲語芙蓉休怨望，東風情薄也尋常。

曾經手種喜苗肥，荒徑相思客未歸。艷説黄華徵月令，耻隨紅葉媚霜威。寒螿瘦蝶幽人圃，斜月西風處士扉。何日帽檐都插滿，仿他萊彩慰慈幃。

晚節堅持意不群，憑誰珍重挹香芬。園籬倒酒偏陪我，風雨悲秋每爲君。製得頹齡誇妙藥，頌爲瑞草亦奇文。前身是否陶彭澤，愛向籬邊坐夕曛。

太守羅星四先生館中感事抒情，奉呈一首

親老非遊日，勾留爲感恩。鳩投公子案，燕戀主人門。問字慚肴載，談詩喜酒温。槐亭多厚德，玉樹代培根。

鏡中菊影

愛菊親移傍鏡臺，一花都作兩花開。空靈詩悟重陽節，冷淡神傳百録材。古貌自將秋士寫，新妝還約瘦人來。琉璃世界無霜到，却笑陶潛鬢已摧。

燈前菊影

瓶插盆移菊滿齋，長檠四照早安排。頻挑取影秋逾瘦，不睡陪人色更佳。暮夜光明徵晚節，清高描寫門吟懷。燭燒浪詡紅妝對，鏖煉霜寒屬我儕。

館中秋杪感賦〔一〕

歸計不能遂，錦江秋又深。高城妨遠望，落葉碎鄉心。裝剩先生鋏，囊空季子金。銷愁真

莫法，病肺酒難斟。

文以人三眾，相陪未寂寥。籬花香進屋，窗紙破於蕉。書謬將丹勘，詩工學白描。光陰分寸惜，種樹望干霄。

西蜀天空闊，城居不見山。有寒隨雨脚，無句詠烟鬟。旅況經年慣，官齋鎮日閑。還家前夜夢，紅樹畫層巒。

晴當秋衣授，天恩客受多。裘忘尋票贖，墨便改文磨。懶作登樓賦，愁聽得寶歌。平安書擬報，返棹約春波。

【校記】

〔一〕『杪』，原作『抄』，據句意改。

硯食

門深如海息敲推，静坐疑登避債臺。鼠啜殘茶翻碗去，鵲尋餘飯進窗來。瓶因花盡留乾菊，爐到更深撥死灰。莫怪監奴都白眼，朱門硯食本庸才。

試帖時文講畫粗，癖吟却爲破工夫。月錢痛損償書賈，日課嫌虧補燭奴。聽主馳驅銜勒馬，恃人飢飽落巢雛。樹成桃李秋收實，他日能酬屬望無。

擬歸

兩年錦水作浮萍，每寄當歸淚雨零。鬢雪逼人愁裏白，鄉山迎客夢中青。鑄成大錯該磨折，累到新詩失性靈。震恐由來能致福，讀書門静擬歸扃。

鄉愁

油燈殘焰細於丸，病肺秋來穩睡難。打動鄉愁禁不得，五更街柝訴霜寒。

霜曉聞畫角歌

城頭畫角吟霜警，曉夢萬家都喚醒。擁衾有客不成眠，書幌燈留殘焰炯。初聞發響方嗚嗚，繼聞哀咽緩復紆。最後激揚聲頓歇，有如彈琴弦斷吹笛裂。童子開門竟不聞，但報鷄唱滿街餘落月。月落未落東方明，曉寒愈緊釀霜晴。豈惟我聞重輾轉，但令入耳難爲情。聞者或是屯邊卒，鐵甲如水寒徹骨。又或天涯逐利名，逆旅無情催曉發。更有羈人異地淹，思婦空床夢不圓。

三聲兩聲角吹處，都有暗中珠淚注。萬種心思一樣愁，萬里江山一時曙。問角無心是有心，何事吹殘古與今。古往今來如過鳥，畫角不哀人易老。可憐書生志未酬，時清無處覓封侯。起舞霜天邀卯飲，哀絲豪竹動高樓。高樓面東江水去，木落秋濤回灩澦。醉裏憑欄感慨多，角聲又送斜陽暮。

武擔山懷古

即位山陽俯魏吴，堂堂天府啟雄圖。迹傳石鏡佳人冢，數閏金刀漢帝都。春樹尚浮嵐縹緲，故宫難覓址模糊。沈吟千古烟銷事，愁聽城隅杜宇呼。

讀陳伯玉集

宣聖肇删述，斯文燦萬古。厥後騷人作，漢魏踵其武。子雲及長卿，瑰詭辟門户。曹劉潘陸後，憔悴嘶不舉。沿至齊梁代，風靡極徐庾。大雅道淪喪，頽波失底柱。堂堂陳伯玉，崛起江漢滸。獨提正始唱，六代掃塵土。譬謝藩籬鷁，青天奮鵬羽。又如衆陰剥，春意回梅塢。有唐嗣響者，群奉高曾矩。詩文互起衰，駸駕並韓愈。感遇立忠義，遺篇萬目睹〔一〕。名與日月懸，少陵豈讕語。遭際淫虐世，翅未折鸚鵡。立朝皆噤喑，莫攖逆鱗怒。惟公諫諍詞，侃侃殿廷吐。興學與緩刑，暗將僭萌杜。再止擊羌役，保全蜀疆宇。深謀爲唐家，尤在宗室輔。孤鳳鳴朝陽，臣心味荼苦。乃知頌大周，借徑求悟主。梁公值後老，反正天所輔。勢則判難易，意本無齟齬。論世原其心，成敗迹何取。新唐書刻核〔二〕，議其言聾鼓。不爲作佳傳，末學同傅呂。忠孝冤不白，念之鼻酸楚。焚香讀遺集，古鬼泣風雨。

【校記】

〔一〕『睹』，原作『賭』，據句意改。

〔二〕『核』字疑有誤。

詠聚珍板

板刻經書五代聞，如珍旋聚巧無群。新添縱或因奇字，多備何曾見闕文。檢處有篇兼有句，印餘能合亦能分。咄嗟立辦麻沙本，合策鈎心鬥角勛。

非關補石學神媧，字字城堅約束加。形類卒徒皆入伍，勢如親友暫摶沙。換移法悟文章活，聯絡行泯大小差。得此便他傳著作，棗梨災禍免些些。

消寒詞

劍南地迴釀寒遲，短景催人感歲時。誰信客懷消不得，消寒詩雜憶鄉思。

又

暖爐名會仿燕京，花户油窗一例成。風雪捶琴兼刻燭，詩軍争占受降城。

又

客來圍坐屋如艭，活火煎茶瓦鼎雙。同在王維圖畫裏，破蕉晴雪讀書窗。

又

白瓷盆子净盛沙，灌水呼童汲井華。契我冬心時一笑，案頭新養水仙花。

又

瓶梅亂插照吟燈，影透疏窗紙一層。幾夜隔窗摹畫譜，不嫌人似凍痴蠅。

又

拈毫白戰學坡仙，剔盡殘燈尚未眠。知否舊衾寒似鐵，擁衾仍聳作詩肩。

又

救寒功策破裘多，傲骨棱棱幾煉磨。宰相十年煨芋味，無心領取就頭陀。

又

高城晴日偶登攀，白醉留人夕照間。古雪一痕天未認，女墻西北對岷山。

又

城隅僻地桔槔村，草屋柴籬破板門。幀出六朝殘粉本，一畦寒菜庾家園。

又

更約尋梅杜老祠，凍蜂引路已先知。商量上有先生在，止賞梅花莫作詩。

又

梅花清瘦老僧臞，一席同圍倒酒壺。提著逋仙疏影句，斷橋烟雨夢西湖。

又

枯林鴉點遥疑葉，官路牛争重載糧。出郭歸來天未晚，溪邊猶戀野梅香。

又

錢荒旋典木棉袍，炭價如潮長益高。品字柴頭燒榾拙，家山風景話同曹。

又

家山重疊似堆書，山裏書聲韻草廬。記得尋詩寒亦出，驢鞍氈笠雪晴初。

少陵祠觀梅歌

蜀王故苑犁爲圃，天矯梅龍都朽腐。放翁吟後六百年，誰向西郊吊烟雨。西郊無恙止草堂，籠竹榿林溪路長。老僧種梅三百本，花開足當旃檀香。草堂舊是少陵築，今爲少陵祠祀肅。祠門寒掩花自開，已换秋風破茅屋。梅花大似驚人詩，横斜怒放意出奇。疑是先生詩弟子，門前立雪盡瓊林。千枝萬枝奪人目，品格能高占不俗〔一〕。先生肯爲作主人，梅花真有修來福。有情聚族成大觀，縞衣緑蕚紅餌丹。著黄更學黄仙鶴，同嚙冰霜傲歲寒。巡梅我屢將花繞，悄吟不敢呈詩稿。梅花冷笑已羞人，私心更怕先生惱。花邊僧打晚鐘催，欲出門時首更回。記得春梅猶未放，草堂人日約重來。

【校記】

〔一〕『占』，疑當作『古』。

擬温飛卿《錦城曲》，即次其韻

蜀江漲落沙如雪，篆字印文流曲折。東風吹雨過江城，烟蕪碧染萇宏血〔一〕。多情碧草散叢叢，鴨緑江波掩映中。一片桃花流影去，薛濤偷入小箋紅。字寄相思情不死，函箋付與扁舟子。峨眉山月學眉顰，來照離人羈錦里。

【校記】

〔一〕『萇』，原作『苌』，當爲『萇』之誤。『宏』爲『弘』之諱改。

答猿詩草丁丑

北城春望

高城臨望望當春遊，駟馬橋邊夕照浮。北拱峰巒開蜀棧，東流江水赴荆州。地雄天府供懷古，人滯他鄉怯倚樓。添出一聲新杜宇，萬重烟樹萬重愁。

喜雨藩台尊經書院課士題詩。三月丁制軍初到川任。

雷出起蟄龍，幾龍霖雨抱。爲霖慰他方，下尺澤應飽。於蜀偏來遲，孤負蒼生禱。自冬及今春，似客足音杳。馬鬣三兩滴，瓶中秘爲寶。鍛石補天漏，疑出女媧狡。劍南春未艾，遂已苦炎燠。顛狂走馬人，揮扇且脱襖。尋花作醉鄉，魂共蝴蝶嬲。乞陰緑章奏，灑墨矜文藻。忘却石犀堰，田家秧水少。書生懷杞憂，首疾吟日杲。恨無巽酒術，救此一方燥。向西天大笑，送喜出意表。沛然得偉觀，捲瀉黃河倒。檐牙貫珠瀑，陣脚立銀筱。混茫同一聲，乾坤白浩浩。間以硬雨打，落瓦彈丸嵒。雄雷更助威，一震魑魅掃。仿佛雲罅中，靈物見角爪。平地湧波濤，欲試漁舠小。圓我昨宵夢，背蓬聽三泖。兒童放鵝鴨，詎平比鄰惱。餘氣未肯散，霏霏帶烟裊。幾陣莫寒至，作勢比戰挑。堆書有乾處，簾垂上燈早。慚愧宋子京，半臂送姬姣。誰與扶傘出，券取郫筒醥。孤坐不成賞，遊眺待清曉。布衾睡正美，三請有啼鳥〔一〕。行穿綠槐街，屐齒響泥潦。登城豁望眼，眠山青來了〔二〕。浮嵐濕沾天，意態初出澡。漲水數尺渾，半淹沙嘴草。楊柳喚渡處，鷺翅失聯皓。烟翠畫郭門，竹樹入縹緲。萬墊麥苗秀，吹香學餅炒。野花紅插鬢，行饁姑與嫂。一犁烏犉叱，最羨阿段僚。風景繪太平，氣象變枯槁。派作大歡喜，今雨特湊巧。如覓驚人詩，冥心走天杪。得來字字警，快讀頭盡掉。又如苦酷吏，鷄狗久被擾。忽來慈父母，欣慰遍叟媼。須臾望已愜，收斂仍悄悄。神功有如此，盡舉歸大造。弄珠龍且閑，百花潭水渺。皇天久未雨，既雨晴亦好。五百字書喜，淋漓氣滿稿。

【校記】

〔一〕『請』，疑當作『清』。

〔二〕『眠山青來了』，疑當作『岷山青未了』。

成都嬉春詞

春濃錦里促春嬉，滿眼鶯花絶妙詩。肯讓漁洋提唱雅，揚州獨占冶春詞。

又

江城水郭畫圖張，得得嬉遊晝正長。村裏杏花溪畔柳，東風吹句入奚囊〔一〕。

又

清明風雨野棠開，愁對江山數霸才。兒女豈知遺恨意，踏青鞋印惠陵苔。

又

江天十里曬斜曛，酒旗招人醉欲醺。懶問春風誰管領，桃花紅落薛濤墳。

又

摩訶池涸草髟髟，蜀苑基犁木柄鑱。花蕊宫詞誰誦得，茅檐新燕自呢喃。

又

走馬名園爛醉中，傾囊不惜買郫筒。海棠處處香成海，慚愧顛狂陸放翁。

又

時復狂吟過草堂，滿蹊花朵耐端相〔二〕。當年幕府青袍客，會向黄家訪四娘。

又

年年花市艷陽天，也訪銅羊並二仙。含蕊牡丹芽芍藥，愛花齊擲買花錢。

又

村壟泥融犁犢健，郭門風暖紙鳶輕。樓臺無數含烟靄，一段春陰幀錦城。

又

嬉春歸晚夕陽低，得意吟鞭縱馬蹄。衹恐推敲衝令尹，愛才今日少昌黎。

【校記】

〔一〕『奚』，原作『溪』，據句意改。

〔二〕『相』，疑當作『詳』。

春莫偶步少城同蜀生、吴生兩公子。

人共楊花起，因風進少城。嫩晴烘馬影，新樹冪鵑聲。亭閣多臨水，胡同似界枰。將軍嚴號令，詩律可容争。

初至雅郡

蔡蒙雲散萬峰晴，攬勝南來壯此行。衛藏山川連絶界，蠻彝門户扼孤城。樹團郡廨清凉氣，水下嘉州日夜聲。準備多添懷古作，不因書記誤吟情。

登雅安山

蔡蒙高極天，壁立莽回互。一山出黎雅，閑道若有赴。左帶青衣江，滎經水右注。江水忽交匯，截斷前頭路。山意不肯思，直走問津處。作城知何時，强把山圍住。此山如生龍，受制鬱餘怒。尾南頭伏東，豎起脊梁露。長爪伸出城，勢仍欲攫捕。惟拓西北面，街衢多地步。人家鱗比中，亭閣間官署。將屋當龍卵，俱受龍抱護。天風撼山來，摇動滿山樹。樹摇山亦摇，欲帶城飛去。邊荒足形勝，登高孰能賦。我本羈旅客，好事著遊屐。江山盡一覽，獨覓驚人句。和夷湮禹迹，平羌迷葛渡。蒼茫懷古心，哀笳吹日暮。

雅郡東齋

郡衙如村舍，訟息俗囂屏。小齋衙東偏，陰落杈丫影。積葉瓦溝平，蓬低學漁艇。庭院架高棚，卓午蔽曦景。花卉五六株，舊種藉盆皿。椿枯粗振臂，幹拗屈盤蚓。姿媚比小詩，微嫌篇幅窘。爲供人愛玩，斂抑就拘緊。嘆息才不伸，人物事相等。一隅矗假山，峭峰復平嶺。細草帖虎耳，葉團簇新穎。雨霽留餘滋，緑意古苔逞。垂垂秋海棠，倚笑鬥邢尹。豁徹洞名酉，谽谺穴疑丙。玲瓏好家居，蟻子雜蛙黽。亂石護其脚，園卵匾則餅。寸人而豆馬，倘有鬼神引。可當泰華奇，旬月事遊騁。一石獨離立，倚傍意不肯。其高丈有奇，氣概特英挺。彎不似牙笏，尖不似玉笋。凹處深作竅，凸處綴成癭。滅盡斧鑿痕，鬼工孰能並〔一〕。聞昔天柱折，破壞女媧整。雅疑柱即此，根留尚峋嶙。所以蜀漏天，大小在郡境。世無米襄陽，呼兄或未允。意欲移中庭，醜怪怕人哂。石旁有老榕，附樹將樹並。怒龍自天下，豎尾拗其頸。鬚胡紛下垂，空拿撑爪脛。飛動欲攫人，作勢悍且猛。墻陰據一角，風雨吟隱隱。陳琳愧書記，入幕不用請。鄉愁濃於酒，每醉猝難醒。下榻小齋中，消遣愜性静。季夏至秋杪，裘葛變炎冷。開窗倦點書，憑欄罷啜茗。山石與花樹，摩挲釋未忍。奇秀填我胸，換去骨頑獷。請看雅州詩，開卷句句警。

【校記】

〔一〕『孰』，原作『熟』，據句意改。

太簡鄰屋

余在雅郡幕，小齋與雷公祠僅隔短墻，手題『太簡鄰屋』四字小匾。

小屋如巢不配華，破窗補綻紙横斜。天寒瘴雨愁蕉葉，人瘦秋風學菊花。久别庭幃陳仲子，聊安卑濕賈長沙。閑中消遣都無賴，詩稿删塗字抹鴉。

雷公祠

《宋史》本傳：公名簡夫，字太簡。宋仁宗至和初，儂智高自粤走大理，地與蜀鄰，益州守以公知雅州，蜀人恃以無恐。

憩堂傳自至和年〔一〕，風鶴遥遥爲古滇。民愛欒公民立社，官如張嶷藉綏邊。遺文剩見聽江帖，公《江聲帖》：刺雅州時，晝卧郡閣，聞平羌江暴漲聲而作，凡五十七字。《東坡志林》『雷太簡聽江聲而筆法進』正指此帖，郡志失載。壞壁難徵薦士篇。《通志》〔二〕：賢範堂壁間刻雷公薦老蘇三書。一種山光仍北宋，撲祠空翠點巒烟。

【校記】

〔一〕『自至和』，原作『至自和』，據句意及題注乙正。

〔一〕『志』，原作『字』，據句意改。按：此指《四川通志》。

前律意有未盡〔一〕，續題七絶六首

清高遺像畫同留，不愧同時張益州。仡鳥蠻花城一角，雅安山下客登樓。

又

古愁如許對東風，人倚危欄夕照紅。閑爲使君徵世胄，淮南王傳有郎中。《前漢書·淮南王傳》郎中雷被。

贖尾書殘帖意精，志林珍重老坡評。茫茫九百年前事，衹剩蠻江舊漲聲。《江聲帖》。

兵燹風霜石不支，消沈尚友好心思。人間幾見黄丞相，鶴俸親分補斷碑。前觀察黄公翔雲於壞墻土中掘得乾隆間某太守題識雷公祠斷碑，爲連綴立祠中，并勒石於旁，紀其事。

祠屋衙齋鄰比居，依人我自惜三餘。墻陰夜弄芭蕉雨，疑是公來聽讀書。

又

瞻憩無端意逡巡，異鄉風雨助傷春。幾行詩紀飛鴻迹，誰爲殷勤護壁塵。

【校記】

〔一〕『律』，原作『津』，據題意改。

雅安山閑眺

向晚登臨出郡齋，收來眼底景偏佳。樹將墻押紅藏廟，山被城圍緑上街。絶遠遊蹤疑夢境，斬新詩料助吟懷。蔡蒙四面遮如壁，可笑人同井底蛙。

郡齋聞雁

客中難耐是深更，一榻燈殘聽雁聲。鄉路三千尋不了，可憐秋夢醒邊城。

中秋坐雨感賦絶句九章

桂花香共濕烟浮，高興空談庾亮樓。未近重陽先釀冷，滿城風雨作中秋。

又

坐數螟更悶欲眠，更無人話木樨禪。痴心擬煉銅山石，爲補川南大漏天。

又

天涯除月少鄉親，令節何堪雨陣頻。恐是門閭慈母淚，西風吹寄爲遊人。

又

遊人豈是蟹無腸，無月低頭倍憶鄉。獨自傷心天不管，夜深蟲語破堂凉。

又

陰晴萬里共今宵，故實曾經點筆抄。少我對床應憶我，風風雨雨集鴿巢。家中兄弟會談處有『集鴿巢』小額。

又

解意長安定有詩〔二〕，三年未見學吟兒。供盤餅様偷明月，猶記牽衣索買時。

又

客裏同鄉如骨肉，幾年相聚錦官城。平羌古驛秋蕭索，不識何人念友生。省垣寄寓眉山叔、劍曇侄外，尚有門人劉夢仙及鄉好劉仲石、張子雨昆仲諸君。

又

牢愁消遣借長吟，半臂寒侵夜氣沈。樹底芭蕉蕉外竹，一番殘滴響空林。

又

明宵霽色靄槐衙，准擬從新詩月華。但剩團圓遲亦好〔二〕，報人歡喜看燈花。

【校記】

〔一〕『意』，疑當作『憶』。

〔二〕『圓』，原作『園』，據句意改。

九日同郡署諸友出雅安南門，至武侯祠草亭小坐，復沿後山下東門，望平羌江而歸，即事有作，以當紀遊

山城秋老葉初黃，人立西風感異鄉。浪迹今年誰算到，漢嘉古郡過重陽。

又

細雨收塵忽快晴，登高有約報同盟。萬峰引領蠻雲外，等著詩人出郡城。

又

南樓如畫矗山椒，天末邛崍決眦遥。鴻爪一痕留絶徼，不因佳節也魂消。

又

亂嵌卵石路生鱗，火米炊香飯店貧。我輩出遊無礙緩，進城權讓負煤人。

又

丞相天威鎮此中，巒山綠幘廟門紅。書生無分談憂樂，梁父微吟怕惱公。

又

影倒團瓢水一窪，林荒畦瘦菊無花。酸寒羞數龍山典，一醉難謀坐啜茶。

又

茶烟人語聚空亭，石几無塵細草馨。滿眼江山留禹迹，秋嵐如雨蔡蒙青。

又

歸尋別路趁斜曛，纔進城門路便分。力避雷同矜獨造，此遊命意比論文。

又

城中山勢活蟠龍，古木添撐爪角雄。吹浄襪塵龍臂走，萬家頭上過天風。

又

從高陡下屧停雙，懶更登樓興欲降。一種灘深聾客耳，女墻危倚看秋江。

又

平羌江水百蠻來，小泊通江繫竹排。分附東流寄鄉淚，蘆花楓葉暮愁催。

又

窮鳥依人暗自憐，元瑜書記愧翩翩。菊花不放聲相諒，知少重陽買酒錢。

成都春日，館中雜書絶句八首

天回玉壘舊知名，不送奇青入會城。苦憶故園開户處，亂峰含笑聽書聲。

又

餘寒失勢一晴降，鄰樹陰成緑到窗。妙剩枯杈撑頂上，護巢歸占老鴉雙。

又

瓶花過盡幾紅芳，插到如銀七里香。當得垂簾温睡鴨，麝薰濃惹讀書床。

又

困人天氣日遲遲，仰面虚窗苦索詩。覷得雀兒巢瓦縫，枯苔銜落繫蛛絲。

又

楊花糝院白於毯，暖日催人脱舊棉。一領春衫猶未製，等閑支取束脩錢。

又

自收花露供朱磨，點勘新書百卷多。簾外客來人不覺，烟茶準備唤鸚哥。

又

儒雅風流代有加，吟編尤愛聖朝賒。乾隆文獻差能説，讀遍詩傳六百家。

又

堂堂蜀漢紫陽稱，放眼江山感廢興。千六百年如過鳥，城南衹剩使君陵。

吴生學吟詩卷題詞有序

吴生名運萊，江西武寧人，太守羅公星使之次公子也〔一〕。丙子秋，太守延燮教讀，生受書之暇，學爲韻語，有宋徐鉉十歲能詩之風，吟稿成堆，幾如亂葉。頂手録成册，塗鴉墨蹟中，雛鳳發聲，時露清警，爲題五律一章於卷首，他日南歸得意，當念夫子莞爾而笑。時走筆疾書，詩雖不工，其期望甚厚也（吴生乙酉己中江西經魁）。

讀罷偷尋句，燈前擁鼻聲。性靈關幼慧，吟癖學先生。昭諫宗非俗，高軒賦可成。道南端屬汝，早達步蓬瀛。

【校記】

〔一〕『星使』，集中又作『星四』。按：羅亨奎字惺四，或作『星士』，《〔光緒〕雅安歷史》有傳。

書室詩和蜀生、吴生兩公子。時當秋盡，暗理歸裝，不覺離人感事，藉此留別，閱者勿以題境繩之

書室小於艖，堆書整復斜。迴文窗扇隔〔一〕，化字頂棚花。奴子知磨墨，鸚哥爲唤茶。妙無官寓派，幽静擬山家。

雨霽客遲到，巷深泥可杠。《爾雅》：聚石爲步曰杠。庭留鋤草迹，門過賣花腔。秋意澹成水，夕陽斜在窗。新栽幾叢菊，擬爲護籬樁。

簾如巾折角，門額漏光來。座冷堪陪佛，天陰不動埃。奇書下酒物，妙悟苦吟才。悔作依人計，頻遭俗眼猜。

主尚留徐庶，人偏忌賈生。遂予將母意，迫我促裝行。遠泛鷗難狎，孤飛雁自驚。連宵燈灺候，歸夢大江橫。

東道賢勞詠，高車望早歸。客心楓葉醉，鄉路荻花肥。决去嫌能避，遲留計恐非。雙丁勤門字，且與下書幃。

詩得清新訣，文饒議論才〔二〕。妙方駒齒落，如作雁行來。山厚看雲釀，花奇配雨催。室中能幾日，爪印自徘徊。

【校記】

〔一〕『迴』，原作『逥』，據句意改。

〔二〕『議』，原作『蟻』，據句意改。

牙刷

信手拈來便解頤，最工詩字説兒齯。蕩摩妙在剛柔合，氣味容誰齷齪遺。童羖餘毛三洗後，瓠犀撩眼竿掀時。微微芳嗽殘牙盡，衹有張蒼不用伊。

遊昭覺寺二首

杉立蒼龍十萬株，風雷隱隱護浮圖。入林地變深山境，負郭田收老衲租。院息聲聞參解脱，碑詳締構紀乾符。一千四百年來事，衍祀興亡佛記無。

禪榻清談客肯邀，隱囊麈尾亦超超。漫疑白社攢眉入，劇愛紅塵瞥眼消。久坐秋香浮野桂，罷吟斜日上窗蕉。浪遊倦後皈依意，歸路羞尋駟馬橋。

蜀十二樓詩譚學憲季課尊經書院題，擬作。

張儀樓成都少城西樓，因張儀築得名，唐後始圮，今非其舊矣。

虎視憑高勢欲摧，金牛來處此公來。能收蜀國開新郡，如爲横人紀霸才。戰伐巧分司馬錯，江山景入杜鵑哀。樓頭剩照秦時月，誰覓宜明劫後灰。按：西城門古名『宜明』。

南定樓在瀘州〔一〕，取《出師表》『南方既定』語名樓，陸放翁題詩有『風雨縱横亂入樓』之句。

南定當年矢鞠躬，斯樓名重大江東。馳驅深入酬先帝，風雨豪吟占放翁。讀表可勝懷古淚，憑欄如見渡瀘功。斜陽影裏危梯下，正向牂牁泛客蓬。

萬卷樓在南充縣金泉山下，晉陳壽讀書於此。舊志：在南充縣東四十里果山下。

譙周宅畔好樓居，著作郎披萬卷初。曲水流隨幽檻折，果山嵐撲畫簾疏。髡頭罪案餘私怨，大手文章繼漢書。百尺濫詩湖南氣，家風比擬竟何如。

越王樓在綿州，唐太宗子越王貞刺綿州時建。

左綿官樹鬱蒼蒼，一角危樓押女墻。刺史舊傳唐帝子，邦人如仰魯靈光。涪江雪嶠供閑眺，碧瓦朱甍照夕陽。興復事從言外賞，少陵詩句耐評量。按：老杜《越王樓》詩賞其則天時，刺蔡州起兵，興不剋而死事。

萬丈樓在夔州，少陵居夔遺址，取『光焰萬丈』詩爲名。

萬丈凌虛不可攀，先生詩瘦占樓間。欄杆遠對黄牛峽，光焰高争赤甲山。種苣畦邊餘地迥，浣花溪外此堂閑。上頭誰配論文坐，定約騎鯨李白還。

籌邊樓在成都城内，唐李衛公遺迹。

筆經籌罷又邊籌〔二〕，衛國棠陰重此樓。一品聲華文集在，百蠻險厄畫圖收。事如米聚將軍馬，恨劇降辭相國牛。梯影斜陽鴉陣亂，有人憑吊望崖州。

逍遥樓在劍州武連驛。樓久圮，石鐫顔魯公『逍遥樓』三大字。

行役勞勞憩武連，岑樓名憶漆園篇。看山地好憐基圮，透紙書工賴石鐫。帖意分明争坐位，驛程珍重紀吟箋。轅駒局促成何事，衹個安身稱謫仙。

懷忠樓在忠州翠屏山半，一名懷忠堂，爲陸忠宣公建。

懷古江樓奉瓣香，忠宣遺迹不滄桑。邊州白首離騷賦，活國丹心集驗方。生並盧裴天作祟，死傳奏議日争光。翠屏山色闌干滿，愁聽哀猿弔夕陽。

四望樓按：香山詩集《寄題楊萬州四望樓絶句》有『江上新樓名四望，東西南北水茫茫』之句；次首有《答楊使君登樓見憶》詩。是樓本在今萬縣治，《忠州志》云樓在忠州，居易忠州刺史時建。誤也。

四望作樓非白傅〔三〕，寄題原爲萬州楊。懷人合倚危欄久，謫宦相憐峽路長。楓葉荻花秋瑟瑟，東西南北水茫茫。楹聯竟集香山句，權當登臨奉瓣香。

荔支樓在嘉定府，陸放翁取家藏札刻石樓下，題詩紀之。

碑樹無春結實遲，一樓記創李唐時。銀鈎刻石家藏札，暮角吹愁客路詩。裂地江聲摇柱脚，壓檐山翠濕峨眉。荔支香裏心先醉，懶更凌雲載酒卮。

王氏書樓在犍爲縣南，宋王氏藏書於此。東坡題詩有『借問主人今何在，被甲遠戍長苦辛』句。

樓上藏書讀幾時，烏衣舊姓比鄰知。家傳戍客金戈信，名重鄉人玉局詩。古木禽巢窺檻近，大江漁唱過門遲。一鴟欲借增惆悵，蠹蝕塵封壞榻支。

玉音樓在石柱廳，明女土司秦良玉建。唪烈皇誥敕御賜詩於上。

左家良玉愧雄才，甘讓蛾眉百戰回。石柱城完留蜀土，玉音天賜拜平臺。礙人芳草群腰畫〔四〕，如馬桃花檻角開。合製神弦樓上唱，錦袍看拂白雲來。

【校記】

〔一〕『瀘』，原作『滬』，據句意改。

〔二〕『又』，原作『叉』，據句意改。

〔三〕『傳』，原作『傅』，據句意改。

〔四〕『群』，疑當作『裙』。

飼絡緯

成都新秋有鬻絡緯者〔一〕，荷長竿丈餘，尾綴小籠數十，茅幹編成，方圓大小不一。俯其前，繫大竹籃，著絡緯其中，飼以瓜花，上覆惡草，蓋防其逸出，且杜人攫取也。俗名叫姑姑，市人争買之。夕步街頭，蟲聲滿耳，如在野人籬落間。予亦買兩頭置寓齋，夜凉如水，和以秋吟，不免旅懷棖觸矣〔二〕。

錦城鬱殘暑，深屋甑中住。夢裏鄉山秋，蟲響淡燈炷。晨簟日三竿，起作門前步。恰有鬻蟲人，短衣塵滿屨。荷竿如桔槔，俯仰不礙路。小籠茅幹織，方圓綴無數。俯處繫竹籃，青青惡草護。唤買叫姑姑，群兒竞赴〔三〕。籃是姑姑屋，發復睡纔寤。籃足姑姑食，黄花摘瓜圃。幾錢和籠買，童心我猶痼。一雙大於拇，相配比新娶。色自青褐分，情若雌雄附。股長知善躍，須豎或工怒。相面蚱蜢似，指類莎鷄誤。以股擊其羽，金木戛相遇。絡緯肖其聲，載在《古今注》。字或作絡緯，《篇海》詳其故。《葩經》《爾雅》中，其族實未具。蛩作懶婦鳴，蟬哀齊女訴。此豸何娟娟，名補《方言》著。買蟲如買珠，竊竊羡童孺。徵花如徵糧，特特差老嫗。既非飼狗馬，有捐米粟裕。又非飼蟋蟀，有廢平章務。依人囊縱羞，糊口可兼顧。而况答長吟，來伴寓公寓。記得初買時，前宵過疏雨。雨霽月窺簾，乾坤浩風露。絡緯並紡緯，軋軋車響互。滿耳寫秋聲，滿庭添野趣。想見家園裏，棚頭架懸瓞。牽牛簇暗香，兒女呼燈捕。衹我遊不歸，三年若征戍。腸斷織錦機，中有回文賦。秋啼金井闌，忍和相思句。李白集《長相思》篇有『絡緯秋啼金井闌』之句。

【校記】

〔一〕『鬻』，原作『粥』，據句意改。

〔二〕『根』，原作『振』，據句意改。

〔三〕此句脱一字。

秋懷詩九首

乾坤大逆旅，日月苦行役。殘暑方促裝，秋風鳴策策。壞欄老桐樹，一葉隕深碧。百憂莽莽來，塞空天爲窄。憂能煎人心，微軀異金石。感此念浮生，彭殤等過客。千秋萬歲名，不如酒錢擲。仰視青天高，浩歌聲動壁。

秋悲能引詩，秋涼已捐扇。日月疑在弦，一發疾於箭。人生負年少，緑髮豈我戀。作賦氣凌雲，相如遊欲倦。懷刺紙生毛，彌衡犢誰薦。鐵鑄書生骨，拚付饑寒煉。在家無田耕，出門携破硯。爲國祝豐年，稻熟問米賤。

我家西溪曲，分野屬翼軫。門外武陵源，漁唱泊烟艇。古傳避秦人，秘作神仙境。涼雨過村塢，眉畫山睡醒。好山如好詩，秋瘦更奇警。三年錦城客，雪峰眺斜景。典衣買書讀，藥饑聊當餅。回望鄉雲遠，式微負鸝請。

夢醒怯曉簟，白露明團團。庭草失故緑，漸覺生意闌。繁華昨日事，花氣浮欄杆。四大無非空，佛理得静觀。有悟意自適，把卷時復看。飛飛小蝴蝶，尋香獨盤桓。著眼荒蕪中，一箭開秋蘭。

萬物入而老，秋門閉象西。常恐鏡中人，玉貌忽變醜。經世須及早，何苦章句守。腐儒飽囊粟，耻藉滑稽口。秋日已不長，夜讀頗耐久。破窗一燈炧，粲粲仰北斗。欲覓長劍倚，躡雲斬天狗。

立心學忠孝，力行志無軌。立心學聖賢，讀書膽愈大。利禄世争趨，一唱萬人和。笑我如拙賈，獨辦背時貨。餘力豈敢惜，雕蟲亦自課。無如弩非强，發矢的難破。白眼困塵俗，素心葆寒餓。三益期不來，焚香吟楚些。

門前堆破葉，葉響聞人行。投來益友詩，秋日即景成。何人不感秋，淺深不同情。怪此短箋中，字字含商聲。風雨暗一室，吟哦鬼神驚。多情累我輩，傷感觸目生。天地何悠悠，念之淚爲傾。努力愛景光，壯氣猶峥嶸。

長沙傷心人，痛哭寫懷抱。究竟天下事，不藉書生了。空悲與虚警，戚戚枉自擾。何如持灑帚，方寸净打掃。艱難氣益煉，斂退心愈小。夷途問愚溪，學海探仙島。浮名過如風，真味得爲寶。伊吕無人顧，耕釣可忘老。霜雪行滿天，菜根留意咬。

子雲善著書，不識節義字。荆公有經術，誤會官禮意。讀書恃聰明，往往行愈肆。老儒又無用，不任艱大寄。常疑秦焚書，祖龍未可議。豈知十三經，不朽並天地。書好自讀壞，何干聖賢事。我自求我法，我自求我志。汲汲苦晝短，秋燈挑一穗。

秋風

爽籟韻華軒，秋風發古原。卷雲和雁遠，脱葉雜鴉□〔一〕。砧杵衣誰授，登臨酒自温。曠懷忘帽落，蕭瑟睨乾坤。

【校記】

〔一〕『□』原有注云：不清。按：據詩意或爲『翻』字。

秋雲

落葉厲西風，雲羅捲向東。傍山如走馬，開路讓征鴻。歲熟爲霖懶，天高捧日工。遥遥望親舍，喜映晚霞紅。

秋月

好月自今古，逢秋光倍加。高寒開夜景，流照共天涯。大地全鋪水，輕雲爲親華。讀書人不睡，吹落警霜笳。

秋露

風月浩無際，露濃生夜凉。桐疏滴静響，桂濕溢清香。浥路重疑雨，横江寒欲霜。正如秋士句，字字作珠光。

秋蟬

殘暑憑摧盡，寒無隱惜羞。肯同蛩咽露，仍伴客吟秋。黄葉故宫樹，西風荒驛樓。不勞水雪語〔一〕，蜕化是仙儔。

【校記】

〔一〕『水』，疑當作『冰』。

秋水

潦盡漲初落，江秋水自深。澄寒涵雁影，清徹學文心。汊窄蘆花繞，沙平竹屋臨。大波吹木葉，記泛洞庭陰。

秋雁

木落鳧汀冷，天高雁路開。蘆洲連陣落，榆塞帶秋來。□□成佳兆〔一〕，書空本俊才。弟兄誰似汝，相愛作行排。

【校記】

〔一〕『□□』爲底本所標。

秋螢

螢火熱深碧，宵涼雨止初。撲禁羅扇薄，穿隔竹□深〔一〕。乍闔月方暗，輕流星不如。分光休恨小，借照夜窗書。

【校記】

〔一〕『□』處爲底本所標。『深』字不葉韻，疑有誤。

秋菊

花事憑渠殿，秋深菊壓枝。節高相識少，香晚得名遲。寒雨荒三徑，新霜冷一籬。見經先月令，休數楚騷辭。

雅州郡署度歲，即事贈刑幕吴静山積仁茂材二首〔一〕，在雅州詩類，補編於此

壯年讀律懶登科，作客侯門大硯磨。批牘活人心即佛，談詩對我口懸河。杯深小酌陪連季，謂乃弟玉山。鬢淺新留慕老坡。同是天涯巢幕燕，陳琳書記自愁多。

又

遣得新年客裏思，郇厨飽我慰留時。苦猜鶴舫春燈謎，按：《鮑照集》有井謎明猜燈，即今燈謎；《堅瓠集》首録毛鶴舫先生燈謎詩。欲獻誠齋臘肉詩。留食臘肉，色味雙絶。市近元宵喧隱隱，座燒高燭漏遲遲。如船屋子窗三面，珍重平羌爪印隨。

【校記】

〔一〕『茂材』，原作『茂村』，據句意改。

閏三月晦日，舟發成都，羅蜀生、吴生兩公子暨門人劉菊生送至東郭水神祠，彼此黯然，口號留別以下己卯至丙戌〔一〕。

春歸一棹約歸人，承送人歸當送春。船緩暗愁江水渾，裝輕私笑客囊貧。多情師弟棄情別，久去心思必去身。强説重來難準定，衹爲家有老慈親。

【校記】

〔一〕該注原置於題前，爲遵從全書體例，今移至題下。

枕上

江城花落雨冥冥，不斷鵑聲枕上聽。春事强留三月閏，客懷最怕五更醒。中年何物陶哀樂，屢月無詩損性靈。起讀登樓王粲賦〔一〕，破窗孤榻照燈青。

【校記】

〔一〕『粲』，原作『桀』，據句意改。

藤陰讀書處雜詠詩自省垣歸，爲錦曇十弟作。

藤陰甕深緑，折墻窗户開。房聯如曲尺，根護作平臺。剪葉日微漏，鈎簾風乍來。斬新成結構，心羨阿連才。

老蔓龍鱗活，繁枝馬乳懸。涼添幾陣雨，蔭借一重天。蕉亞葉難大，叢幽花可憐。閑階未忍踏，苔點叠成錢。

窗格晝常敞〔二〕，炎天餘午陰。比巢爲緑隱，點燭想紅深。宿墨潤涵硯，生衣涼透襟。寥寥清興愜，一笑答蟬吟。

怪石分盆養，青蒼水草兼。玲瓏似雕鏤，意思學山崦。蜂渴伸須飲，螺乾負殼沾。小仈池贈號，數典到蘇髯。

屋與詩俱好，評論待老兄。四年歸似夢，一榻坐關情。冷幕平羌驛，寒氈織錦城〔二〕。回頭浪遊日，憶煞脊令聲。

歸客幸無恙，卸裝惟好書。芝蘭盈砌處，風雨對床初。經味分殘炷，詩題貼綺疏。商量傳世業，苦負子雲居。

【校記】

〔一〕『晝』，原作『畫』，據句意改。

〔二〕『氈』，原作『毬』，當爲『氊』之形誤，據句意改。

山陽老屋消夏雜題一首　藤陰讀書〔一〕

藤架暗疑雨，壓檐盤怒龍。天然逃暑地，人是讀書傭。矮屋净客膝，凉雲時蕩胸。午陰人悄聽，莫作晝眠慵。

【校記】

〔一〕『藤陰讀書』四字疑爲衍文。

藤陰讀書處十四詠自省垣歸，爲十弟錦曇作。

架藤

修藤倒掛龍，掉尾拂高架。讀書藤陰坐，寒生失炎夏。急雨震霆中，飄忽待龍化。

盆山

手提蓬萊山，安放一盆裏。幽草緑茸茸，灌以東海水。對山不敢吟，怕有龍驚起。

玲瓏石

世人大愚耳，鑿壞渾沌竅。怪石何玲瓏，骨相無人肖。自問作文心，似此石乃妙。

幽草砌

幽草如幽人，不托繁華地。砌石護其根，淺淺緑隨意。藤陰滴凉雨，細花開一穗。

苔步

拓園半弓地，藤蓋苦陰濕。安石襯行步，滿繡苔紋澀。一雙鞋印深，悄吟時久立。

小石几

石交最耐久，相得不嫌小。依倚縱有人，穩重如此少。把卷時一憑，夕陽花影掉。

通幽户

户文象半門，窄窄掩白板。幽處避俗客，卦占艮其限。通使入户來，先生有明眼。

短芭蕉

芭蕉被藤壓，抽葉不敢高。有如小才人，低首元龍豪。疏雨滴檐牙，響急翻翠濤。

短墻一曲

屋曲墻亦曲，中抱園成方。短不逾二丈，低僅人可藏。墻陰斷腸花，幽紅倚新妝。

話雨蓬

屋如釣魚蓬，隨風偶停泊。對床好兄弟，夜話前生約。剪燈山雨來，此景殊可惡。

旁蘖花椿

枯椿肖伏虎，或如怒蛟臂。知歷幾塵劫，旁蘖鬱生意。春風吹著花，古幹見嫵媚。

倚吟臺

臺高不及肩，老藤立臺上。倚吟撫藤臂，動作活龍狀。奇氣忽縱横，得句訝生創。

緑縱門

藤陰堆緑雲，團團擠無縫。攤書縫綻處，人似緑毛鳳。兩字署門名，即景慚巧弄。

收葉藏

緑結天可瞞，藤葉尚無恙。豫計收葉處，事小見意匠。葡萄墜龍珠，名副秘密藏。

寮葉彎房兄弟村居

寮竹蔚幽翠，瘦山圍到門。田園三世業，兄弟幾家村。灣水秧苗長，俗謂稻苗爲秧苗。書聲稚子喧。相招親切甚，睦族瞻盤飧。

補屋

力補平生過，功分屋數椽〔一〕。選材更柱石，乘勢起危顛。此局成非創，如詩改益圓。敝廬能世守，還望後人賢。

【校記】

〔一〕『椽』，原作『橡』，據句意改。

糊窗

看遍如今事，遮人盡紙糊。破窗妨嘯詠，依樣費工夫。風雨窮杖避，光明滿座俱。玻璃嵌不羡，虛白透櫺粗。

石笋坪房兄幽居

山盡石立笋，開門當笋尖。龍拿柯掃瓦，蜂鬧桶懸檐。斷峽樵村對，枯泉潦水添。幽居疑世外，情話各掀髯。

雨意

雨猶未雨妙盤旋，也學行文意在先。黯黯雲停酣共雪，飄飄勢蓄遠連天。爲霖醞釀深難測，如筆淋漓曲更園〔一〕。含本欲伸猜得否，安排膏澤並豐年。

【校記】

〔一〕『園』，疑當作『圓』。

雨勢

文章最忌是平平，作勢留心看雨傾。倏地雷奔添陡健，入樓風亂助縱横。倒翻江海霖無際，蟄起蛟龍陣有聲。指點憑空來未已，奇雲到眼亦峥嶸。

雨聲

一聲聲灑小樓東，並不瞞人雨陣雄。乍到憒驚孤客夢，横來還挾大王風。葉敲有意催新緑，花打如聞響落紅。深坐蕉窗聽不得，江湖情味憶船篷。

雨絲

妙隨風片乍横斜，雨恰如絲欲比麻〔一〕。垂影輕輕添露點，繅聲隱隱走雷車。長沾烟外千條柳，鮮繡春來五色花。認取封家姨買去，殘絨唾濕落紅賒。

【校記】

〔一〕『比』，原作『此』，據句意改。

雨點

一鳩催雨嫩晴天，點點沾人作勢偏。三兩無多微潑大，密疏相間淡籠烟。盡争米筆山添翠，潤逗苔箋後更鮮。水面圓紋生落處，還疑點上又加圈。

雨脚

曳還不斷雨初晴，日脚斜斜共小名。立處烟輕看偶現，吹來風急送時行。無邊裳幅拖雲掩，有迹靴紋點水生。望重作霖休抱膝，出山步步慰春耕。

春燕

分前社後算花朝，幾日春寒漸漸消。似客重來偏占早，伴人軟語不勝嬌。小堂舊壘留雙宿，古巷斜陽夢六朝。一樣夫妻同債廡，任儂名並伯通標。

與鶯争占眼前春，却讓于飛得句新。叠字唤名如意妾，多年戀舊有情人。投懷妙兆兒孫好，得食羞同鳥雀馴。滿望乘風高颺去，宫花紅時濕沾身〔一〕。

【校記】

〔一〕『宫』，原作『官』，據句意改。

送春詞

春莫留春有幾時，無聊欣作送春詞。歸裝世重金錢好，難得東君肯要詩。

紅紅紫紫總春恩，此日誰攀欲去轅。止剩鶯啼鵑哭處，緑陰無際寫消魂。

風馬雲車路杳茫，落紅如雨斷離腸。臨行恨未私相問，春往何鄉是故鄉。

明日鶏鳴夏令施，一般官滿起行時。書中旋夾殘花片，留作詩人去後思。

兩字將離忍説無，遲開芍藥也躊躇。朝來微雨儂猜著，灑向人衣當淚珠。

園小花供次第評，臘梅新種可憐生。重來預訂梅開日，又作兒童竹馬迎。

自涪入酉山行雜詠十四首補

記從涪郡晝橈停，十日山程險阻經。巴蜀東南天一角，楚雲深罩酉峰青。

又

鴻泥取次紀吟毫，雨翠烟嵐應接勞。一個出頭强一個，山如才□各争高。

又

牛皮箐冷絶人烟，二峰關前飛蹬懸。風雨涪陵數程路，讓儂笠屐彷坡仙。

又

斗上鑽天下踏溪，釣連石棧學樓梯。遠林翠濕前宵雨，露出茅檐夕照西。

又

涪彭界劃木椶河，野漲流渾欲上坡。車馬勞勞行不了，閑身私羨釣魚蓑。

又

界過漢葭不進城，上流郁鎮見舟行。黔安居士飛鴻迹，認取丹泉澈底清。

又

峽巔矮樹曬樵衣，峽底人家水半扉。意讀白公長慶集，黔南山色愛摩圍。

又

丹興古縣劇荒凉，城小於村土築墻。豕突連番牢久補，憑誰夜坐看天狼。

又

一百八盤路崎嶇，四十八渡水彌彌。歌羅山驛知何處，聽唱涪翁古竹枝。

又

官路平開蓼荻灣，濯河入峽復山環。據山雉堞門臨水，絶好邊防固北關。

又

箐口雲開縱目初，萬山低首捧籃輿。好奇定有張華輩，洞府親探二酉書。

又

山險爲城拓郡新，百年前屬老夫臣。武陵舊地桃花水，幾輩尋源識膺真。

又

迢迢千里一征鞍，佇鳥蠻花另眼看。妙值秋凉新霽雨，嵐烟裹袖曉成團。

又

西山靈絶敏奇才，不爲看山眼亦開。露冕霓旌仙一樣，三年喜見使星來。

山中消寒詞

浪遊記住錦官城，官課消寒石室扃。十四首詩殘稿在，最蒙錢起眼垂青。謂尊經書院山長徐山、鐵江兩錢公。

老屋山陽雨雪多，檐山斂翠損雙蛾。先生寒日無詩興，又爲消寒凍筆呵。

一毯深坐傍茶甌，古義閑從注疏搜。心正醉經身自醉，斜陽曬滿讀書樓〔一〕。

瓦盆種火竹編籠，脚比熚花冷要烘。不爲錢荒悚買炭，殘冬書課督兒童。梨熚花舊作唐花、堂花，《癸巳類稿》辨正作『熚』。

北風如寇隙防乘，窗壁添糊紙一層。夜坐關心書案上，花瓶傾水怕生冰。

盆菊花乾摘可燒，芭苴難畫葉全焦〔二〕。園婆祠畔親栽竹，天爲虚心予後凋。

柚葉深遮子爛黃，烏銜柚子作冬糧。喳喳上鵲呀呀鵲，屋角争飛鬧夕陽。
巷滿蹄痕雪化殘，晴天泥濘欲行難。瘦牛引犢供齝嚼，一樹高盤稻草乾。
縱衡犁土細生埃，門外田平下種纔。油菜新苗學苔點，鄰鷄引啄打還來。
竹帚聲喧山半腰，貧家掃葉當柴燒。林端刁鼠尋殘果，争説枯梢紅尾摇。
微吟私味影横斜，毯笠衝寒路幾叉。一半冰凌一半水，小溪清泠覓梅花。
阿連新構厦雲連，斫去霜楓值萬錢。何止心憐紅葉樹，書窗開失鵲巢圓。
深屋爐燒品字柴，一家團坐景原佳。山居未免蹉跎感，老槐官筵陸桔懷。
譽兒敢爲小坡豪，落筆能争韻脚牢。此會消寒有佳句，結茅村子泠雲韜。上句『鷄犬聲喧人不見』。

入幕充賓事懶提，往年嚴道雅州西漢爲嚴道地有鴻泥。難忘鎖院評文罷，燒燭同吟聽雪詩。丁丑冬，雅州太守羅星四先生府試七屬文童。燮囊後，太守首唱《聽雪詩》，與幕中諸君子酬和甚歡。

凍硯親磨筆有鋒，長吟消得此寒冬。開門忽訝成奇境，雪裏群山立元龍。

【校記】

〔一〕『曬』，疑當作『灑』。

〔二〕『焦』，原作『蕉』，據句意改。

冬初由馬家嶺下唐家溝，青山紅葉，林壑甚美，輿中口占

路斗從天下，籃輿不得停。楓紅萬樹錦，山碧四圍屏。畫本分凹凸，文心助雋靈。近鄰廿卅里，絶境喜初經。

白醉

西向窗櫺拓小簃，映檐白醉與人宜。風吹落葉來書案，日灑冰花活硯池。静坐翻尋前代史，微吟斟酌昨宵詩。零星鴉點槎丫樹，更愛荒寒覓畫師。

屏風

油窗花户仿京華，新製屏風風雪遮。半釘蝦鬚半糊紙，長圈格子學冬瓜。

冬陰

冬陰天氣劇冥冥，沈悶如人醉未醒。隔岸林昏山有霰，提爐炭燼火餘星。弓腰奴掃飄來葉，袖手兒温讀過經。待雪不來添暮色，寒鴉聲裏掩雙扃。

寒日晚望，詩思勃然，聊志山中情事

門前踏葉響吟鞋，老樹根邊舊縛柴。鵲噪當頭紛報客，犬行曳尾遠疑豺。劇寒裘白風能禦，薄暮天黄霰若莛。子弟一門知覓句，暖爐詩會合安排。

冬日書圃神祠壁二首

蕪箐葉厚作黛緑，菠菱根肥如血紅。一棱去聲園婆管領地，朔風時候有東風。

又

曹劇君前肉食嗤，菜根能咬是吾師。爲神掃去堆門葉，龕壁親題種菜詩。

客齋當風，門常晝開，冬來作屏障之，匠意斬新，玲瓏可玩，前作七絶，有『半釘蝦鬚半糊紙，長圈格子學冬瓜』之句，意有未盡，復成長律

障寒鴉作一屏新，信有先生滿坐春。糊格紙烘冬旭暖，冪窗簾透遠山顰。能當一面如强將，不羨雙鬟畫美人。妨礙銜泥來往路，明年應惹燕兒嗔。

開門

半醒覓詩夢，僵卧亦清絶。通夜聞雨聲，開門半山雪。

破曉

舊衾似鐵睡不穩，破曉先起如驚鴉。栖桀鷄寒唱喔喔，落檐鵲凍啼呀呀。雨聲一夜半山雪，炭火滿爐雙鼎茶。先生開門詫清冷，昨夢憶見紅梅花。

冬日書懷

長至時方屆，陽生信尚瞞。風霜千樹秃，冰雪一村寒。爐擁宜深坐，經温足古歡。留心督冬課，子弟笄班看。

袖手書城擁，消寒忽有詩。吟懷殘炷促，雪意敝裘知。貧賤虧身健，蹉跎負母慈。雕蟲消壯志，羞看鏡中絲。

鋤

鶴頭鴉嘴畫難如，雅欲圖添種樹書。下手無情除緑滿，快心非種去朱虛。移花乞借泥掀處，荷月歸來壁掛初。一柄爲他裝白木，長鑱合伴少陵君。

筆筒

參差卓筆亂於岑，不羨郫筒酒可斟。聚族欲徵毛穎傳，選材妙出淚斑林。膽瓶恰伴花生易，腹洞能容竹立深。何止管城湯浴在，柔殘詩稿此中尋。

菊花詞十二首

園林黄落意難支，懶向西風唱柳枝。天釀重陽三日雨，新題催作菊花詞。

又

徑松餘地小叢疏，畫出柴桑處士廬。頗意苗肥分種處，落花泥涴鶴頭鋤。

又

早鋤非種悟田歌，更爲删繁費揣摩。摘去餘苞花更大，比如詩好不貪多。

又

香消吟冷醉初殘，坐覺秋衣逼峭寒。風雨瀟瀟簾不下，疏籬一角畫中看。籬菊。

又

黄箋盆栽各色佳，不煩老瓦借田家。夜來移近先生坐，一盞霜燈四壁花。盆菊。

又

剪來白白間紅紅，大口瓷瓶插最工。笑我身如秋蝶醉，枕書閑睡冷香中。瓶菊。

又

就中正色秉中央，冒雨禁霜晚愈香。不擲黄金交熱客，峋嶙風骨壓群芳。

又

一種成團細不侔，鮮黄浥露小叢幽。零零碎碎金無幾，笑似東家送束脩。菊中金色肚極小。

又

人間祇有俗難醫，詠菊應須骨换時。曾拾落英和酒服，味他香裏盡陶詩。

又

繁華過眼懶閑評，讓此花稱殿後兵。寫出新詞燈亦笑，寒蛩夜作和詩聲。

九月二十二日山中見雪，賦五律詩各一首〔一〕

寒比詩來陡，驚人不可删。西風吹早雪，和雨下空山。世悟無心變，門宜斂迹關。孤芳留瘦菊，寄傲短籬間。

【校記】

〔一〕『各』字疑衍。

山中苦寒早篇

山中苦寒早，九月已見雪。記前十三日，纔是重陽節。連日風和雨，天氣劇凛烈。譬如不炊竈，禁人因餘熱。又如不剪寇，乘勝肆攘竊。山人無長物，一毯冷於鐵。山人有凍瘃，雙足痛於齧。擁書身欲僵，手不耐翻揭。大呼滕六神，爾前休饒舌。冬令秋疾行，爾來何勇決。爾似寺人披，忍爲重耳孽。故欺寒士寒〔一〕，爾罪不勝磔。滕六身忽見，纓絡寶花纈。粲粲冰玉姿，前席徐有説。謂我奉帝命，將寒煉豪傑。霜寒寒不酷，且補青女拙。蘇武雪中卧，凌烟畫像□〔二〕。孫康雪中讀，青雲名不滅。君果有志人，當歌來暮闋。如何怪來早，翻欲議交絶。我聞此志告，首肯心亦悦。成事貴堅忍，氣餒致疲苶。脊梁陡然豎，如得禦寒語。開門雪滿山，相酬尊酒凸。菊花真解人，含笑倚籬缺。

【校記】

〔一〕『欺』，原作『期』，據句意改。

〔二〕『□』爲底本所標。下有注云：『不清。』

書樓秋望十首

滿山風雨滿樓秋，人過重陽已著裘。霽日忽來從意外，妙如風送馬當舟。

又

樓房寒閉學蜂兒，無興吟秋起亦遲。誰料晴窗開不得，亂山圍住要新詩。

又

乍晴山氣雨猶含，樓外成團樸遠嵐[一]。著眼向西朝旭裏，一枝石笋翠如簪。

又

點綴寒山石徑工，不將艷恰讓東風。霜楓好似新來婦，穿得衣裳一色紅。

又

炊烟縷縷出山腰，知有村藏谷口樵。亂葉飛和鴉陣起，曉來風急槲林凋。

又

翠柏周圍不見村，一株黄葉認柴門。玉杯繁露書存否，對宇江都百代孫。董仲舒，江都人，世稱董江都，有《玉杯》《繁露》等書。

又

鄰家學圃意忘機，樓下籬菊破不圍。畫出蘭成寒菜句〔二〕，蕪菁葉大蒜苗肥。

又

溪水頻年似湧潮，入秋添漲雨瀟瀟。亂流篙岸崩斜路，欠架鋪霜小板橋。

【校記】

〔一〕『樸』，疑當作『撲』。

〔二〕『菜』，原作『萊』，據句意改。按：庾信小字蘭成，其《小園賦》有『燋麥一甕，寒菜兩畦』之句。

早寒

早寒如寇特相欺，紙閣窗簾漸整治。下酒物尋前代史，詅痴符録自家詩。冷圓作夜横梅影〔一〕，倣寄秋心剩菊枝。一霎斜陽晚雲罅，前山積霰欲飛時。

山林黄葉怕閑看，颯颯風聲木葉乾。吟戀爐温忘久坐，炊談米貴忍加餐。清能過我須雛鳳，熱不因人念伯鸞。此後冰霜尚無限，讓儂青眼竹千竿。

【校記】

〔一〕『作』，疑當作『昨』。

冬蓋山行雜詠〔一〕

扁疑前朝破寺門，槲林秋老幀霜痕。布金滿地無人掃，錯認江南黄葉村。黄葉古寺。

立馬山凹粲夕陽，楓人幾日飽經霜。籬門偎倚紅杉影，疑是村中新嫁娘。紅樹晚村。

凍樹枝枯一葉無，幾團如墨著鴉塗。畫家絶妙冬山景，更爲寒吟學老夫。枯木寒鴉。

早行驅馬寒魂消，斜月微將瘦影描。滿背霜華人假寐，穩馱詩夢過山橋。霜橋瘦馬。

【校記】

〔一〕『蓋』，疑當作『孟』。按：『冬蓋』不可解。據題意，二字當指時節，題下四詩皆寫初冬景致，故疑當作『冬孟』。

冬晴

冬晴天氣日疑長，爐暖毯温欲坐忘。人剩秋懷吟晚菊，山含暮色駐殘陽。几窗明净三門屋，書卷縱横七尺床。地僻不嫌無益友，邇來學門自商量〔一〕。

【校記】

〔一〕『門』，疑當作『問』。

踏雪

懶披鶴氅學王郎，踏踏歌催雪裹裝。細徑笑同泥絮濕，斷橋貪覓野梅花。蘇髯鴻迹吟猶健，鄭五驢鞍去太忙。當作軟塵偏一白，早期漫羡滿靴霜。

鍾靈山

蜿蜒山脈楚邊來，郭北高蟠翠作堆。俯瞰全城歸指掌，平吞衆岫比輿臺。塋殘翁仲蠻夷長，詩感蓬蒿磊落才。先師石耘公《謁鍾靈山祖塋感賦》二詩有『君何翁仲委蓬蒿』之句〔一〕。無限鍾靈佳氣在，晴霞散綺瘴烟開。

【校記】

〔一〕『石耘』，本集《龍潭雜詠》作『石雲』。按：冉瑞岱號石雲。

山居九日四首

雨雨風風裏，重陽到不知。山添前夜冷，菊比去年遲〔一〕。佳節原宜醉，深居忽得詩。吟聲門静掩，真個讀書痴。

霽日睍雲鎛，窗開山滿樓。斗覺景堪畫，欲扶笻出遊。紅衣楓子鬼，烏帽酒人儔。乘興私心算，何峰華頂侔。

五載記遊迹，異鄉悲菊開。羸驂花市外，冷幕蔡山隈。蓴自思張翰，金難挽郭隗。家藏桑落熟，荒徑喜歸來。

竟懶登高去，書樓自占高。泉林娱望眼，天地入吟毫。亂葉吹如雨，群山擁作濤。兒曹欠超脱，徵典重題糕。

【校記】

〔一〕『比』，原作『此』，據句意改。按：字下原有注云：『當作比。』當爲後人所加。

竹尾樓聽雪，屬兩兒賦詩，走筆成七古先之

竹尾樓危如鳥巢，北風吹竹樓亦摇。天色漆黑破月韜，撲窗常覺聲瀟騷。長案短案書堆高，兩兒各有檠燈挑。一爐碎炭紅焰燒，醞釀春意生布袍。老夫擁爐忘喧囂，喜兒讀書牙不聱。鄰家夜客柴門敲，聞報急雪飛鵝毛。樓門閑學無口匏，不敢出看雪影飄。呼兒罷讀書且拋，隔窗聽雪耳力勞。雪如隱士本聲銷，忽忽風捲翻驚濤。萬葉助響竹枝交，不亞雨灑蕉窗蕉。有時風停籟寂寥，靜中有韻輕可描。此境清絶宜寒消，新詩擬作白戰鏖。大兒弱冠小垂髫，詩膽之大和身包。呵凍磨墨滿硯凹，聽雪得題便濡毫。老夫平生吟興豪，頹唐竊恐旁人嘲。譬如雪夜蔡城捎，銜枚出隊持弓刀。指揮四匝旌旗旓，瓊瑶踏碎萬馬跑。擔入虎穴聽歌鐃，詩軍原自鵝鸛驕。正欲受降叱兒曹，嚴道憶赴郡守招。鎖院雪虐兼風饕，校試童軍偕幕僚。七律題亦聽雪標，唱和詩蒙衆口褒。幾年飄泊路迢遥，至今飛夢平羌雅州水名舠。自憐遊倦歸補茅，有圃未荒田尚膏。書種如客未易邀，妙如好句雙聲調。望兒遠志干雲霄〔一〕，比竹立節根還苞，勿以小草藏蓬蒿。詩成燈火熒深宵，樓外笑聲竹折腰。

【校記】

〔一〕『干』，原作『千』，據句意改。

板溪窪酒家題壁補

春遊駐馬立斜曛，憶舊情懷亂若雲。一種山娥媚人綠，酒壚當日屬文君。

又

買醉壚邊客散遲，乍晴乍雨禁烟時。杏花圍住村墟屋，剩欠東風一酒旗。

龔灘

予屢過龔灘，俱未作詩，深懼語不肖題，山靈見笑。頃朋輩鈎分窄韻，各作七古，手劈吟箋，辛未曳白雲爾。

一峽劈破分蜀黔，烏江中走如長蚺。黔岩立壁插水底，瘦樹綠慘垂鬑鬑。蜀岩極天脚少坦，闤闠逼仄街路纖。人家十里叠樓閣，鑿岩榫斗梁柱尖。闌干縹緲在空際〔一〕，褪紅衫曬飄如簾。屋頂石動繫鐵索〔二〕，石隊斷鐵脆若髯。以石壓屋比壓卵，往往重蓋三間苫。比屋開巷折弓字，百磴斗覺樓梯添。有灘神禹不能鑱，巨石攔水靈犀潛。水石相鬥兩不讓，震驚豫奮時時占。生長灘上忘灘吼，前身恐是鯷鯕鲇。我怪雷門此灘是，雨雷晴雷常掀簾。恨無蘭陵撲雷手，雌雷遺嫁雄雷閹。豈是霹靂守蛟穴，不忍市人相聚殲。又或神兵習水戰，佛郎機銃增新銛〔三〕。爲國效順拒鬼國，千轟萬擊示戒嚴。寓樓臨灘撼欲落，我到駭汗疑受痁。入夜直聾我雙耳，睡鄉訇磕難爲甜。沿岸水洗無寸土，後骨腴削鋒磨鐮。時漲時落水無定，船繫不傍蒼蒼兼。大船偏尾簸落葉，班齊載卸争扛鹽。人多於蟻健於犢，鹽包磊磊信手拈。上船下船踏仄板，有似繩伎忘危沾。貧民賴灘足衣食，灘神賽祭鷄鵝撏。白帕裹頭效蟲叩，香火雜沓還求簽。此灘吾酉之門户，扼塞不許狂冠瞻。衹防黔邊鼠竊輩，夜黑犬吠驚閭閻。地雖絶峽水陸會，數經過客開詩奩。難狀之景不易寫，得句自喜慚沾沾。如作匠石挾斤斧，未易研倒樟與枏。如遇强敵攻堅壁，大槍長戟芒須銛。畫筆不到恃詩筆，刻劃造物何所嫌。搜索新意狀奇險，住灘此次三日淹。詩成灘水遠相送，山亦邀約圍船檐。涪陵前去覓宿處，迎人飛上新秋蟾。

【校記】

〔一〕『干』，原作『千』，據句意改。

〔二〕『動』，疑當作『勒』。

〔三〕『銃』，原作『統』，據句意改。按：佛郎機銃是在葡萄牙艦船中的火繩槍基礎上改進而成的大口徑火繩槍，在清代艦船上習見，故上句云『習水戰』。『鈐』，原作『鈐』，據句意改。

龔灘買舟

畫定川黔界，烏江破峽來。浪飛千古雪，灘吼四時雷。奔走文章誤，焦愁鬢髮摧。故鄉留不得，解纜重徘徊。

彭水縣

縣治争形勝，黔中古上游。萬山連酉郡，一峽吸涪州。篷艇催人去，萍蹤聽水流。遲遲憑吊處，抱郭緑陰稠。

江口鎮

店屋叠山滿，磴危街路分。雨前高茗價，漲後散沙紋。漁唱黔蠻艇，鵑啼謫官墳。涪陵懷古郡，回望立斜曛。

港口

夾港山如乳，街房壓乳頭。大江聲拍岸，老樹氣横秋。風利船難泊，岩高峽漸收。客行真過鳥，一霎豁吟眸。

羊角磧

磧旋如羊角，洶洶十里灘。傾斜崩岸遠，上下過船難。上産名麩醋，濤聲撼竹欄。鎸岩傳烈女，纔被賊摧殘。

舟過白馬鎮

峽勢黄牛接，灘聲白馬縱。叢祠因厂屋，西岸黔人執石岩爲閣，祀西溪財神。笋石繫船樁。險阻通黔塞，吟哦愧郢腔。日斜何處宿，飄泊客心降。

百灘溪

回水峽中市，人烟溪上多。灘流赴銅柱，山脈出沙窩。路險回頭怯，舟輕掉尾過。前程坦夷好，終負舊耕蓑。

再抵涪城

峽路千程出，掀篷眼忽開。箏琶鬧城郭，金碧畫樓臺。江赴夔門去，山從鰲縣來。涪州繁盛地，望氣亦佳哉。

涪郭換舟赴渝郡

賃得舟如葉，緣行灣復灣。上流尋字水，古迹夢□山〔一〕。席掛風能送，詩存草欠删。篷窗安筆硯，私笑客心閒。

【校記】

〔一〕『□』爲底本所標。

另市

風峭片帆飽，春寒侵客裘。江平山欲渡，岸逼市如浮。爨火叉魚艇，波光賣酒樓。萍蹤尋舊夢，隨意爲勾留。

夜泊魚子沱

有市在沱，泊約水面，相距七八里，燈影浸水，鐘揺欲來，野泊無鄰，不覺凄然有流落之感。

市隔岸迢迢，江沱夜寂寥。遠鐘遲渡水，幽火淡侵潮。寒意孤衾警，鄉心短夢描。何堪篷背雨，驚我學芭蕉。

木洞司司路江中孤嶼，形如伏龜，喬木森翠，斜對南岸，一市水陸所會，人烟數十家。

孤島鬱林翠，旗飄知有衙。泊船憐汊隔，入巷得街斜。竹瓦賣漿肆，煤爐炊餅家。誰知衝陸路，輿馬轃喧嘩〔一〕。

【校記】

〔一〕『輿』，原作『與』，據句意改。

長壽縣訪雪庵和尚遺迹

縣在漢爲枳縣，按漁洋《蜀道驛程記》，靖難時雪庵遁迹於此，山前松柏灘，灘水清駛，篁蘿交映，結廬其間，時棹小舟中流，携楚詞誦之，誦一葉輒投一葉於水，投已輒哭，人莫能測也。今俗稱『桓侯不語灘』。

山鬼幽篁路，沿江當畫看。雲藏官閣暗，風送客舟寒。葉葉離騷字，蕭蕭松柏灘。雪庵遺迹在，憑吊劇心酸。

巴峽俗稱銅鑼峽。

字水漏一綫，渝州門户奇。泥痕重印處，峽路溯流時。空闊忽江樹，凄凉餘竹枝。從來巴子國，懷古若爲思。

明月沱

巴水此停蓄，平鋪如不流。驛程通枳縣，峽户鎖渝州。船過快於馬，客眼閑對鷗。裝貧官亦笑，摧税没錢收。

渝州竹枝四首

妾牽江北小江舟，郎住渝城大江樓。妾夢宵宵江水上，與郎相會似江流。

鐵桅峰頂雲氣陰，銅鑼峽口水深深。江水回頭峰頂見，妾將江水比郎心。

巴船嗚咽唱巴歌，妾聽歌聲唤奈何。送郎直過大佛寺，祝郎前去少風波。

記郎去時妾初笄，整整十年音信稽。妾貌如今已憔悴，看花羞渡海棠溪。

次韻直牧毛公季彤皮船將駛渝城，藏番又復戰敗之作時寓眉州署内。

鬼星光燿奪三臺，奇禍如花次第胎。鐵鑄路穿番藏入，皮縫船破峽門來。中華金帛隨年盡，絶界藩籬揖盜開。和議胡盧依樣畫，可憐秦檜真奇才。

次毛眉州感賦

苞桑如舊撼風多，種樹應慚郭槖駝。廷闕無人争馬市，海天隨地湧鯨波。不平肝膽思投筆，未斫頭臚願荷戈〔一〕。留得老成能辨賊，官梅横寫賦詩何。原作有『觀星按劍頻搔首，争奈馮唐易老何』之句，故以何遜吟詩比之。

【校記】

〔一〕『未』，原作『末』，據句意改。

試院讀毛眉州和杜雲秋觀察感時之作，仍次其韻

閑看天狼夜色沈，客留鎖院屋廬深。商量壯志抛書起，排遣長宵剪燭吟。時事憂危催白髮，

宦情冷落剩丹心。知公屬望雲臺業，不爲尋常傳説霖。

嶼雲樓與眉州試院僅隔一墻，榜發後，吴子沅孝廉邀同登眺，首唱七律詩索和，次韻答之

鎖院多時閉户居，登臨快此勢凌虚。夕陽城郭殘紅抹，遠樹郊原老緑餘。十日飲邀吴季重，半生遊倦馬相如。關心竹嶼雲留客，真欲樓頭借讀書。原作有『一窗明月夜披書』句。

成都人士就薛濤井舊地建濯錦樓、崇麗閣，登眺之作

江流抱郭欲回頭，點破漁篙影蕩樓。原野莽蒼欄檻景，岷峨凄愴古今愁。幾人作賦追揚馬，一嘯凌虚逼斗牛。蜀漢偏安王孟竊，各如短夢付沙鷗。

最高高閣拂晴蜺〔一〕，難得嬉遊粉黛齊。翠袖雲扶偎曲檻，香塵風散滿斜梯。鶯花世界春三月，金碧樓臺畫一堤。二百年前燒肉燭，紅羊舊劫怕重提。

薛濤遺迹舊流傳，不爲斯人置寸椽。賞識思量商節度，幻泡參悟小乘禪。尋碑人吊墻陰井，煮酒禽啼竹裏烟。孤負一聯平叔句，情深茗碗與花箋。

天府堂堂説到今，上游形勝此批雜。洋關已扼巴渝險，砥柱空撑灩澦深〔二〕。三蜀安危窺冷眼，五溪泉石引歸心。斯樓抵得籌邊否，聞道重新費萬金。

【校記】

〔一〕『晴』，原作『睛』，據句意改。

〔二〕『柱』，原作『桂』，據句意改。

和肖雨根孝廉《鎮江感懷》元韻

鎮江城鎮海門東，南宋鏖兵迹已空。帆落金焦山色裏，詩尋玉鑒水光中。更無人扼黄天蕩，竟使商隨白鬼通。多負韓非孤憤作，不平鳴學劍雌雄。

讀肖雨根孝廉《滬上行》，題後

歌君滬上行，如讀滬新志。聲色場中貨利場，出奇寫出通商事。當年髮匪據石城，有人獨借島夷兵。僥倖立功資外寇，不知乘間寇心生〔一〕。倉卒和戎非得已，魏絳耄年遺憾死。嗣經高克喪雄師，直任仇鸞開馬市。市上洋房極鬼工，輪船百貨往來通。家移寶貝龍宫裏，人入樓臺蜃氣中。重欄複檻茶烟度，弦索簾櫳蝴蝶路。翠翠紅紅見復藏，鶯鶯燕燕朝還暮。東洋網絲車粼粼，滿街强半看花人。萬點燈明天不夜，一盤雨灑地無塵。上下千門兼萬户，租税都歸泮内府。局局迷人局局新，不信守財真有虜。最富官商最有財，公車資斧取諸懷。鍋因鬧熱銷金去，囊爲豐盈償債來。君詩叙述原詳核〔二〕，更勞口講兼指畫。選色徵歌恨少緑〔三〕，惹夢去飛如舄〔四〕。夢中飛去醒獨驚，棒喝真聞黑鬼聲。鬼嗔鬼喝因遊蕩，念此中心却不平。不平念是中原地，坐聽島夷輕踞廁。此後騷除恐大難，蔓延豈但牟財利。吁嗟呼！通商議定門大開，誰信開門盗不來。

【校記】

〔一〕『間』，原作『問』，據句意改。

〔二〕『核』，疑當作『該』。

〔三〕『緑』，疑當作『緣』。

〔四〕此句脱一字。

肖雨根孝廉以唐壽山刺史《萍蹤合韻》詩見示，並約過訪，題卷尾以當介紹

刺史名紹聞，雲南六澤波軍門冢子，現俟補四川。

孫吴與淮陰，名著將兵將。不聞繼嗣人，變而書味釀。常疑武功盛，文氣或不王。獨唐來榮公，來護兒封榮國公。驍勇十決蕩。膝下以學顯，調鼎見雅量。又如李貞武，李世績謚「貞武」。百戰膽略壯。妙裔玉溪生，作詩昆體壯。想見古偉人，兜鍪悦禮讓。時泰兵一銷，子孫宗愈元。今人不如古，論世輒惆悵。同幕肖穎士，嗜飲劇豪放。酒債滿蓉垣，白眼士陰相。否否鄙我議，拍案作醉狀。袖中出詩本，意思持冷尚。謂即將家子，伯虎繫望〔一〕。曩容京輦閑，曾感朱提餉。年少走風塵，慨憾發高唱。一别三四年，牙琴心未忘。城南忽傾蓋，見留倒家醠。朱門貴公子，毫翰乃哲匠。不但新詩卷，各體極清暢。並書畫三絶，本領鄭虔伉。將軍子能文，少陵語非誑。更携遊芳園，鬥角鈎心樣。洞壑相掩藹，花木春意盎。回文錦字中，如入秘密藏。使就牧令官，風雅心自抗。抱才不科第，需次常怏怏。濫將紈綺待，群兒等尋張。我正讀君詩，金鑱刮目亮〔二〕。復聞園亭美〔三〕，未到神先嚮。爲語肖夫子，此君固跌宕。而翁功在蜀，紀事我不讓。巨猶擒石逆，曾見畫圖上。圖在駱文忠公祠。立馬大渡河，颯爽麾兵伏。錦官城僑寄，濟美天所貺。我且多摘句，手抄比簿帳。將軍舊門庭，相約停車訪。一尊細論文，應不叱庸妄。

止恐避酒徒，主人學弓韔。

【校記】

〔一〕此句脱一字。

〔二〕『鑱』，疑當作『篦』。按『篦』與『鎞』通，『鑱』疑即『鎞』之形誤。

〔三〕『亭』，原作『停』，據句意改。

題皇朝一統中外輿地圖

長白巃嵷凌八極，王氣天鍾年萬億。蟠際都歸一統中，圖成益地無邊域。武功文德裕丕基，又經累洽復重熙。金湯形勝雄燕輔，銅柱勛名陋漢時。聲教不令俄國阻，驛通印度兼回部。一種樓船駛火輪，大瀛裨海螺紋數。從古徒聞九九州，異端荒誕啟談騶。至今南北分洋務，真個華夷共地球。輪船鐵路紛來往，各國商通柔服廣。世界翻新怪未聞，畫圖縮窄瞭如掌。歷朝屏蔽伏長城，孱王軟國可憐生。尊親似此通中外，一大維天配大清。二三百年元氣釀，繩繩繼承開創〔一〕。海晏常欽有聖人，天威罔敢輕丞相。不將玉斧畫巒疆，衹憑蕩節鎮狼荒。穹碑地界與安嶺，斥堠天山葉爾羌。行省夷邊分界至，開方指點蠅頭字。月窟虛涵大地形，星查細纂環瀛志。洋教洋商遍市廛，洋學新收弟子員。主持大局苞桑計，别是中興相業傳。不責貢琛兼獻責，優容度大防開釁。漫將揖盜學憂天，時務不知非傑俊。吁嗟乎！中原經略世需人，謙讓心偏屬聖神。周宣北伐旋歸鎬，尼父西行不入秦。何以皇朝拓輿地，東西南朔遥通使。烽靖窮邊不禦邊，聖德普天能廣庇。莽莽乾坤半紙鋪，古來有此幅員無。仙源世外疑通路，列國閨中枉繡圖。水陸從前猶仄逼，金通沙磧重洋黑。貔虎新疆擁列城，魚龍絶島來諸國。牖下徘徊夢亦驚，開圖數萬里縱横。思量盤古無才力，手辟鴻荒小似枰。

【校記】

〔一〕此句脱一字。

顧潛老八十壽詩七律二章，制軍劉公首和，同元韻奉祝

寓公瀟灑本無求，醴設侯門卅載留。硯北書香餐共蠹，江南鄉思夢分鷗。放翁醉裏詩懷壯，杜老吟邊畫角秋。聞道白頭强健甚，（同幕肖雨根孝廉、□舟青茂材盛稱先生品身老益康强，兼示大著詩文等集。）磻溪漁釣合同遊。

龍門咫尺一城閑，（久客省城，見寓鳳成都幕。）識面偏慳禦李緣。冠蓋場餘懷刺客，星辰氣擁泛槎仙。及身著作留千載，附尾逍遥遲百年。（時賤年六十有四。）更祝少微長耀彩，歸從二酉望江天。

又代鳳少棠作。

懶作祖官事請求，閑情笑爲海棠留。子雲舊宅曾停騎，杜老花溪偶狎鷗〔一〕。避地舟車經萬里，同治間洪逆犯江南，先生回籍，兵燹中轉徙滬上〔二〕，仍間關入蜀。成家文字有千秋。耆年留寓名愈大，鄉里稱憐馬少遊。

家君作宰錦城閑〔三〕，綺席稱觴恰有緣。風雅遍傳吟菊句〔四〕，先生自壽詩『清霜影裏餘黃菊』一聯尤膾炙人口。衣冠快睹采芝仙。星如曼倩應名歲，人讓彭籛獨永年。擬乞新詩兼乞壽，酒肴親載訪壺天。

【校記】

〔一〕『狎』，原作『押』，據句意改。

〔二〕『燹』，原作『焚』，據句意改。

〔三〕『城』，原作『誠』，據句意改。

〔四〕『遍』，原作『偏』，據句意改。

倡和詩存小引

馬頭山色，處處梁州。鶴髮吟懷，年年幕府。寄子雲之鄰屋，感舊雨於連床。小聚萍工圓茶夢，時有憂讒畏譏之意，如共離愁騷怨而來。鵷鷟之食何争，蛇蚿之憐不了。此解嘲詩韻所以有九疊唱和之作也。加以少陵病肺，卜子喪明，哭短命於童烏，老夫詩似聞鬼唱；嘆窮途之老馬，將軍畫不配神傳。夏何以消，秋行將至。喜雨暴雨，炎雲大雲。蓮花落而鋏笑人彈，苔蘚生而院如僧閉。每當燈然寢斷，柝訴更殘，短枕權敧，破窗不曉，慘淡酸心之句，凄凉擁鼻之聲，如蟲可憐，有鬼亦泣。時復語雜詼嘲，事兼贈答。炎凉寫景，晴雨紀時。大抵無聊之極〔一〕，思藉攄其結轖耳。酉原多洞，請歸山尋太古藏書；子亦能文，記和曲首蕭家穎士。光緒壬辰閏六月下瀚酉洞老猿自識於成都縣署之巢鷦小舍。

【校記】

〔一〕『抵』，底本原作『只』，蓋由『衹』簡化而來，而『衹』乃『抵』之形誤。據句意改。

解嘲四首呈肖雨根孝廉

肯信嘲能解，無聊學子雲。醉和人説鬼，夢約友論文。老骨撐孤注，鄉愁抵亂軍。東雷西下雨，天氣况如焚。

大雨行何久，炎歊洗亦佳〔一〕。倒瓶殘水换，承溜小童差。露重傾荷蓋，盆荷著雨，如汞走盤，潑瀉有致。涼新透笋鞋。催詩孤雅意，斜日已烘階。

晴雨還鷄定，人間事莫嗟。書生幾餓莩，禪味一空花。準備尋山屐，堅辭問字車。仰天時大笑，宗派滑稽家。

失計將文賣，依人止笑人。入籠無大鳥，畜沼是凡鱗。意氣消磨盡，炎涼閲歷真。蛇夔憐不了，同病亦前因。

【校記】

〔一〕『歊』，原作『敲』，據句意改。

附雨根孝廉見次解嘲韻

孝廉姓肖氏，名端澍，字雨根，潼川郡之三臺縣人。癸酉拔萃，戊子舉北闈。本世家子，讀書萬卷，文與字具名家。爲人篤内行，期功緦服之親，皆待推解。家食指繁，一藉硯田爲活。於朋友重然諾，有緩急，必得意去。以故束脩潤筆，歲得數百金，過手輒散淡如也。嘗旅食京華，往來秦豫吴越湖湘間，多得江山之助。所作古今體詩，益超逸不凡，横肆自喜。時同客成都縣幕，雖書記一席酬應旁午，必日課大卷白摺數千字，期翔步木天，爲救貧計。年逾不惑，不以伏櫪墮千里之志，蒼蒼者必有以玉成之也。答猿偶識。

難遂爲霖願，心同出岫雲。未窺東觀籍，先愧北山文。遣悶清詩債，攻愁張酒軍。盡容人索笑，得句稿休焚。

崇陽春可憶，風景一時佳。日共楮生語，宵還觥使差。炎江勞遠棹，鄂渚帶吟鞋。客夏送忠少棠世講由崇慶州回鄂省鄉試。赢得羈孤夜，懷人雨滴階。

客裏互愁勸，愁中羞怨嗟。相憐身似梗，獨恨眼生花。時方病目。世路忙驢磨，鄉園負鹿車。錦江無限思，風月自家家。

時宜渾不合，宇宙一呆人。本自胸無芥，憑誰腹有鱗。志疏貪野趣，才拙任天真。運命休輕論，窮通總夙因。

附龍友茂材次解嘲韻

茂材爲雨根孝廉冢嗣，弱冠有聲黌序，楷法顔筋柳骨，能世其家。去年同客崇陽幕，乃翁有鄂省之行，承俯就問字。時予長、次兩兒俱以鄉試赴省，至幕讀書，論文砥礪，相得甚歡。嗣居停鳳明府調任成都首劇，予長兒歸酉，留次兒隨侍，不幸夭折。緣歸路遠，春夏延江多暴漲，未便犯險以去，盤桓棧豆。哀能傷人，强作大上忘情，老淚實背人灑盡矣。龍友視予猶父兄，晨夕相親，心春默慰，雨根孝廉亦時移尊和詩，助我陶寫，寄意事外。伏念仁橋梓敦篤友誼，用情於老朽如此，如何可忘。又垂和篇中懷人感舊，讀之佩與慟俱，豈惟存者。汝燮老矣，二酉山深，猶應聞此君騰達，特令生把晤恐未有期，奈何奈何。天地祇此一『情』字撐拄，乞與世世結文字緣可乎？識此當記事一珠，遺之子孫，示勿諼耳。答猿筆。

依人原失計，逸氣自凌雲。偶學六朝字，時摸三傳文。飄零如庾信，辨博愧終軍。爲解相嘲意，膏油潑墨焚。

隱忍全終始，私箴庭訓佳。心胸自有主，喜怒不爲差。寫意歌兼哭，隨緣鉢與鞋。可憐馴鳥雀，得食戀庭階。

饑寒煉奇骨，休聽黔敖嗟。幾世書藏篋，同根筆有花。待過三伏暑，定返五雲車。涪水南回處，門開對酒家。

出門常惘惘，況是熱熏人。風定不飛鳥，雲輕如疊鱗。炎涼交結幻，盤錯性情真。聚久終當散，私心悟果因。

夜坐疊解嘲韻四首同雨根孝廉作

晦後夜無月，銀河流淡雲。閏年遲入伏，暑夕懶談文。座會飄萍客，門嚴細柳軍。搖搖花弄影，分照負膏焚。

時有微風動，得涼如句佳。睡防鄉夢惹，醉聽旅愁差。披拂拚捐扇，輕鬆欲脱鞋。相於忘坐久，星斗落空階。

心折肖夫子，清貧泯怨嗟。盤空思苜蓿，錢疊笑苔花。便腹南薰榻，雄心北上車。玉堂原有分，文字兩名家。

明歲知何處，天涯懷故人。精神祝龍馬，書札付鴻鱗。緣算前修得，禪參現在真。相陪趨熱惱，一笑問前因。

附雨根孝廉夜生次答猿先生疊解嘲四首韻

殘照逗新月，寥天驅熱雲。荷香濃拂座，星彩燦呈文。蚊聚矜群喙，鴉栖息夜軍。薰衣花自好，不待水沈焚。

小憩亭新構，消閑也自佳。鳳居停新構怡園，中有小憩亭。居遊隨意足，談笑任情差。促膝頻揮麈，科頭懶繫鞋。貪涼人意爽，風露欲侵階。

繞膝皆群紀，先生漫自嗟。馨香培桂樹，榮秀艷桐花。筆落争千古，書藏富五車。西山薰德遍，景仰仲弓家。

卌年成底事，老我尚依人。飛阻搏風翮，蟠深失水鱗。精神緣客健，氣味得朋真。明月當頭在，參禪石上因。

附龍友夜坐次答猿師疊解嘲四首韻，並寄懷伯均世兄

斜陽初落後，茉莉白團雲。細讀先生句，如披古調文。蟾新涼有韻，鴉静夜無軍。不熱緣心净，機參大澤焚。

斗山依傍處，盛會一時佳。揮麈蚊兼避，澆花僕不差。頭科忘散髮，趺坐懶兜鞋。矍鑠真堪羨，宵深尚立階。

記得崇陽幕，宵談泯怨嗟。茶香留舌本，文思燦心花。聚首成三益，羅胸艷五車。元方早歸去，目極西山家。

計里二千外，痴情有故人。遥知書擁蠹，常想字通鱗。孺慕心尤摯，箴規語最真。相思從此切，後會豈無因。

炎暑再叠前韻四首

涑雨鬱炎暑，雨餘燒火雲。蓮焦花縮瓣，礎潤蘚書文。熱作方興勢，風如不動軍。清心兼辟穢，深坐且香焚。

醖釀成瘟疫，城堙氣不佳。奇方慚命奪，大劫説神差。人荷劉伶鍤，妖占霍玉鞋。老天容問否，搔首覓梯階。

提起傷心事，淹留益怨嗟。春風摧玉樹，今春喪次子。幻影哭曇花。去年亡一女。離別人千里，殤亡鬼一車。黄金是何物，買我不歸家。

問熱來誰帶，心猜褦襶人。眠難酣夢蝶，浴合學潛鱗。勢悟冰山假，情描酷吏真。清凉原有地，鑄錯熱先因。

附雨根先生炎暑次再疊前韻四首

十日未成雨，蟠胸生大雲。無眠愁暑氣，有彗感星文。草乏迎凉種，瓜屯敢戰軍。趨炎同不慣，促坐詠惔焚。

頻敲蒸癘氣，蒿目不能佳。禳漫小巫暴，儺宜方相差。憂心傾白屋，群望走青鞋。舉國狂如此，回天仰福階。自前六月中旬起，會垣死於疫者三萬餘人。

新齋低鬱暑，翻惹故巢嗟。乘興一拈管，清心聊借花。窗明人避座，門峻客回車。何似鄉山好，五雲多處家。

吾曹甘冷落，本是不羈人。附熱羞摇尾，翻空想化鱗。群嗤談虎變，世愛畫龍真。擬逐青城客，招尋物外因。

附龍友見次炎暑再疊前韻

世界一炊甑，憑空燒密雲。怕行行酒令，欲毁毁茶文。投刺避熱客，閉關如敗軍。先生有詩課，却限寸香焚。

借詩消伏暑，遣興不需嗟。僧笑定難入，魔偏睡被差。午風清竹簟，宵露點藤鞋。安得秋來早，新涼透小階。

熱極蒸爲疫，蓉垣事可嗟。醫方靈少藥，人命脆於花。街市喧儺盾，城門擁殯車。醮禳應有應，財費長官家。

兩字談調變，當時有幾人。窗常飛野馬，肆任索枯鱗。褦襶嫌情俗，林泉想樂真。蒼生望霖雨，灑潤看雲因。

悶坐三疊前韻索雨根先生見和

悶坐無人管，情懷懶似雲。久醒槐國夢，閒讀柳州文。熱怕陪生客，涼思瀉熱軍。權爲糊口計，筆硯且遲焚。

有酒酸都好，無茶水亦佳。分安緣骨健，事忍不奴差。扶老商筇杖，思山夢草鞋。家猶多子弟，貧賤亦蘭階。

舊學成荒落，新詩辨咄嗟。鏡揩需長字，燈點喜開花。短調先生鋏，多方惠子車。前身老漁父，小泊即爲家。

決定歸與計，鄉園事可人。篁開雛鳳尾〔一〕，樹作老龍鱗。書種兒孫好，歡情骨肉真。高歌餓不死，有信報陳因。

【校記】

〔一〕『鳳』，原作『夙』，蓋爲『鳳（凤）』之形誤，據句意改。

附雨根先生闕坐次三疊前韻四首〔一〕

閱透炎涼景，觀空笑白雲。狂傾觸忿酒，懶作送窮文。惆悵功名路，徘徊父子軍。大兒方駿隨侍讀書。近來洋學熾，深恐欲書焚。

子雲亭畔屋，小住亦清佳。嗜酒負新債，傭書成例差。蹉跎慚竹素，瀟灑讓芒鞋。不信天無路，終憑尺木階。

孤館聊無賴，前塵滬上嗟。樓臺千樹錦，世界四時花。麗曲催鸚盞，新妝鬥馬車。賺他遊俠子，金盡不思家。

直諒難逢友，如公信解人。卑枝同戢翼，巨壑待翔鱗。雨化憐兒拙，駿兒深荷裁成。風狂怨我真。三生緣自在，後會豈無因。

【校記】

〔一〕『雨根』，原作『韻根』，据句意改。

附龍友悶坐次答猿師三疊前韻之作，有懷伯均世兄，並哭乃弟仲雅

多愁供悶坐，天際火團雲。樹有蟬流響，墻無蝸篆文。書拋渾欲睡，棋劫不能軍。官廨清無穢，沈檀且漫焚。

夏閏天逾熱，懷人興不佳。相思千里寄，有感寸心差。話記丁簾榻，吟憐西洞鞋。無方能縮地，怊悵立空階。

感舊淚如雨，季方尤可嗟。琴書留小篋，風雨碎奇花。寫照愁開鏡，留有照像小鏡。招魂擬駕車。前宵曾入夢，情尚戀通家。

離別嗟如此，天涯多恨人。問誰能吐鳳，困我是潛鱗。地覓喬遷好，禪參幻夢真。悶懷消不得，擾擾嘆緣因。

贈綿竹家蘊生上舍四疊前韻四首〔一〕蘊生精岐黃術，工詩，時客成都署中。

遥遥華胄溯〔二〕，潙水幾初雲。一姓原通譜，三生此會文。詩中羅氏虎，酒裏岳家軍。百勝儂私許，曹君赤壁焚。

救活人無數，爲醫擇術佳。大名教豎避，妙藥當兵差〔三〕。月白涼侵袂，塵紅軟踏鞋。研遊如扁鵲，迎降號君階。

屢看來蓉會，施施似子嗟。鄉山綿竹竹，溪路浣花花。館授諸侯粲，門停長者車。禁方分我否，計日又歸家。

絶妙荒唐說，曾爲死過人。遊魂學蝴蝶，化境似鵬鱗。蘊生談少年遊戲，爲中表弟踢傷外腎，死半日，與故鬼入人家，歷歷如繪。駭俗情疑幻，知君語率真。可憐萍水意，未了後來因。

【校記】

〔一〕『綿竹』，原作『縣竹』，『當』當爲『綿（緜）』之形誤，據句意改。

〔二〕『肓』，原作『胃』，據句意改。

〔三〕『藥』，原作『樂』，據句意改。

附雨根先生贈蘊生次四疊前韻

衙齋十日住，小別紫岩雲。濟世君遊藝，安貧我賣文。人間誰活國，海上欲從軍。不覺談諧久，香添幾炷焚。

胸次無城府，歡言謔亦佳。愈風誇檄妙，驅瘧笑詩差。囊蓄刀圭藥，門穿剝啄鞋。到來纔幾日，莫漫數蓂階。

入夏已三至，熱行忘怨嗟。吟添新社稿，悶遣小園花。挹露倒荷蓋，蘊生每挹荷露研墨。流涎逢面車。蘊生善飲。豚兒許同調，把臂杜康家。

緣悟三生石，奇同再劫人。談高茶潑乳，渴極酒生鱗。久客熱難耐，狂懷痴最真。救時權小住，未了尚多因。

消夏唱和詩稿笋束，五叠前韻奉酬蕭雨根孝廉暨令子龍友、綿竹曾可庵兩茂材、家蘊生上舍諸君〔一〕

和詩蓮幕敞，勝友喜如雲。捉麈手同色，雕龍心競文。才名應散騎，俊句鮑參軍〔二〕。鑄我頑金耳，洪爐費炭焚。

父子軍無敵，雨根和作有『徘徊父子軍』之句。家風潁士佳。出奇新亮比，時有老亮新亮之比。轉戰小坡差。仙氣飄襟袂，塵埃避襪鞋。受降應許我，肉袒到壇階。

讀書二萬卷，子固人嘆嗟。少年挾勝氣，花筆競春花。力大水出峽，聲宏雷走車。可庵動以百韻七古嚇人，體多唐宋所無。偏師攻一隊，無已又吾家。謂家蘊生。

大敵來三面，我如挑釁人。扇難揮白羽，劍欲缺青鱗。幕府諸君重，詩壇此樂真。靈山香火會，默默證前因。

【校記】

〔一〕『蕭雨根』，集中多作『肖雨根』。『友』字原脱，據句意補。

〔二〕『鮑』，原作『鉋』，據句意改。

附雨根孝廉和作答猿先生清結消夏詩，會以五叠解嘲韻持贈同人，因次奉酬

老將工挑戰，騷壇鬱陣雲。驚人新得句，會友快論文。管乍揮三寸，鋒先掃萬軍。降幡吾願豎，不戢慮將焚。

興到頻揮灑，連篇字字佳。氣都同輩奪，詞慣古人差。烟月懷三徑，風塵倦兩鞋〔一〕。似聞根觸甚〔二〕，蘭玉眷庭階。

昌黎得妍唱，俯仰但稱嗟。笑我胸無竹，輸君眼不花。侯門權下榻，故里待懸車。獨抱千秋業，文章自一家。

凡庸皆吐棄，端不愧傳人。貂續難誇尾，驪探早獲鱗。劇談容道古，人世畏嫌真。好借聯吟社，緣留翰墨因。

【校記】

〔一〕『風』，原作『鳳』，據句意改。

〔二〕『根』，原作『振』，據句意改。

附龍友次五疊韻

老亮軍無敵，心兵萬變雲。日長供琢句，星聚快論文。酒作驅愁藥，詞争得勝軍。挑鐙欣脱稿，漫説負膏焚。

書齋新結構，小住即爲佳。客任當關拒，夫帷掃地差。花盆敧閣架，苔砌印留鞋。知否臯比擁，吟壇不可階。

緣結大歡喜，酬詩都嘆嗟。叠多删啞韻，麗極比鮮花。似肅將軍令，能回俗士軍。豈無人識曲，和者不多家。

小子遵庭訓，龍門辛傍人。山高忘擇壤，海大易容鱗。有意乘參上，何時諦得真。成軍説無敵，先生有『父子軍無敵』之句。譽過恐無因。

喜雨六疊前韻

蓉城炎熱，蒸爲疫癘，月來死者上應，積屍東、西、北三城門，日報出數萬槥。同人作詩哀之，幾於靈均尺間矣。閏六月八日曉，急雨如注，一掃熱恼，賦喜雨詩甫半，意盡不就。適少棠公子病起過小齋，因婚期已近，附筆調之，亦古人謔不爲虐之意也。足成四首，以供笑粲。

喜雨破曉睡，玻璃窗掩雲。人方苦酷熱，天似作奇文。涼意三庚伏，喧聲萬甲軍。應憐六月暑，一爲掃如焚。

起誦少陵句，既雨晴亦佳。秋來先有信，詩辦緊於差。扇欲閑尋篋，釘憐響過鞋。瓜牛能識字，乘潤篆苔階。

公子翩翩至，病餘憐復嗟〔一〕。藥嘗童子便，荷兆美人花。韓姞將歸國，王姬已肅車。雨涼天有意，計日詠宜家。

三十六喜字，不書非解人。氣能消疫癘，雲剩擁魚鱗。羈旅吟懷愜，占豐樂事真。岷峨如出浴，粉本畫堪因。

【校記】

〔一〕『餘』，疑當作『除』。

附雨根孝廉次喜雨六疊前韻

煩鬱正無奈，油然天作雲。解縣沈日色，離畢驗星文。暑遏先驅疫，時疫雨後望減。塵囂快洗軍。防營自順慶撤回。窮蒼愛民甚，不待積薪焚。

徹宵檐溜急，枕簟曉凉佳。夢破仍思睡，詩催不厭差。畫圖商米點，遊具擬棕鞋。鴨鴨歡呼切，庭前水到階。

炎歊都洗盡〔一〕，萬户泯咨嗟。生意方催穀，痴情尚問花。天教收大傘，人苦盼雷車。聞説鄜山早，昨得舍弟書，三臺酷熱勝往年。心飛夢裏家。

頓慰三農望，新凉更可人。窗青山叠叠，沼碧漲鱗鱗。洗幕愁祛盡，名亭樂寫真。獨憐彈鋏侶，餘熱尚同因。

【校記】

〔一〕『歊』，原作『敲』，據句意改。

附龍友次喜雨六叠韻

雨聲喧不住，曉夢破爲雲。被未重新錦，亭宜記妙文。龍勝看起蟄，蟻避想屯軍。似小樓聽否，殘膏炷尚焚。

酷熱一時掃，真如得句佳。問軒邀客賞，沽酒欲童差。盆水敧荷蓋，庭莎滑板鞋。可憐雲罅日，偷眼睨閑階。

月來蒸疫癘，枕籍死堪嗟。市貴歐瘟藥，壇芬獻佛花。憂危煩露冕，霹靂欠雷車。好在黄催稻，占豐萬萬家。

身在水晶域，未秋凉逼人。詩催聲屬耳，稿叠紙如鱗。爽氣來城滿，嵐光入畫真。開晴還覓扇，捐棄問何因。

忠少棠世講病起，喜届新婚，七叠前韻勴之

少棠名忠綱，字振三，噶爾達蘇氏滿洲厢紅旗籍，荆州駐防，爲現任成都大令扶棠鳳公之長公子。生而穎慧，束發辨句讀，受業於肖雨根孝廉，夙具師法，以故髫齡落筆，力争上游，凡大人先生，率一見譽爲雛鳳。歲庚寅，蕭君留京未歸，汝燮承乏，爲商訂課藝。時公子甫十七齡耳。同硯席僅六閲月，所學益進。辛卯赴鄂鄉試遺卷，興往情來，雅與題稱，雖薦而未售，咸知爲劍氣珠光，不能久掩。爲人長身白晰，叔寶神清，性亦純摯，他日荆楚間有龍雲燭天而起者，必此人也。予當於二酉山中翹望之。壬申六月杪答猿識〔一〕。

病起如新月，神清瘦托雲。嘔心工覓句，總角舊能文。猊欲方平叔，人争婿右軍。藥烟香不斷，當憐博山焚。

似聞醫緩説，聘訂人更佳。追吉秋新算，催妝火急差。時聞牽紅絲人感冒，公子爲謁藴生上舍往診，實爲瞰其玉顔也。嫵痕商畫筆，艷事欠弓鞋。新人旗妝。他日姮娥影，難窺月殿階。

莫爲香衾負，預先萌怨嗟。相期蓬島路，去看禁林花。玉案相携袖，天街果擲車。早朝歸割肉，剥啄細君家。

一病知不死，君非夭折人。壽徵白司馬，才氣李于鱗。瘦削仙分骨，團圓月寫真〔二〕。佳期先七夕，牛女證良因。

【校記】

〔一〕『壬申』疑當作『壬辰』。按：據題序云，蕭端澍於庚寅歲杪（光緒十六年）入京，倩詩人代爲授徒，前後半年有餘。序作於壬申歲，但光緒十六年後之壬申歲爲一九三二年，已遠超詩人卒年。故疑詩作於辛卯歲（光緒十七年），序補作於壬辰歲（光緒十八年），『壬申』爲『壬辰』之訛。

〔二〕『圓』，原作『園』，據句意改。

附雨根孝廉和作少棠公子病起，婚期將近，答猿生先有詩嬲之戲〔一〕，次七叠前韻

小試維摩病，情懷淡似雲。神清衛叔寶，腰減沈休文。書舍閑行藥〔二〕，詞壇久罷軍。有人遥憶汝，心爲瓣香焚。

預辦藏嬌屋，安排事事佳。紅鸞星恰照，青鳥使頻差。所聘之人時抱小恙，藴生承公子意往診。夢待延羅帳，身思作錦鞋。段文昌嘲温飛卿句：『應願將身作錦鞋。』似憐同病者，無語坐深階。

已將穠李詠，莫尚摽梅嗟。喜報同心鳥，祥徵並蒂花。畫娥濡彩筆，奠雁待香車。聽取歌葑菲，雙纏是小家。爲『艷事欠弓鞋』之句下一轉語。

遥知花燭夜，歡宴醉同人。玉盞香浮蟻，金盤鮮鱠鱗。百年春正始，雙美畫難真。牛女應相妒，輸君早證因。婚期七月初三。

【校記】

〔一〕『生先』二字疑當互乙。

〔二〕『閑』，疑當作『間』。

附龍友和少棠病起，七叠前韻嬲之之作

病祛神漸足，有態活於雲。時間養生術，權拋中式文。容儀裴叔則，眉目馬將軍。爐已博山鑄，香看沈水焚。用古樂府『郎作沈水香，妾作博山爐』之句。鵲橋先四日，掄指算期佳。館舍仙初降，聘訂人自眉郡來省垣，爲預賃館舍。端相醫暗差。即謁醫事。香吟羅繡襪，尖妒漢妝鞋。爲『艷事欠弓鞋』之句進一解。記取新眉樣，初三月映階。有人譽雨美，昌變詠猗嗟。之子顔如玉，郎君筆有花。金風催却扇，環珮待同車。準備喬遷好，温柔鄉可家。公子素在書齋下榻，頃合歡床設，師友無能挽駕矣。十載欣同硯，蒹葭倚玉人〔一〕。結交思總角，得意會飛鱗。筆墨風狂怒，形骸脱略真。横陳參蠟味，居静學劉因。

【校記】

〔一〕『蒹』，原作『兼』，據句意改。

小院八疊前韻，呈雨根先生

小院聚吟客，如囊深鎖雲。少陵漫興句，楊子解嘲文。沈鬱傷奇氣，埋藏等伏軍。移住新成小院，適符雨根孝廉『門峻客回車』之句。唾壺時擊碎，一嘆爲芝焚。

散步倫排遣，爲憐盆景佳。蟲留書葉字，蟻赴打糧嗟。『打糧』二字見《歸田録》。樹矮枝妨帽，蓮彎辨學鞋。團團磨驢迹，萬轉止庭階。

每飯作齋好，妙無來食嗟。菜油清似水，豆腐點成花。眼暈憑吟案，腸饑轉紡車。月中廿九日，仿佛太常家。時屠禁嚴限至一月。

蕭燧兒尤好，論交重此人。快談揮麈尾，小住蟄龍鱗。詩敵劉賓客，酒豪温太真。風流雲散意，怕問後來因。

附雨根孝廉小院八疊前韻

深深栖小院，盡日看浮雲。懶讀養生論，翻成賓戲文。拊心憐忘士，負復愧將軍。怕近登場客，熱中如火焚。

點綴饒花木，吾曹小住佳。和詩容旋覓，賒酒且頻差。風過香侵袂，晴初蘚惹鞋。深宵同不睡，待月話秋階。

飽欲侏儒羨，饑同臣朔差。苦思羊踏菜，厭聽鳥啼花。蔬果仍樽俎，鮮肥避輔車。笑曾供大嚼，作夢過屠家。

服公肝膽壯，不怕墨磨人。酒罷出芒角，詩成餘爪鱗。詼諧偏絶俗，睥睨獨存真。他日相逢處，重尋未盡因。

附龍友小院次答猿師八疊前韻

入門深似海，何處氣拿雲。可笑新成院，真如小品文。官原舊令尹，客亦故將軍。却喜盆花好，香如百和焚。

金綫年年壓，誰憐興不佳。炎涼陰試味，筆墨例當差。豪氣思憑鋏，儒風學孔鞋。韓荊州幾個，盈尺占人階。

渠渠思夏屋，每食輒吁嗟。蘇晉兼停酒，青蓮柱粲花。鮭陳三韭饌，鯖禁五侯車。氣味饒蔬筍，官厨似佛家。

師事陳無己，精神迥異人。詩壇張旗鼓，學海縱鯨鱗。處事胸無物，觀空趣獨真。兩年沾化雨，石上證前因。

大雨九叠前韻，仍索雨根先生和

閏六月大雨，錦城團濕雲。盆傾連日夜，河瀉比詩文。虎豹昆陽戰，雷霆巨鹿軍。似憑歐疫癘，一救火坑焚。

蜀天從古漏，勞我詠晴佳。縮屋人增悶，推車鬼聽差。千寶《搜神記》唤阿香事。溜飛猛將箭，街走老漁鞋。江漲添多少，休驚水上階。

午夜百感集，飄飄身可嗟。鄉心碎蕉葉，凉夢落燈花。尋路二千里，藏書三十車。兒孫應望我，泥濘亦歸家。

雨歇上朝旭，如催晏起人。苔錢階齒齒，硯瓦水鱗鱗。天意歸凉早，山光出浴真。龍腥仍滿地，霖抱證修因。

附雨根先生大雨次九叠前韻

潑空行大雨，三徑黑團雲。忽破醉鄉夢，如成翻水文。腥騰龍蜃氣，歡助鸛鵝軍。莽莽深霄裏，缸留一穗焚。

秋窗敧枕聽，頗覺此聲佳。洗硯客驚起，傾盆天爲差。泥封沽酒巷，釘響賣花鞋。破曉晴還放，蕉陰緑蓊階。

窮巷萬千户，床床屋漏嗟。價增珠市米，濕重錦城花。刷耳駭雷鼓，愁心翻日車。蕩教瘟氣盡，慰爾小民家。

自顧殊堪笑，拖泥帶水人。雲霄翰捷足，溪澗困修鱗。逸氣消沈久，狂懷洗滌真。天瓢斟得否，一爲問蘭因。

附龍友次大雨九叠之韻

連日復連夜，雨傾隨亂雲。淋漓小米點，奔泛大蘇文。溜急如懸瀑，霆轟似過軍。迎涼潤六月，天氣失惔焚。

幸未床床漏，深居興尚佳。龍疑倒海過，媧欲補天差。有潤流紋簟，無塵惹靸鞋。畫成漁子屋，門外水侵階。

飄灑阻歸夢，翻增午夜嗟。更殘秋滿被，燈暗暈含花。旅況憐欹枕，豐年願滿車。可能分雨脚，早救故園家。聞潼郡旱甚，望雨澤。

洗盡積屍臭，天心原愛人。震雷歐疫氣，霖雨起潛鱗。城郭昏如夢，岷峨寫不真。新晴開亦好，景象變陳因。

答猿詩草甲午

草帽

一帽頭銜换，公然草莽臣。茅蒲徵故典，苗麥話前身。馬上團團去，螺旋轉轉循。戴時權當笠，詩瘦悔風塵。

釘鞋

齒屐行嫌笨，鞋輕巧釘釘。拔防千磴石，踏出一天星。痕亂知泥滑，聲喧鬥雨零。眼中欣脱去，晴曬向閑庭。

緑陰

園林春盡晝沈沈，積雨連朝釀緑陰。寒食清明如夢過，消磨多少惜花心。
竹欄苔徑小園中，縛帚輕輕記掃紅。急换斬新圖一幅，蔚藍天押屋如篷。
静無人報足音跫，閑話時來燕子雙〔一〕。不種芭蕉天也緑，畫中開個讀書窗。
枝枝葉葉總交柯，暗處猜疑鳥護窠。一霎東風吹雨過，隔簾漾作鴨頭波。
絶好晴光曉露希，層層陰地古苔肥。支筇疑有飛來彈，青子如丸墜打衣。
絲桐挹潤稱眠琴，時候餘寒出不禁。半蔭桑榆半楊柳，村園門巷總深沈。
許量清潤勝花時，陸渭南留七字詩。妙在老夫吟賞處，小孫扶著聽鶯兒。
婆娑生意鬱蓬蒿，老緑還和幼緑鏖。沿途有人叨庇蔭，驕陽如火雨如膏。

【校記】

〔一〕『閑』，原作『間』，据句意改。

二酉山深處

二酉山深處，無城但有堙。流通巴子國，土改老夫臣。乾隆元年州始改土歸流。嵐氣官衙霽，林香市井春。襟黔兼帶楚，形勝敵峨岷。

二酉山深處，崎嶇置驛通。關重如鐵鑄，峰峭半雲籠。官路愁荒菁，人形駭怪楓。三年星使入，旌旆劇匆匆。

二酉山深處，谽谺洞府靈。有書藏太古，無客叩重扃。虎睡蠻花暗，龍歸瘴雨腥。蘚文斑石壁，疑是羽仙名。

二酉山深處，先人有敝廬。掃塵三徑潔，待燕一窗虛。好吃家常飯，多藏局本書。老閑無個事，問字任停車。

二酉山深處，家樓百尺高。石撐當户笋，松吼隔溪濤。殘照書能曝，回飆柱欲摇。上床儂自占，客笑醉酕醄。

二西山深處，消閑辟小園。四時花不斷，萬竹鳥啼喧。曲取籬根路，偏安石罅門。閑行懶扶杖，還挈誦詩孫。

二西山深處，山居碧嶂攢。招蜂檐繫桶，養牸屋連闌。雨積茅難補，雲痴路欲瞞。樵薪雜黃葉，歸唱下巑岏。

二西山深處，沿溪亦聚居。春泥蘆笋瘦，秋雨柳條疏。橋斷難通馬，灘高不上魚。浣衣門外石，人影漾清渠。

二西山深處，農家比屋低。甌窶晨叱犢，村巷午閑鷄。窄窄門雙板，荒荒菜一畦。泉原來絶頂，田水任東西。

二西山深處，行詢古刹名。乳峰争塔勢，密樹窒鐘聲。覓蝨僧衣破，眠貓佛帳傾。殘碑年歲在，創建紀前明。

二西山深處，籃輿越過遲。野禽頭有帽，菁笋穎如錐。天可梯雲上，風偏雜雨吹。會逢樵牧問，細路亦多歧。

二西山深處，相違已八年。遊縱驚老境，喜意滿歸船。耕讀家猶振，團欒夢亦圓。好山知有主，排闥要詩篇。

錦雲十棣得藤杖見遺，作歌紀之

西山霆震山欲裂，飛電窮搜老蚊穴。蚊子潛逃化怪藤，百尺枯株被糾結。樵兒手拗藤爲折，擔頭縛急猶驚掣。阿連買藤識蚊孽，咒之不動疑有訣〔一〕。削藤爲杖持贈我，模糊斑點餘蛟血。拄之錚錚健於鐵，倚壁連蜷如斷蜺。夜夜青童舞帳前，甲光燦逼檠燈滅。尺愁飛去捉不來，山中雷雨時常閉。願杖扶我至耄耋，一百年後始相別。

【校記】

〔一〕『訣』，原作『决』，據句意改。

倦遊

倦游一笑没歸裝，止帶行囊筆硯香。糧缺商量餐字蠹，錢荒補貼束脩羊。尚能課藝隨時改，未免看書轉瞬忘。難得鄉鄰佳子弟，問奇肯到子雲堂。

兀坐山堂懶閉門，本來地僻絶塵喧。閑編詩稿巴兼蜀，静聽書聲子又孫。瘦石疏篁荒徑辟，烟嵐雨翠小樓吞。歸從冬月今初夏，點過園花廿四番。

樓角就短墻作臺，危臨花圃，騃兒手作竹欄，以便老人憑賞，時秋杪多晴，喜成八截句 選七

竹闌穩鬥竹横縱，放學兒閑役爲供。笑比宗文樹鷄栅，詩人家教太平庸。

臺前小圃數弓寬，人立西風未覺寒。菊正花開梅已孕，闌角臘梅已孕花如米。倚吟賴有此欄干。

闊短堪扶白髮叟，闌疏容出稚孫頭。儂家子姓皆書種，將竹摩挲竹笑不。

落葉蕭蕭響打檐，吟鞋輕踏葉還沾。西南好幅倪迂畫，林缺青添石笋尖。

圃北雲團竹繞鄰，路沿竹外是紅塵。行人我見偏遮我，如在疏簾内看人。

久晴占雨諺流傳，日没胭脂紅可憐。莫怪晚來痴立久，山林静景萃闌前。

相如遊倦始歸來，富貴功名念已灰。老境婆娑無個事，好花多替後人栽。

趙猿仙州尊賜詩談藝，情見乎辭，成七律奉呈，即次按行西北鄉書六章元韻

自來名宦半詩家，准擬官稱屈宋衙。幕府四年揮羽檄，湖村一集粲心花。趨陪捧卷知恩重〔一〕，初謁郡廨，承賜《向湖村舍詩》大集〔二〕。細讀挑燈息語嘩。磅礴靈鍾翹望處，五華山翠莽無涯。

一船半鶴一琴橫〔三〕，入蜀官聲重此行。何止書曾三略讀，雅疑佛爲萬家生。清風沿路因棠憩，下車即按部秀邑。好雨催人望杏耕。決定鴞音終自變，黄童叟少少猜驚〔四〕。

强食私將弱肉憐，商量補救等天穿。時哥匪爲齊民害，公籌畫保甲最密。多踶害馬留心去，善觸奔牛貫鼻牽。賊散專需龔渤海，政寬誰似杜延年。清勤兩字能兼盡，肯擁黄綢戀早眠。

嶺號摩天巢小賊，忽傳畏道叱驅之。彭邑毗連之摩天嶺爲馮姓所據，公親臨彈壓。亂山險覓盤雲磴，惡木隨芟礙路枝。潤浥旌旗嵐滴處，暖烘輿轎雲晴時。卧遊圖好化年寫，荒徼風光入夢思。

已爲斯民撲螯蜂，門前士亦望登龍。冉宓琴學博能詩，最蒙青盼。論文緑試茶花釅，擁卷紅沾印色濃。不忘清談承榻下，猶應和句許箋封。倦遊一笑陳琳老，有幸歸爲宇下農。生寓錦城八年始歸。

雪洞笻扶日往還，時寓雪洞僧樓。略同李願谷名盤。暴豪冷眼朱家俠，飄泊回頭漂母餐。幾夜槍欃憑檻眉，時聞倭一匪之警〔五〕。半床筆硯品文安。益州經濟嘉州句，止覺升堂入室難。

【校記】

〔一〕『卷』，原作『倦』，據句下自注改。

〔二〕『向』，原作『句』，據句意改。

〔三〕『半』字疑有誤。

〔四〕『黄童叟少』，疑當作『黄童白叟』。

〔五〕『倭匪』二字疑有誤。

猿仙州尊手書大西洞七古爲横披見賜，寫作俱佳，山靈增重，不獨爲鯫生光寵也，次韻奉和

使君之詩筆凌空，往往大篇尤春容〔一〕。作遊大西洞脱稿，小吏馳送驄馬雄。烏鵲在樹紛喜報，龍蛇滿幅森雲從。發揮名勝滌塵瘴，屏棄細響調鐘鏞。蔚藍瓊臺共生色，寫出洞府天蒼窿。

能説山川大夫事，我欲騎卒隨元戎。生長鄉邦景皆見，鎸劖造物詩無功。洞薜暈壁爲篆剥，洞泉漲岸漁舟通。漢瓦當硯拾細逕，何子貞學使《東州草堂詩》紀即君洞中所得漢瓦，決爲東京物。石闌干詩題高墉。洞壁傳仙題七絶有『曼倩不來漁夫去〔二〕，道人閑倚石闌干』之句。一角黝暗隙光漏，鐘乳如蓋張童童。谽岈側轉忽開朗，天地不與人間同。絶壁雲碓守猿父，俗稱仙人碓。團焦水檻眠皃翁。田園花竹閉洞裏，彷佛甕城遮敵鋒。相傳危厂有仙藥，巨蛇卧護蘿陰蒙。架梯懸笮計往取〔三〕，雄雷硬雨交來攻。道光二十四年、光緒三十三年兩見其事〔四〕。疑藏秘笈洞靈惜，就中真有琅嬛宫。武陵漁忘路遠近，陶記紀實非虚供。緣溪自映芳草碧，流水仍泛桃花紅。忍褻公詩寫屏風，請鎸貞石勿遽匆。屐齒所到句不朽，鑿空一笑張騫笻。

【校記】

〔一〕『春』，原作『舂』，據句意改。

〔二〕『傳仙』疑當作『搏仙』。按：曾輝字搏仙，爲陳汝燮門人。

〔三〕『懸』，原作『縣』，據句意改。

〔四〕『三十三』，疑當作『二十三』。

樾村州尊見寄《向湖村舍圖》命題，附示手箋，有歸隱之志，成四言一章請正

劍川城隅，金華山麓。湖塍界畫，湖汊回復。紅羊劫後，村舍重築。新柳鵝黃，春波鴨緑。漁唱過橋，鷗盟進屋。誰與主人，藏書披讀。出携琴鶴，歸念松鞠。誦白華詩，歌紫似曲。官情是水〔一〕，澹不盈掬。奉圖還公，湖村酒熟〔二〕。可容添寫，棠陰一幅。

【校記】

〔一〕『官』，疑當作『宦』。

〔二〕『熟』，原作『熱』，據句意及用韻改。

次猿仙郡尊重葺涉趣園七律九章元韻

慶雲留蔭氣青葱，《黄庭經》：五色雲氣粉青葱。重見園開掩畫中。野趣天然泉石好，樂遊妙在鳥魚同。訟青案牘聊乘興，廢起荒蕪當立功。日涉正關才與福，樓臺無地憶萊公。涉趣園。

卅七增題小洞天，磨崖字暈蘚紋妍。窺探奧窔疑藏魅，消受清涼不讓仙。舊主人懷餘在〔一〕，鄉前輩冉右之先生以舊宣慰司裔孫，别號『三十七洞天舊主人』。好名勝待大文傳。郡尊新勒碑記，寫

作雙絶。秦書漢瓦難搜得，幾度徘徊思惘然。第三十七洞天。

界劃雙湖實一湖，小橋中度板平鋪。風吹各起千層皺，月上分投兩顆珠。量以手篙無異否，夾惟眼鏡有同夫。原逢悟得資深意，未讓堤成白與蘇。雙湖。

蜿蜒靈氣鬱祠旁，祠供龍王像。福佑斯民稱奠觴。共識占豐談積露，却憑施澤救恒暘。石泉韻叶神弦曲，湖草薰添俎几香。蛟攫叫拿圍老木，滿山玉立總琳琅。豐澤祠。

酉陽官署此亭古，待鶴歸來心始安。雅欲長鳴如客到，錯疑小坐但山看。前朝樹在巢痕杳，舊徑苔侵石色寒。閑話滄桑無限感，堯年何處問支干。古鶴亭。

宦情濃不敢鄉思，築館題名興寄之。向湖村舊有此館，今宦遊請至，重以署思寄鄉思也。鶴助廉裝先德繼，鷗分歸夢夜燈知。琴樽傳舍留連處，窗户湖村寫照時。想見風波心懶作，忘機悄誦白華詩。小鷗波館。

紅橋絶小界鷗波，影櫬湖烟匹練拖。掛板聲喧藜杖短，倚闌香沁藕花多。磯頭把釣猜魚聚，洞口尋詩引鶴過。添畫胭脂濃一抹，銷魂端奈夕陽何。影紅橋。

山添夜雨作泉聲，石縫潺潺噴乳泓。漱齒爲袪群客熱，澄心如寫一官清。味争茗甆和冰汲，色助茶花沸鼎烹。記得發揮寒碧字，蘇詩珍重好軒名。寒碧泉。

藝菊呼丁趁飽餐，略如垞辟輞川寬。興豪預備新詩問，花好安排晚節看。香裏添園應化蝶，醉中彭澤自忘官。霜枝合作甘棠認，穩獲籬椿當表桓。菊宅。

【校記】

〔一〕此句脱一字。

去思詩送州尊趙公歸劍川七絶十八首

年滿瓜期例一般，原知欲借寇公難。口碑妙不雷同避，止説清官與好官。

好官將去四鄉知，傳説都深孺慕私。爲約西山風共雨，殷勤留住出城時。

門前問字酒肴携，私笑班如笋樣齊。官滿便尋垂釣侶，爲公試帖得詩題。

適承留别寄新篇，何止長城律法堅。幽夢説勞他日到，情深落筆總纏綿。

節署當年入幕賓〔一〕，出山又見宰相身。虧公茗碗吟筒側，留得書生面目真。

蹉跎垂白許文論，知己欣逢勝感恩。棖觸玉溪生斷句〔二〕，夕陽雖好近黄昏。

我本前身雪洞僧，去年留住剪吟燈。公餘時有書函寄，書屋標名色爲增。去年安硯城北雪洞，樓閣高敞，爲前明土官逭暑處。數蒙枉過，每賜詩函，皆題『雪洞書屋』。

懷人南北深山裏，書札詩箋付一筒。珍重親題筒面字，丙申元日署中封。元日見寄歲暮雜詩十四首中，有『南山之南北山之北〔三〕，有美翱翔雙玉璫』七絕，原注：『有懷情齋靈生』。

柔毛奉贄試燈初，帖仿南園愧報琚。傳與兒孫爲墨寶，東坡真有換羊書。見贈《雜臨錢南園通付遺墨小冊》，古錦裝潢〔四〕，厚八分許，跋云：『丙申上元，某某以柔毛贈，辭之不獲，舉此爲報，若以擬東坡換羊書，則非所敢望也。』

四部新儲書萬卷〔五〕，愛遺二酉後來賢。門人七字詩傳誦，書掌琅嬛即上仙。公籌六百金，購經史子集滿萬卷，庋二酉書院中，肄業者皆得快讀〔六〕，門下士蔡錫侯茂材得充收掌，有『書掌琅嬛』之白，人傳誦之。

畫像應留西院中〔七〕，曹衣吴帶問誰工。購書不亞賓興設，莫到秋闈始念公。公憫寒士無力遠赴鄉闈，殫盡心力，籌期賓興。

記得當時始下車，商量保甲細談初。鯫生借箸籌何敢，止説民思害馬除。見贈有『捍園曾資借箸籌』。

雹災火劫賑無何，不但尋常感戴多。各自傷心各垂淚，情真端不在輿歌。

百年古樹鬱青蒼，趣涉芳園署一旁。猜定小鷗波館坐，幾回分夢到家鄉。

餘閑遺迹訪前朝，栖鶴霞峰西洞遥。栖鶴庵、霞峰古刹、大西洞皆去城近十里。幾個能詩詩太守，山靈送别也魂銷。

蒙求講晝日無閑〔八〕，人寄龍蛇古屋閑。寓渤海禹王宫，小齋扁以『畫龍蛇古屋』。未盡離情能恕否，欠公詩債未全還。

宦情淡似秋澄水〔九〕，歸思濃於雨霽山。止我知公心寄處，劍湖風月釣魚灣。

公年卌六正强時，再爲蒼生起不遲。止有陳琳傷老大，重逢讓與讀書兒。

【校記】

〔一〕『署』，原作『暑』，據句意改。

〔二〕『棖』，原作『振』，據句意改。

〔三〕『北山之北』，『之』字疑衍。

〔四〕『潢』，原作『漢』，據句意改。

〔五〕『卷』，原作『巷』，據句意改。

〔六〕『肄』，原作『肆』，據句意改。

〔七〕『晝』，原作『書』，據句意改。

〔八〕『閑』，疑當作『間』。

〔九〕『宦』，原作『官』，據句意改。

苦雨嘆

春陰如酒人，沈悶喚不醒。春雨如淚人，點滴流不盡。一日至廿日，雲鎖四山緊。晝則珠跳階，夜則溜喧枕。將斷陣復連，方緩勢忽猛。晝龍蛇古屋，况未半毯冷〔一〕。失計來童蒙，愁坐學蟄蚓。聽雨又□雨〔二〕，一團混沌境。怪霧作腥氣，疑吐蛟與蜃。庭曉水深積，力可載舟艋。一步不許出，觀天似坐井。蒲海好山水，但延夢中頸。餘寒戀曉睡，黃鸝不來請。都養羅米歸，濕薪兼束捆。赤足如鴨兒，破笠不遮頂。笑爲述街談，妨農天不愍。種壞秧無針，麥爛米難粉。遍地罌粟花，家家錢串等。一洗化爲水，收成付畫餅。聽罷叱之去，私心竊耿耿。米價現昂貴，淫雨又日甚。眼前倘饑荒，未易待秋稔。瘠土儲積少，誰能議捐拯。我雖食硯田，獨飽心不忍。作詩嘆苦雨，長吟喉輒哽。不鞭日輪出，羲和豈偷寢。不補漏天罅，女媧豈遠屏。明日送官別，析情當面稟。雖五日京兆，愛民必首肯。

【校記】

〔一〕『毯』，疑當爲『氈（氊）』之形誤。

〔二〕『□』爲底本所標。

猿仙州尊得異石，置郡齋小池内，名以『酉腴』，時受代將去，寫圖屬題

異石如異人，未遇待落魄。高卧烟蕪中，想見久屈蠖。青盼邀公餘，呼丁舁以笮。安置池水蓄，湔剔泥滓落。樣擬蓬壺畫，竅謝泥沌鑿。最勁豎起脊，不倚立定脚。相面絶塵俗，捫腹透洞壑。怪稱客題句，長等兒午勺。蠶叢路欲覓，蟻渡橋待縛。潤氣延篆蝸，清風耽琴鶴。好奇有太守，元章不寂寞。予謚爲酉腴，臭味石兄托。既繫六韻銘，並綴五律作。詞許屬而和，

致盡岜且崿。春寒簾遲捲，晚雨茗留酌。品石兼品詩，清趣溢郡閣。公行移官去，裝輕少囊橐。雲根携小圖，感知石喜躍。

次韻州尊趙公去酉示送者二首

使君愛士民，味永如練果。士民愛使君，頌遍閭右左。憶昔使君來，慈雲天上墮〔一〕。今送使君來，舟車念旅瑣。示詩難爲和，黯然翦燈坐。不但訓辭深，情意鬱嵯峨。攀轅一掬淚，垂老感知我。

論文聚郡閣，珠聯燦星耀。有題得句警，有紙灑墨妙。折獄防判誤，鞭蒲泯苛暴。遺愛在憩茇，私議任鄉校。時或園涉趣，公退無俗好。贈行無可贈，一錢公不要。屬兒托龍門，學爲忠與孝。

【校記】

〔一〕『墮』，原作『墜』，據用韻改。

門人冷樹堂回江右義寧州省墓，瀕行，以詩送之

義寧有南山，圖經傳巀嵲。撑出萬枝脚，攔截江流折。君家先人廬，鄰比此中結。亦有先人墓，翁仲雜碑碣。大曆冷朝陽，妙裔瓜綿瓞。乃祖好遠遊，藏書探西穴。談日者家言，無窮霏玉屑。人皆稱先生，品峻性廉潔。傳聞無異辭，傳配耆舊列。而翁我同庚，茂材科早掇。目見難兄弟，書香紹芳烈。三世皆厚德，寄籍成閥閲。丁鶴兒孫好，還鄉遲莫訐。行慰鄉人望，歸計君能決。西水通彭蠡，一舵輕舟捩。吴頭楚尾間，江山助文傑。冒暑祝攝衛，耻作兒女别。沿途搜奇詩，歸向南山説。更帶詩回西，生色門立雪。一笑老夫老，送行句先劣。

春樹

樹樹和烟静軟塵，肯浮緑潤更饒春。一竿旗影藏村暗，十里鶯聲過雨新。庇蔭遍分沿途客，豐神如繪少年人。思量紅落江城外，遮掩樓臺認不真。

春草

妙同南浦緑波春，草碧相傳賦有神。庭院生機留伴我，天涯去路惹懷人。亦知野燒蘇纔遍，

莫晛烟蕪恨又新。歲歲踏青鞋過去，倩誰蹤迹覓芳茵。

彭邑徐璧齋茂材屬題山川小幀，棖觸舊遊〔一〕，賦此

漁市蕭疏影隔江〔二〕，米家船過掛帆雙。幽尋似有吟聲在，紅樹根邊客倚窗。

峽山峭倩遠山平，兩岸山迎總有情。提起濫遊無限夢，蜀江秋雨一篷輕。

【校記】

〔一〕『棖』，原作『振』，據句意改。

〔二〕『蕭』，原作『肖』，當爲音誤，據句意改。

贈别樊茂材周卿辛卯在崇慶州幕中作，補録於此。

無聊冷幕共忘機，意外聽君賦式微。難助味描燈黯黯，馬頭寒逼雪霏霏。客途送客愁輕别，人誨依人羨早歸。難得梓州江繞郭，周卿潼川人。冰魚冬笋劇鮮肥。

二千里外感浮蹤，萍水無心一笑逢。豪氣各忘床上下，奇緣分住廨西東。必傳大作仙猶賞，大仙樓楹聯寫作均佳。能賦高軒子不庸。食客我來慚伴食，芙蓉花裏白頭翁。

絶好同人絶好緣，一年小住惜流年。忽看棋弈成殘局，忍聽琵琶過別床。分手約尋千里夢，痛心談記四更天。黄金難買書生傲〔一〕，縱受恩多不受憐。

天生我輩可憐生，傭硯勞勞事不成。歲月消磨饑鶴瘦，江湖聚散野鷗輕。詩懷帶苦難多寫，酒味含酸懶細傾。剩有爪痕東閣印，梅花淺笑似留行。

【校記】

〔一〕『買』，原作『賣』，據句意改。

官梅鄰舍雜詩十四首在鳳蕭堂明府署内作，補編於此。

飛鴻無定感飄零，白馬江聲悄悄聽。小住一年如一夢，少陵句裏古東亭。

東亭旁舍境通幽，欄檻深深樹押樓。樓上神仙樓下客，茶烟花影伴風流。

登樓遠遠看西山，嵐翠新晴薄霽間。仿佛卧遊圖一幀，酉陽鄉路萬峰巒。

坐愛軒楹畫不如，衙齋清絶似幽居。吾曹定有前因在，約得同來此讀書。

銀鈎楷法艷烏絲，才子肖郎玉樹枝。慚愧虚心來問字，宗文宗武壓痴兒。

小庭深隔粉墻高，新種花多手自澆。却爲墻根餘地少，夜闌報雨欠芭蕉。

雁來紅雜菊苗芳，山石谽谺積蘚蒼。茉莉滿叢團伏雪，羅紋窗透曉風香。

暈粉塗脂著色濃，九秋開盡木芙蓉。一篇賦仿齊梁體，頑艷新詞頗不庸。

貪凉閑步影婆娑，殘月如眉細畫娥。屋子五間燈不斷，評量書味夜深多。

翩翩公子誰將去，鷫鸘洲寒秋不勝〔一〕。歸渡萬州江水闊，孝廉船穩夢張憑。肖雨根孝廉四月

送鳳家公子回籍鄉試〔二〕，冬仲俱當還署。

北風驅雁雪如篩，雪嶺寒光决眦時。一笑脩金消得著，携兒到處覓新詩。

歸山原有好田耕，滿屋書香門亦清。知己莫談鷄肋味，重違款款主人情。

年來東閣本鄰家，十月寒枝信尚賒。他日將身化蝴蝶，夢中尋路覓梅花。

窗明几净稱書堆，年老無因約再來。讓與何人安筆硯，假裝時候重徘徊。

【校記】

〔一〕『秋』，疑當作『愁』。

〔二〕『肖』，原作『淍』，據句意改。按：肖雨根即蕭（肖）端澍，集中屢見。

壎篪前集

〔清〕陳宸 撰

丁志軍 整理

叙録

陳宸（一八四九—一九一二），譜名序遹，字子駿，後更名宸，字梓焌。陳宸爲陳汝燮族弟，幼時以神童知名，年十二三即工詩賦，能文章。四川學使楊秉璋按試酉陽時，一見奇之，以經古文拔入州學，十五歲食廩餼。後因失恃，家道日艱，雜務纏身，遂致科場蹭蹬。王闓運主持尊經書院時，以其經史博通，精研小學，拔入書院肄業。後寓居成都近三十年，以充塾師授徒爲業。因屢應鄉試不售，長期抑鬱，於光緒二十二年（一八九六）患狂症，此後多以酗酒紓解，故年五十後，雙目幾盲。以明經終，卒年六十四歲。

陳宸天資聰穎，加之受到學使賞識，因而在同齡人尚未應童試的年紀，陳宸已在爲應鄉試而拼搏。也正因如此，陳宸在詩歌中對時光流逝表現出超乎常人的敏感。『劇憐馬齒頻加長，剪燭銜杯感慨多。』（《庚午除夕》）『飢寒日相迫，歲月寖且馳。』（《有感》）這些詩句流露出的歲月蹉跎之慨，很難想象出自一個二十出頭的青年。由於科場困頓，陳宸不得不以充塾師授徒為業，伴隨着這種職業體驗的，是他對讀書人生計窘迫的牢騷。『落魄有誰知素抱，誤人畢竟是青氈。』（《蓉城雜感》其九）『看來儒術原無用，坐歎窮途亦可羞。』（《蓉城雜感》其十四）『歲月拋人去，功名失意多。』（《有感》）此類詩句在集中俯拾皆是。陳宸的詩歌在表達上多以直抒胸臆爲主，而不以辭害意，『對客輸心忘忌諱，新詩寫意不推敲』（《感賦》其二），『千里還家惟有夢，一生覓句不求工』（《漫興》其六），弱化了形式的束縛，其詩表現出非凡的想象力和自由疏放之美，以至有《陟大相嶺》這樣以文爲詩的奇作。蔡錫保在《壎篪集叙》中這樣評價陳宸的詩：『抑塞磊落之氣，一寓之於詩，故其詩縱横排奡，有不可一世之概。迄今讀其長古數篇，猶可想見其酒酣耳熱，歌呼嗚嗚時也。』盧懋原也認爲，其詩『瑰瑋連犿，詞雖參差而諔詭可觀』（盧懋原《壎篪集序》）。

陳宸生前曾自編詩稿，爲井研廖季平携去，然未及梓行，不知所蹤。後陳宸弟陳寬搜集其二十歲以後、三十歲以前，及歸西期間遺詩，編爲《壎篪前集》，且將己作編於其後名曰《壎篪後集》。於民國二十四年排印行世。此次整理《壎篪前集》，即以此本爲底本。陳寬之詩皆爲民國以來所作，不在此次整理之列。由於無他本可參，校勘難免臆測之處，尚祈方家指正。

丁志軍

二〇二三年八月於湖北民族大學之修遠樓

伯兄子駿家傳

伯兄長余二十年，以民元壬子二月歿，去今又二十年有奇。從四十餘年後傳四十年前事，得實難，失實則心不自安。本所知，缺所不知，亦惟冀吾兄之靈之庶或有知，而不責余以不知妄作焉而已。兄名序適，字子駿，後易名宸，字梓焌。幼聰慧，繼先伯江樓公公以十二齡入州庠。以神童名。年十二三即工詩賦，能文章，父執吴孝廉小山公楚一見奇之，謂先君眉山公曰：『此子畀我教，君勿過問也！』遂師吴，業鋭進。學使楊公禮南秉璋按試酉陽，兄以經古入選，遂入州庠。科試優等前列，當食餼，年僅十五也。楊公奬許備至，贈以書箋刀箸諸珍物〔一〕，旋省後，復親書函聯，促其迅赴丁卯鄉試。聯語云：『范文正以天下己任，程明道謂聖人可爲。』可想見其期望矣。不圖丙寅冬，先母田竟以棄養，楊公亦旋去省，自是顛躓，遭輒不偶。顧益劬於學。凡經史百家，靡不深自探討，而尤精小學。湘潭王壬秋先生主講尊經書院，以『小學博通，果酉陽之秀』評語，破例調取住院。先後旅省近三十年，大都假館穀以自給。憶丙子冬，余時九齡，兄忽自省歸，詢知余早失學，督責綦嚴。凡詩賦作法，始一一指授，薄有進益，即特加獎譽。乃越一歲，兄即悼亡，遂又離家赴省。嗣更七載，再應酉試，以優等第一名食餼，試畢即携其二子玉光、珏光返省。又五年，余始入州庠，以癸巳恩科鄉試之便，得以晤兄。時玉光已將冠而殤，珏正議婚事，而其繼室王氏亦連舉子女，相見悲喜。此吾兄弟一生至樂境也，寧知樂極悲生？歲乙未、丙申間，兄因賦閑住院，抑鬱寡歡，竟於其某居停，席間忽發狂易。荏苒年餘，略復元狀，而積蓄罄矣。當病劇時，謂凡風聲、水聲、鳥語聲，率皆詈我、罵我、嘲笑我，必不得已，惟杯中物略可解嘲，故雖窮日夜飲不醉也。然以是傷目，逮五十以後，幾類盲人。綜其生平，應鄉試十一次，屢薦不售，辛卯秋則已中式第六十四名，臨時因調取原卷，見塗改太多，疑之，致易他卷，知者惜之。兄素謹飭，雖至交如某居停主辦藏務，大開保案，固未嘗以一言干之，以故竟以明經終。嫂冉氏生玉及珏、文燾、文龍，女文瀾，二女則王出也。妾李氏無出，今所存僅子珏、女文瀾。瀾適李氏，較裕。孫男一：錚先，孫女一：雩先，高小、初中將各畢業。兄之卒年六十四，余兄弟五人，兄最長，其畢生著述悉爲井研廖季平先生攜去，謂須代梓而未能也。余生晚，不悉其他，僅檢得其二十歲後、三十歲前及東歸後遺詩若干首，亦云末矣。重念兄之長子玉光少余僅二歲，當余嫂逝時，余三兄子騮與余皆齡餘失母，先母田見背時，三兄僅歲零七月，先母龔見背時，余一歲零八月。玉於余兄弟分雖叔姪，情則骨肉，珏時生不滿歲，余三人者恒抱珏覓乳，相忤相嬉，大抵各以爲苦。今伯兄已作古人矣，三兄尤先兄而逝，玉亦早殤，僅存者即繦抱之珏，雖能世其業，已老而多病。余長珏亦僅九齡耳，叔耶姪耶？昆耶季耶？他人幾無從辨識，余此傳墨耶淚耶？實亦昏不自知，惟知當日之所苦，今日不可復得之至樂，惜乎此境渺矣遠矣！

中華民國二十四歲乙亥九月　弟寬謹撰

【校記】

〔一〕『箸』，原作『著』，據句意改。按：刀、箸爲清代士人腰間佩飾。

縱筆

我意不作詩，詩苦來相迫。輪囷久未舒，胸中常格格。我意欲作詩，詩成多叱嚇。猥以無心詞，致干長者責。何如酒百壺，陶然自怡懌。物我俱兩忘，皎如秋月白。凉飆歲云莫，商音猶未歇。落木下無邊，崖壑競凹凸。感此蕭森氣，厲我峥嶸骨。仰天呼烏烏，書空常咄咄。興盡仍復來，情往終無竭。詩成發浩歌，引手探月窟。

勵志

世俗重黄金，道義乃其餘。儒生不得志，而欲棄詩書。甯願學於陵，絜身守窮廬。緊彼蘇季子，激之行克舒。人生貴自立，胡爲久踟躕〔一〕。悠哉吾所懷，努力矢終初。

【校記】

〔一〕『踟』，原作『蜘』，據句意改。

即事

幽篁覆壓小牕虚，短榻横陳午睡餘。久病不堪容對鏡，畏寒時用舌翻書。園荒尚有閑花放，酒熟還爲舊雨儲。見説嶺梅消息早，滿天風雪策疲驢。

感賦

鹿鹿魚魚二十年，秀才兩字愧相沿。性情疎脱難諧俗，世事窮通但信天。名酒幸逢拚盡醉，閒擎不管便成仙〔一〕。斫刀罵座曾何意，静夜思量亦莞然。

天付凡材等繫匏，何妨物議任譊譊。懶修編幅非關酒，遍閲浮華欲絶交。對客輸心忘忌諱，新詩寫意不推敲。自知得失如雲過，無復閑情作解嘲〔二〕。

【校記】

〔一〕『擎』，疑當作『愁』。

〔二〕『閑』，原作『間』，據句意改。

新畫牕漫題二十八字

雪箋采繪小牕糊，竹影揺揺若有無，插架琳瑯安貼妥，此中堪著一狂夫。

二十四日大雨，詩以紀之

怪風天外來，力拔古木倒。潑墨布濃雲，行人失其道。神龍不可縶，奮鬣起海島。雷雨助昆陽，疑是天公惱。初如百萬軍，呼聲震城堡。繼如黄河决，愕眙走媪媪。小屋乍如舟，汙漫雜行潦。狹巷洗汙濊，乘勢折枯槁。阡畝潰隄防，東西界難攷。老農冒險出，長跽申祈禱。簑笠盡沾濡，身無一綫燥。遥山瀑布飛，懸晶瞻浩浩。少焉勢忽殺，高低淨如澡。晴嵐幾縷生，别開新畫稿。著屐沿溪行，潺湲水聲好。我詩既已成，我心更如擣。酣睡老痴龍，爲霖胡不早。相彼十日前，驕陽真杲杲。殺稼且焦禾，曠野無青草。一旦恣其毒，頓失民間寶。短歌未能平，藉以抒懷抱。

排悶

劍南詩卷案頭堆，朗誦沈唫日幾回。把酒譚心知己少，焚香静慮古人來。奇情卓犖空餘子，小事糊塗亦達才。作繭春蠶徒自縛，此生便擬學無懷。

對語無人强自寬，殘紅短榻静參禪。酒能沽得何妨醉，詩待尋時轉覺難。萬事都憑公論定，百年莫作等閒看。乾坌莽莽頻搔首，眼底誰憐范叔寒。

冬夜甚寒，輒飲數觥，醉賦長歌，用破岑寂

淅淅索索雨雪鳴，啁啁嘈嘈宿鳥驚。北風打門如剥啄，舊衣無温燈微明。故人不來心怦怦，有酒酌我數巨觥。但得酩酊亦已足，昨非今是何須評。酒酣耳熱發長嘯，狂奴故態依然生。眼前好景樂不得，乃欲争此浮利名。擲筆起舞平不平，但聞風聲雨聲雪聲和我高吟聲。

中夜嚴寒，臨晨始知雪也

澎湃朔風號，洶洶若怒濤。布衾寒似鐵，秃筆凍成刀。倚壁青鐙暗，唧杦白戰操。曉窗浩無際，一笑醉春醪。

又雪

黯黯同雲密，重將玉戲排。壓檐方竹折，著樹又花開。馬耳餘尖没，鴻泥舊印猜。豐年兆三白，酩酊莫停杯。

憶舊

當年兩小本無猜，衹覺同心結不開。悄語防人偷頃刻，痴情泥我故徘徊。豈期轉眴蓬山遠，自嘆難浮弱水來。舊恨忽傳青鳥使，夢魂虛引到妝臺。

殘臘將盡，悵然率賦

忽忽驚心逼歲除，那堪搔首重踟躕。無端雜作偕傭保，肯任浮沈老里閭。得失衹今同塞馬，飛騰何日出池魚。蕭齋夜靜清寒甚，一豆燈光一卷書。

英雄兒女亦情長，世味年來約略嘗。稚子堪憐知笑啞，荆妻且喜饜糟糠。寄人籬下寧如意，惱我風塵底事忙。且進一樽消永夜，莫將來日預思量。

庚午除夕

爆竹聲聲徹耳譁，無愁兒女語呀呀。明年今夕知何似，難得淹留是歲華。

駒隙光陰急似梭，年年除夕總經過。劇憐馬齒頻加長，剪燭銜杯感慨多。

冉君捷三屬題山水帳額，率書五絶句

亂山何嶙峋，人家半山住。閒看雲去來，謖謖松風度。

結廬在煙蘿，崖谷松風吼。不聞車馬喧，垂釣青溪口。

幽人此中眠，閒夢松生腹。送君入青雲，出山亦不俗。

荒歲行

天不生我康樂年，世上斗米纔千錢。負郭十畝半種秫，讀書飲酒陶陶然。胡爲丁此多事秋，使我終日空煩憂。犁鋤貨殖謝不敏，生産作業誰爲謀。飢來有字恨難煮，始信儒冠多悮汝。客留不去妻生憎，范甑萊蕪絶雞黍。笑謂山妻行近前，尚有三百青銅錢。呼僮將去換美酒，與客共醉仙乎仙。吁嗟乎！我曹落魄尚如此，相彼小民更何似。哀鴻嗷嗷遍中澤，于誰之屋烏爰止。鄭俠不上流民圖，豺狼當道安問狐。鬱陶余心莫能吐，直欲仰天呼烏烏。有時大罵齷齪者，文繡膏粱侈風雅。熟視窮途菜色人，半絲半粒不容假。不容假，奈若何，拔劍斫地徒悲歌。人生要貴自立耳，豈復隨俗崇媕阿。天門跌蕩開，六合清光來。會看黃金賤如土，老農擊壤歌康哉，相與努力休徘徊。

書賈持簿索債，戲書二絶其上

相持責債到吾徒，文字因緣似有無。爲問簿中人幾許，讀書誰算有功夫。

掛名容易抹時難，相見無言眉欲攢。窮鬼財神同此籙，勸君另眼好分看。

孤館蕭然，一鐙如豆，空階零雨，間以柝聲，如怨如慕，如泣如訴，有心人未嘗不百端交集也

非緣宋玉善悲秋，偏是秋來易惹愁。宵柝搗寒聲寂寂，殘釭無焰思悠悠。客中風物都無賴，夢裏鄉關喜乍投。自嘆不如雙燕子，年年羈旅苦勾留。

坐久渾如入定僧，蕭齋寂寂伴孤燈。故人今雨期多誤，惡僕酣眠呼不譍。檐馬碎聲響竹徑，草蟲無數纏瓜藤。牢騷滿腹向誰訴，欹枕苦吟還自興。

壬申九日，吴四駿卿**、石大**訓堂**暨及門諸子約登玉柱峯，既聞州尊欲至，不果**

人生遊跡亦前緣，窮達何須更問天。事與心違半如此，花簪頭上莫嫌偏。山靈有意應懷我，酒債難酬怕學仙。爲語諸君行且止，安排良醞待明年。

從姪光煦**斗垣茂才枉過，談及『人到窮愁即有詩』之語，余謂此即詩也〔一〕，屬卒成之，仍步其韻**

人到窮愁即有詩，偶然縱筆興淋漓。身如險韻難求穩，語涉牢騷易逞奇。伴食外家妻亦惱，不談世事叔原痴。消除湖海元龍氣，阿阮偏能强自揞。

【校記】

〔一〕『謂』，原作『爲』，據句意改。

和吴四駿卿**感懷元韻**

天生我輩劇多情，詩債窮愁了不清。醉卧黄壚名士習，放歌白日俗人驚。風塵落落雙眸迥，歲月茫茫百感生。中夜聞雞思起舞，九邊戎馬尚縱横。

聞歌

清歌檀板起深宵，客子孤鐙伴寂寥。一片閒情無著處，好隨詩思寄蘭苕。

自嘲

疎懶渾成癖，人間萬事侵。不妨遭白眼，空自抱丹心。行坐常多債，端居每苦吟。秋風欺老屋，十日住愔愔。

有底攻心賊，閒愁一綫牽。奇書難背誦，舊事集眉尖。得酒權邀月，逢人怕問年。非無知我者，鏡影肯相憐。

湖海元龍氣，迍邅不自由。大言徒誑世，久客易悲秋。交以貧而淡，功因懶便休。祖生鞭可著，恥學稻粱謀。

有感

去年窮愁抑菀時，慷慨激烈形於詩。今年仍復不得志，友朋過我爲解之。解之亦何如，無能救寒飢。寒飢日相迫，歲月寖且馳。既不能降心俯首向塵世，又不能建功立業翔天墀。徒然瑟索鑽故紙，唇焦舌敝志士不爲識者嗤。孔方絶交語言亦少味，坐令街坊小兒白眼下覷極口醜詆相與欺。嵇康懶散王湛痴，空負昂藏七尺軀。牢騷使酒或駡座，笑嘑錯愕陸離光怪天真爛漫人不知。眼中落落青向誰，咄嗟紈褲夫何爲。鮮輪華轂食前方丈縱所欲，我笑冰山那可皜皜皎日揞。吁嗟乎！季子之錐董子幃，士貴自立復奚疑。往者不就來可追，何事黯然傷且悲。聊復爲我舉一巵，坐看東方明朱曦。

贈内

貧賤夫妻總可憐，解嘲爲道是前緣。拋荒粉黛持家針，典質金釵辦酒錢。於我牢愁猶强笑，爲卿泣别動經年。會須了却奔馳債，唱龢相隨亦快然。

蕉悴雖非九子魔，那堪佳節總蹉跎。勞兼奴婢都忘倦，難理田園幸不多。釃酒愁時相慰藉，抱兒閒處且摩挲。無聊讕語金花誥，博得紅顔一笑酡。

四歌

有親有親在鄉土，繞膝承歡志良苦。伯勞飛鳴求其伍，鬱陶余心莫能吐。往事茫茫悵千古，我獨何辜罹于蠱。讀書萬卷仍無補，静夜思量淚如雨。嗚呼一歌兮歌聲焦，秋林落葉風蕭蕭。

有弟有弟璠與璵，隱隱頭角露祇且。竭來贈我雙鯉魚，持之感泣爲欷歔。且復寄語勤詩書，坐看騰踏爲充閭，引領西望重踟躕。嗚呼二歌兮歌正愁，驚寒宿鳥嘑啁啾。

有妻有妻限河梁，離多會少時斷腸。絡緯秋嘑夜正長，對我泣下沾衣裳。夢覺始知天一方，孤鐙漸漸耿青光。嗚呼三歌兮歌始縱，枕衾無温瓦霜重。

有子有子隨母處，終日呀呀學人語。覓棗探梨得其所，聊可因之解愁緒。我欲見兮雲山阻，側身西望徒延佇，何以爲歡斟桂醑。嗚呼四歌兮歌愈迫，東方漸明天欲白。

題畫

柔情婀娜笑嫣然，頰上微渦酒暈鮮。不肯故燒高燭照，美人睡味正纏綿。

和吴四駿卿秋海棠絶句

婷婷嬝嬝兩三枝，點綴秋光砌畔宜。幽意恨無人對語，多君端爲譜新詩。
薄羅衫子太真披，窈窕臨風若不支。一種嬌情無著處，貪看我欲起相思。
黄昏月上露漸微，欲語含情香染衣。若把羣芳比神韻，牡丹芍藥總酣肥。
廧陰寂寂産幽姿，宿雨初晴淚點垂。我欲配將紅豆子，問他情種可相宜。
桂花庭院門芳菲，日照胭支酒力微。若植沉香亭子上，定應將比醉楊妃。
翩翩公子總多情，畫筆詩篇善寫生。自愧江淹才力薄，花當笑我不分明。

盆蘭將放，詩以遲之

幽蘭與我結同心，小院深深春日陰。忽挺幾枝青玉榦，含香欲放却沉吟。
囑付花神著意催，詩情泥我久徘徊。一甌香茗殷勤祝，莫遣東風懶作媒。

有感

中宵百感起茫茫，險阻艱難已備嘗。鴻羽未能豐季子，牛衣相對泣王章。功名敢信我自有，歲月奔馳如此忙。他日盧生容借枕，不辭好夢續黄粱。

龍灘

不信風波惡，長江破浪來。層樓偎石起，峭壁劃雲開。峽窄天如綫，灘鳴浪走雷。同舟欣共濟，一笑且啣杯。

舟至王家沱小泊

過眼雲山疾，扁舟此乍停。幽巖栖冷翠，平野入遥青。傍岸客招渡，趁墟人滿汀。健兒争洗馬，激簿浪花腥。

晚泊大足場

江水平如鏡，人煙鬱不開。溼雲浮岸闊，明月進船來。漸識旅程遠，猶然意氣恢。侵晨呼解纜，夢境尚徘徊。

癸酉闈後偕答蝯兄長寓文翁石室，破窗焦雨〔一〕，逼起旅懷。兄購美人障，静對焚香，謂可破寂。時揭曉期近，戲爲爲大宋祝〔二〕，亦使仙人有靈，爲嫣然笑也

阿兄製曲叶霓裳，指日高攀月殿香。一笑嫦娥難忍俊，先期尋到廣公房。

蒲葵輕掩翠衫濃，斜靠烏皮意態慵。欲語含情誰比似，畫蘭干外躲夫容。

家風師吼尚流傳，買畫偏支買粉錢。他日攜歸邱嫂見，未應肯説我猶憐。

竊藥分明是化身，多君面壁喚真真。惠連也抱凌雲志，爲我天香乞箇人。

【校記】

〔一〕『焦』，疑當作『蕉』。

〔二〕『爲爲』，疑當作『爲』。

羈栖湫溢，旅思愁人，聞隔院歌管聲，祇益向隅之苦，書此排悶，兼呈張大玉堂范二次英

誰家歌管夜沈沈，觸我鄉情海樣深。廿四年初諳旅況，三千里外托秋心。奚囊檢點惟書劍，斗室無温偎布衾。且喜論交有張范，壺樽對坐月移陰。

得家書

鄉情怔忡菊花天，雙鯉持來喜欲顛。快啓緘封教破碎，但觀句讀亦連綿。爲因感觸翻垂淚，竟悉平安始破顏。幾許離愁消得未，且尋好夢結團圓。

失解後膺麋明府寶珊獻珍之聘，將赴梓，林丹興、陶静軒茂才以明春爲尊甫海門先生六秩晋一令辰，歌詩爲壽者甚夥，責賤子一言，義難重辭，倚裝草此，即以奉祝

先生生居白鶴鄉，身非令威何昂藏。自到人間六十霜，式飲式食壽而康。歲逢早潦百穀荒，小雀啁啾啄粃糠。賴有延祖儲金穰，呼朋引類趁黄粱。羽族拗折紛鴟張，友聲不求梟音倡。九皋一鳴無頡頏，沙鷗可狎鷹鱣忘。反哺義效烏私長，綢繆室家未雨防。兩子數飛排鴈行，羽毛豐滿聲清揚。佇陪風力昇青蒼，上林乞借高枝翔。天氣清和奏鶯簧，振振鷺序鵠立旁。呢喃燕賀復滿堂，呼提胡盧爲稱觴。鵲喜報兮鳧趨忙，聚祝遐齡弄柔吭。愧我遠適天一方，不能歸飛躋躋蹌。皎然仙鶩遥相望，長鳴未解調宫商。但願綿綿壽無疆，鸞翔鳳翥百世昌。

甲戌之秋，卧病梓潼幕中，故園回首，尺書不來，孑然一身，形影相弔，不覺其言之長也

秋風容易起鄉思，况值相如卧病時。蟋蟀鐙中人影瘦，蘼蕪天末旅書遲。舊栽花木經年别，新展蕉陰聽雨宜。安得仙方能縮地，快澆樽酒餉東籬。

偶成

閒雲一片本無心，底事情魔感不禁。爲有驚鴻時照影，生憎嬌鳥慣流音。空緘錦字何人識，虚度春宵恨海深。自分蓬山萬重遠，祇將惆悵托微吟。

七夕幕府諸君競爲詩歌，余酒後耳熱，見獵心喜，走筆直抒胸臆，不復計工拙云

銀河耿耿照夜鮮，辟月欲圓不能圓。飛橋一道介碧落，烏鵲無聲秋蟲喧。手持酒瓢招羣仙，爲我致詞黄姑前。玉皇老子本不惡，如何尚欲追聘錢。胡不學取點金術，胡不直上高臺巔。胡爲不入郭家金穴裹，胡爲不居鄧氏銅山邊。雲錦縫裳償不足，怨女曠夫年復年。盈盈一水限南北，暫時欲補離恨天。躊躇未極東方白，那能送巧來大千。人間自有好因緣，多情眷屬如蟬聯。紛紛兒女不解事，乃欲乞巧争後先。羣仙攜手笑拍肩，謂我所見無乃偏。君今辭家已二載，少婦樓頭望眼穿。秋風起兮鳥嚎苦，春林月落愁杜鵑。天涯浪跡歸未得，坐令遠道思綿綿。有時對影獨自憐，有時發憤揮雙拳。有時漏盡不得眠，有時櫛恨舒吟箋。安得年年一聚首，亘萬萬古無推遷。雲車風馬相流連，羽衣起舞聊翩翾。北斗高横夜光白，仙乎仙乎期不愆。我聞此語意爽然，義氣乍覺凌蒼煙。人生要貴自適耳，何必名繮利鎖如拘攣。但謀負郭十畝田，饘於是焉粥是焉。澆花種竹亦自得，妻藏斗酒子誦絃。科頭箕踞心便便，精讀南華秋水篇。萬事已足樂不悛，嗚呼萬事已足樂不悛。

十月解館旋省，留別居停主人及幕府諸友

阿儂未識別離愁，千里拋家事遠遊。不向棘闈披霧出，敢從蓮幕學風流。濫竽鎮日閒如鶴，借箸無材拙似鳩。喜上文星山七曲，先人遺迹足勾留。

東道由來大賴官，論交未肯薄儒酸。簿書而暇長存問，藥石之言總不刊。盛會一年容易散，奇文五色定評難。臨歧續約重重訂，忍唱驪歌淚欲彈。

沈脾徐肺羨劉郎，品格魁梧錐處囊。握手歡情祇恨晚，縱譚時事信非狂。鯤鵬好待風雲會，鸞鳳寧甘枳棘藏。今日分飛君記取，莫教春色斷人腸。

大程和氣拂人來，霽月光風愜素懷。仗劍戎行曾仡仡，運籌幕府亦恢恢。頭銜不合閒曹署，心細知爲有用才。猶喜雨絲風片裏，迢迢長路得追陪。

欲向巴東賦曰歸，黃金用盡重依依。陽關三叠那堪聽，敝帚千金恐已違。底似長安居不易，明知浪跡計全非。於今旅燕辭巢後，更向誰家門巷飛。

【校記】

〔一〕『闈』，原作『圍』，據句意改。

歸途重宿魏城驛旅館，視壁間玉京子癸酉十月留題，余去時也，鴻爪重經，風光猶昔，慨次其韻

萍蹤小駐亦前緣，旅店風光憶去年。平埜微茫乘曉霧，亂山雜沓接遥天。客愁怕聽烏啼苦，鄉思惟憑蝶夢圓。强認蓉城是歸路，梓江回首欲流連。

旅夜

身世渾如不繫舟，東西南北聽沈浮。輪蹏鐵話征人苦，被角絲牽少婦愁。懶學君平閒賣卜，敢從定遠覓封侯。今宵我有還家夢，衹恐聞雞報曉籌。

懷玉洗張校書

雲鬟霧縠豔生姿，蓮瓣輕移步起遲。作態偎眠偷半面，試歌羞暈皺雙眉。不須粉黛污顏色，相贈羅巾惹恨思。休道司空曾見慣，斷腸碧玉破瓜時。

代人題秋海棠扇畫贈所歡〔一〕

前生明月照團圓，一笑拈花不羡仙。好似夜深涼露上，枝枝葉葉動人憐。
秋風最怕損腰肢，也要封姨好護持。色即是空空是色，多情畢竟莫情痴。

【校記】

〔一〕『畫』，原作『晝』，據句意改。

乙亥上巳

人生三萬六千日，頃刻虛拋廿六年。身世可堪貧且賤，愁懷不賴斷仍連。未防拾翠逢遊女，何用燒丹覓地仙。痛飲自消湖海恨，未應料理杖頭錢。

孟嘗君尊經書院月課題。

丈夫意氣自縱橫，一語先教阿父傾。食客三千羞狗盜，間關百二賴鷄鳴。上書能得英雄死，彈鋏終成壯士名。畢竟君侯徒好客，市朝掉臂不勝情。

平原君

翩翩濁世佳公子，賴有虞卿畫策工。不惜美人酹躄者，終教上客處囊中。博徒已失當時士，絲繡猶傾異代風。閒把一尊澆塊壘，那堪想像氣如虹。

信陵君

吐哺殷殷遍草萊，賣漿屠博不須猜。力椎晉鄙非能已，勢壓函關亦壯哉。晚歲甘爲長夜飲，從遊都是出羣才。中原此日需豪士，悵想夷門百感來。

春申君

明喆從來重保身，况堪智辯動强秦。持權可惜徒誇客，毋望何當竟少人。宫室離離禾黍感，乾坤莽莽麥苗新。千秋具有興亡恨，湖海元龍氣未馴。

去臘寓城北魯氏宅，約曾子（劍帆）同度歲，嘗縱談天下事。一夕夢數人持杜老一律示余，觀之似指某朝政者，覺後憶『鼎湖龍去劍光紅』之句，末僅記一『崖』字。亡幾，聞穆宗皇帝賓天耗，相與詫歎。茲偶憶及，竊以己意足之，莫能得其彷彿矣。是光緒元年七月有八日

鼎湖龍去劍光紅，天意蒼茫泣大風。列祖精靈扶社稷，中興諸老盡英雄。肯教遺恨吞狐鬼，直欲長驅掃犬戎。飄泊一生憐杜子，崖荒空自抱孤忠。

蓉城雜感

自四月至五月，耳目所聽受，心志所感觸，輒用筆之。詩不求工，不分門類，亦不立題，總名曰《蓉城雜感》，共如干首。迨六月即有建南之行，以前志未足，屢欲棄去。轉念浮雲之在太空，時起時滅，惝恍無定，而欲前雲之如後雲，固不可得。然則異日即有所感，不與今日侔也。姑存之以誌一時情事云。

華陽黑水古梁州，城郭人民一望收。大地膏腴稱險塞，中天雲氣自沈浮。清風明月無須買，豪竹哀絲聽不休。二十年來争戰苦，浣花溪水總安流。

丞相旌旗到益州，指麾西顧已無憂。風雲上將儲胥護，杞梓英材夾袋收。談笑自能鋤伏莽，公忠還爲濟同舟。子龍塘畔瞻遺像，毛髮森森氣尚遒。

時危須杖出羣才，昔袴今繻叔度來。名士性情多骯髒，閒庭談笑雜恢諧。三時不害窮檐喜，百廢俱興試院開。短小果然更精悍，目空餘子亦宜哉。

世事渾如一局棋，不堪重説峴山碑。履霜要識堅冰至，零落難圖蔓草滋。杜母惟應勝召父，蕭歸祗自任曹隨。蒼茫天意休相問，釃酒臨風有所思。

穆皇神略過周宣，日月重光健法乾。荒驛梯航歸玉帛，中興旗鼓絶烽煙。重闈疊舉尊親典，薄海同登大有年。遺詔靄然仁孝主，草茅讀罷淚涓涓。

璇宮夜静賦《關雎》，太極樞中正兩儀。天外攀龍甘節苦，人間正氣肅坤維。銘要鐵券言何戇，博採蒭蕘意不疑。自嘆書生寒乞相，請纓杖策更何時。

聖主冲齡事萬機，綵衣從此慰兹闈。中原霖雨需元老，北極星辰拱紫微。三物賓興招俊乂，九重睿哲重民依。何當養就冲霄翮，鵰鶚秋來試一飛。

是誰鞭起癡龍睡，雷雨驚天動地來。城市遊人泥滑滑，野田叱犢水磑磑。連朝寒暑都無定，壞壁塵沙漸作煤。苦恨未能穿蠟屐，滿山嵐翠一徘徊。

大好韶華嘆逝川，但逢佳節總凄然。舞樓歌館無心問，玉臂雲鬟望眼穿。落魄有誰知素抱，誤人畢竟是青氈。客來莫笑豪情減，杜甫囊中自有錢。

自笑昂藏七尺軀，故吾轉覺勝今吾。蛾眉混沌休相問，蝸角微名竊得無。富貴驕人良有以，文章誤我信之乎。年來欲換脂韋骨，對酒難禁義氣粗。

兵燹蕭條不忍看，四方元氣久凋殘。邊關蹂躪財如篦，大澤奸雄又揭竿。里巷祇今勞轉饟，將軍可惜且雄餐。虎頭燕頷渾閒事，安得當時一范韓。

羽書日日走軍門，棄甲于思古莫捫。烏合詎料成勁敵，蠻爭空自躡驚魂。籌邊太息無籌策，國士誰思報國恩。大隊旌旗初振旅，試看三鼓奪崐崙。

鬼蜮狐狸産禍胎，蜀山蜀水黯塵埃。漫將世上和戎策，括盡人間有用財。覆雨翻雲都不定，盤根錯節自呈材。英雄未必無謀略，碎斗無如豎子唉。

諸公袞袞足韜謀，小醜跳粱不必憂。廝養于今續貂尾，功名莫笑爛羊頭。看來儒術原無用，坐歎窮途亦可羞。金印明年如斗大，不妨仗劍覓封侯。

五都冠蓋盛如雲，肯把涓埃答聖君。笑罵不辭蘇味道，風流儘有杜司勛。登場錯認麒麟楦，謀食紛争鷄鶩羣。國步艱難邊事亟，卧龍躍馬寂無聞。

九重天上使星來，十萬軍民笑口開。豈有苞苴通暮夜，縱譚風月是清才。未妨疾苦民間訴，肯任寃魂地下埋。湯網祇今開一面，蚩蚩已自上春臺。

誰道蘇章有二天，彈書絡繹姓名鐫。要知世事原如夢，難得文臣不愛錢。縱使一家都聚哭，肯教四境共顛連。儒生自具匡時略，欲負初心已枉然。

將之建南留别省門諸君子

丈夫生不封萬户侯，即當老死棲山邱。妻梅子鶴亦已足，笑傲風月義氣直欲凌滄洲。歲時伏臘比隣征逐自太古，豚肩粗糲飽食不管人間愁。不問秦漢而下幾帝幾王幾甲子，刀耕火種荷簑荷笠赤足而科頭。春田水暖桑枝柔，牧童横笛倒騎牛。一生足跡遠城府，甕醅終日濁酒篘。

胡爲乎車塵馬跡與日謀，東西南北跋涉不得休。憶昔垂五齡，學語如鸜鵒。我年至七八，頭角寖不猶。年至十三四，文賦思若抽。側身入庠序，再試氣益遒。聲名軼儕輩，炯炯雙青眸。相見輒顛倒，肩隨先達遊。父兄若師保，期我班馬儔。我時黄犢不畏虎，昂昂欲作開道之驊騮。功名謂可唾手得，豈復潦倒甘沈浮。近來世事已大謬，蹭蹬抑塞殊不由。少時了了大未必，坐困泥淖無一籌。年已近三旬，坎坷如拘囚。所志固弗達，觸諱常轉喉。貧病苦交迫，道德不加修。太歲昨在酉，吉士頻思秋。出門走千里，射策追枚鄒。揮涕别親黨，吞聲行悠悠。矮屋酣戰三條燭，倒戈敗北仍援枹。毾㲪羅江東，鎩羽徒啁啾。穹碑自没字，康了復何尤。縱能折節入幕府，北征杜子空離憂。主人拜識禮數優，於我如水如石投。孔方絶交亦已久，奚囊未肯一日留。蓉城歸坐有數月，撿點筐底惟敝裘。今年更作老學究，詩云子曰童蒙求。案頭螢死不得意，雕蟲篆刻可賣不。眼前又欲走邊徼，一齊人傅衆楚咻。皇恩大闢籲俊典，人取我棄識者羞。欲行不行神轉索，且復滿引罄數甌。酒酣耳熱爲起舞，長謌當哭將以遺我之同仇。區區涕淚何敢流，重把枯腸再四搜。明歲鑾荒若相憶，春風王粲應登樓。錦囊倘有佳句收，歸來須乞諸君酬。吁嗟乎！海上三神風颼颼，會看李郭終同舟。

臨邛

見説臨邛去，遊人興倍賒〔一〕。錯疑勝北里，何處覓東家。武健久成俗，隤污不好奢。王孫沽酒處，凝想欲咨嗟。

夾道人如蟻，行行日欲晡。犁耡攜健婦，塵土黯征夫。習已蠻方雜，風何渤海殊。仍憐及笄女，垂辮未雙趺。

【校記】

〔一〕『賒』，原作『賖』，據句意改。

陟大相嶺

雲從山上下，人從山下上。雲氣抱人行，人雲具忘像。雲從山下上，人從山上下。人自抱雲行，雲人互奇詫。此雲逢彼雲，兩雲合爲一。此人逢彼人，兩人不相暱。彼雲遇此人，雲與人争道。此人遇彼雲，人與雲顛倒。吁嗟乎！造物弄奇至於此，洪荒以後百千億年乃有陳仲子。平生光怪更無匹，不與造物争奇勢不已。側見夫犵鳥蠻花怪木嵯岈，魑魅魍魎封豕長蛇，盲風哮虎馳驟出没而吮血磨牙。有崖棲谷飲者，以茅女爲家，曾不知秦原以外之有鷄犬桑麻。砯崖轉壑五丁不可鑿，橋其上者鐵索，激浪喧豗鏗訇噴薄。如笙竽蕭條，如鼓鉦競作。如陣馬蹴踏而塵埃漲天，如疾雷轟烈而風濤險惡。如壯士掣劍而哀厲長唫，如嫠婦哭泣而嗚咽漂泊。人來其間，退立錯愕，攀藤附葛。扇鳥翼兮霍霍，失勢一落，遊魂無著。天風浩然來，歙我毛髮竪。我叱山靈山靈怒，喚起豐隆大雨如注，從我者目眩耳聾而脚立不住。我攜謝朓驚人句，火色上騰獸無恐怖。我不怖兮奈如何，排雲御氣聊當歌。幾回飲渴恨少酒，如波離爲日又爲火，二者禦寒俱不可。毒霧噴人，戰噤擺簸，下彼二十四盤沈菀頓挫。欲右右，欲左左，欲墮不墮，耳鼻雷火。我尚爲我，笑看拳足瑟縮之百有餘人形皆么麽。噫吁嘻！我聞行路難，那解似此催心肝。且語諸君休長嘆，人生敗名懷與安。不聞昔日蜀丞相，七擒七縱開拓萬古不增不減之岡巒。大名垂宇宙，與此同巑岏，胡不努力空蹣跚。

抵西昌署中作

不到重關外，誰知别有天。朝陽彌酷烈，夜雨總連綿。稚子解垂釣，村姑能種田。城頭多隙地，宿艸任芊芊。

七月五日與署中諸君子登瀘山望海，歸而有作

我讀廬山詩，奇險懾心魂。我聞橫海快揚舲，蜃怪蛟精愈堪駭。丈夫足跡不出門，老死窮荒真可惜。賤子生不辰，好奇乃成癖。乘風破浪走千里，矮屋場中爭射策。孫山屏落不得志，敝衣走馬天迴驛。桂湖萬頃蓮花開，七曲仙山快飛舃。歸來枯坐錦江頭，綈袍范叔增柴瘠。莫笑王孫一飯難，英雄自古常多阨。今年糊口來建南，跣足氈椎雜蠻貊。凸水凹山不計程，狖鳥蠻花少人迹。笑嘑錯愕足光怪，入耳鉤輈兼格磔。七月之初己亥辰，悶守衙齋心不懌。羣仙招我汗漫遊，足所未到心已射。短衣匹馬出郭行，開徑豈圖望三益。疎林密篠迂且深，茅屋短牆低偃窄。一鞭遥指瀘山高，馬蹄雜沓相追迫。須臾攬遍萬重山，良田鱗次開阡陌。駃驢贏馬不知數，紛紛籃縷爭于役。萬木蕭森別有天，撲人眉宇飛寒碧。相對無言心自怡，細艸蒙茸布帷帟。欲到不到行轉遲，鳥道羊腸通一隙。當頭金翠何輝煌，承露金盤堪仲伯。神仙從古好樓居，都督祠堂相絡繹。何如毛髮繪凌煙，已勝蔡州喧李愬。乘風直上仲宣樓，涵虛縹緲無雲隔。茫茫大海不揚波，沙鳥風帆小如鯽。天風海濤何壯哉，回視秦原齊露脊。疑是山陰道上行，却顧愕眙稱嘖嘖。風廊水榭步紆徐，古刹巋然纔咫尺。老幹參天黛色寒，石磴陰森嵌古柏。不辭磊砢行路難，靈境要探那須擇。陸離斑駁覓留題，乍逢一片寒山石。始知更上一層樓，海闊天空

又非昔。禪房曲曲花木幽，同人正抱杯珓擲。我欲搜奇直上山之巔，看看斜陽日將夕。役夫謂我行且止，眼前不過一狐腋。上方臺觀百有餘，迤邐迴環方漸闢。放教五日宿山頭，此境猶然難具覈。搔首問天天不應，巨靈乃是何年擘。忽然叫絶欲發狂，從者頻窺舌偷咋。地爐活火煮茶聲，促坐四圍鋪短席。反復徘徊不能去，走卒何知心跼蹐。歸途一半趁漁舟，習習清風振絺綌。人家住在水中央，莽莽菰蒲鋪草澤。蔚藍盡處欲粘天，以泳以游最堪適。未應柳毅入龍宫，暫願浮家來泛宅。水嬉舟子語從容，采菱一握珍逾璧。盈盈十四十五餘，對面女兒皆岸幘。大姑盪漿小姑摇，含笑不言情脉脉。片時鼓枻達前村，仰視寒空山月白。策馬仍巡古柳隄，隱隱田間堆襏襫。黄昏無復認迷途，孤霧囂塵乍如積。紅燈照處馬前呵，入門一笑雙肩拍。吁嗟乎！洪荒甲子不可稽，滄海桑田幾遷革。縋幽鑿險亦非易，胡爲布置在窮僻。爲語山靈莫慢猜，還須再著謝公屐。當作髯翁赤壁賦前遊，染翰揮毫愧乏高文之典册。

項紅 並序

僕少羸多病，長益工愁，年來南北奔馳，貧病如故。昨染微疴，有識爲痧症者，即項臂上提之各數十，尋見赤點，如塗硃然。或戲之曰：『先生項上三點紅。』意含譏訕而屢思不就，余爲代綴以自嘲，其詞曰：

先生項上三點紅，先生賦命無乃窮。先生微賤非三公，先生作事何懵忡。逢迎之術既不工，奔馳千里仍屢空。先生性不喜青銅，天真爛漫如兒童。得失付諸塞上翁，維阿弇鄙甘雷同。乍如病鶴披蕤毵，東西南北隨飄蓬。有時目眯耳亦聾，有時扼腕呼蒼穹。夜分不眠聲隆隆，長吟悽切偕秋蟲。先生尚有氣如虹，不受人間俗物之牢籠。且欲破浪乘長風，暫爲雌伏終飛雄。噫吁嘻！中郎不可作，誰解憐焦桐，元精不滅貫當中。突兀傲岸道不通，毒霆謠諑集我躬。紛紛蝨賊爭内訌，力除圭角趨磨礱。渣滓消去水乳融，策驁濯足扶桑東。青蒼冥冥健翮翀，下視凡鳥真蠮螉。先生秋水雙青瞳，先生項上三點紅。噫！先生項上三點紅。

漫興

過眼韶華欲逝川，別風淮兩自年年〔一〕。四方糊口終非策，一事輸人祇少錢。愛讀《離騷》拚痛飲，靜觀《周易》當參禪。不如歸去聲聲喚，客路關情有杜鵑。

蠟炬成灰淚未消，夜窗風雨最無聊。人因客久情緣淡，詩雜邊愁氣燄驕。歧路祇今仍落魄，丈夫當日悔題橋。奇窮轉不如蘇季，散盡黃金有黑貂。

家住渝州東復東，年來踪跡似飄蓬。酒懷已減陶元亮，詩味偏宜陸放翁〔二〕。漸覺虛名成畫虎，無端小技悔雕蟲。而今一事差堪喜，孟獲城邊作寓公。

人生離別最堪傷，往事思量欲斷腸。白傅青衫空自溼，青娥紅粉爲誰妝。杜鵑語裏春風老，蟋蟀聲中秋夜長。苦爲相思苦惆悵〔三〕，從今足跡限雷塘。

懶性從來不讀書，文章官樣肯咿唔。已成北調南腔客，一任朝三暮四狙。賤齒算來加犬馬，微機到處悟鳶魚。不因堂上功名望，已欲還山賦遂初。

兀醉牢愁意氣雄，暗中竊笑有兒童。他鄉風月都無賴，到處江山大底同。千里還家惟有夢，一生覓句不求工。但須努力加餐飯，莫問前途塞與通。

更漏迢迢欲睡初，關心夜者日之餘。詩懷近得江山助，客況徒憐骨肉疎。珍重此身惟老僕，消閒終日覓奇書。天涯銷盡輪蹄鐵，安得元龍氣不除。

莽莽乾坤著此身，衹宜唤作葛天民。刻成楮葉終無用，恨煞榆錢不療貧。有酒胥毋多酌我，熱炊畢竟不因人。幾回欲作唐衢哭，猶向樽前强笑顰。

八月秋高天氣清，英才幾輩快登瀛。劇憐埜鶴飛無侶，衹有秋蟲語不平。胯下王孫甘忍辱，眼中豎子竟成名。唾壺擊缺渾閒事，懶把雌雄七國爭。

【校記】

〔一〕『兩』，疑當作『雨』。

〔二〕『偏』，原作『徧』，據句意改。

〔三〕『苦爲』，疑當作『若爲』。

古意

大造所以大，以能容萬物。物類本不齊，有伸先有詘。芝瑞世所稀，荆棘長芒茐。麟鳳安在哉，梟獍肆强倔。君子困泥塗，小人被袞黻。福善而禍淫，此理今已不。勸彼達觀者，毋爲久鬱鬱。

生年誰滿百，憂思正難忘。不惜七尺軀，雞狗且得將。道路歷奇險，妻子天一方。途人爲骨肉，親戚遥相望。功名不稱意，傀儡羞登場。齀寒倚翠袖，誰爲公子裳。夜深常苦吟，凄切如寒螿。泛然慰藉語，徒令增感傷。寄言有志士，努力休徬徨。

酒是消愁物，奈我愁多何。醉醒既徒然，對酒聊當歌。自顧七尺軀，俛仰隣幺魔。笑啼所不敢，隨俗甘唯阿。不退不能遂，歲月徒蹉跎。丈夫在四方，壯志寧肯磨。安得知心人，相觀之謂摩。停杯更起舞，起舞形婆娑。

知希世所貴，憂心何悄悄。翠禽炫羽毛，所以被繒繳〔一〕。不見藩籬鳥，飲啄自無擾。艾灼與蘭焚，此理胡不曉。長夜有時明，紈褲終餓殍。但葆堅貞節，淑女含窈窕。昂首向天外，莫學巢父掉。

烈士重功名，儒生貴知道。江河勢日下，立身苦不早。多文以爲富，不貪以爲寶。先天與後天，永把寸心保。何必好神仙，何必言黄老。高吟足爲樂，浪醉玉山倒。荒冢何纍纍，富貴霜殺草。勸彼名利客，毋爲苦煩惱。

今日既不樂，明日復不懽。朱顔豈可駐，何用空長歎。蜀道有時易，莫怨行路難。懷中有長鋏，莫向朱門彈。尚父願持竿，子陵七里灘。或出與或處，行其心所安。棄置勿復道，努力勤加餐。

【校記】

〔一〕『繒』，原作『繪』，據句意改。

放歌行

蜀道難於上青天，側身四望心茫然。遥知家在白雲邊，似隔潮陽路八千。秋風張翰蒓思牽，妻子歙門望眼穿。横波之目流淚泉，夢魂不到憂思纏。明月皎皎照我前，美人娟娟晴霞鮮。瑶瑲玉珮紛花鈿，瓊漿玉液觴飛仙。來如羣龍乘雲煙，乍如鸞鳳争騰騫，去如笙鶴升蒼元。卻顧起立何翩躚，我持酒瓢舒吟箋〔一〕。太乙攜我乘青蓮，直上霄漢心如懸〔二〕。下視六合相鈎連，發狂大叫聳吟肩。仙人呼到海棠顛，赤城霞起華枝妍。宿酲未解猶酣眠〔三〕，我將移住蓬萊邊。皎如明鏡光團圓，從今不辭沽酒錢。儘若長鯨吸百川，長吟短咏不計篇。

【校記】

〔一〕『酒瓢』二字間原有『洎』字，係衍文，今删。

〔二〕『霄』，原作『宵』，據句意改。

〔三〕『酲』，原作『醒』，據句意改。

中秋感懷

鐵板敲殘子夜歌，每逢佳節易蹉跎。事同畫餅何勞説，人爲思蒓興倍多。梓里料應饒月色，萍蹤無定逐風波。小姑獨處清溪曲，空自含顰喚奈何。

最傷神處是清秋，莫上元龍百尺樓。長篴有情隨過雁，仙槎無信問牽牛。蟲聲滿地客愁警，月色一庭霜氣浮。可恨故園少消息，今宵也憶遠人不。

丙子新正四日與居停長公子乘騎小遊，即事有作

輕寒陣陣壓朝暾，匹馬行行出郭門。黔首儘多蠻氣習，褐衫椎髻似嗁猨。

土著從來不好奢，也無歌管也無花。呼盧喝彩知多少，贏得青錢入酒家。

曲巷斜穿過酒坊，高低瓦屋不成行。桃符亂貼原無定，名紙家家有數張。

拜賀而今有底忙，兩三遊女門新妝。插花滿鬢低頭過，知是去年初嫁娘。

馬蹄蹴踏過頹垣，問柳尋花又一村。飽看田家好風景，滿山晴雪寂無温。

茆屋蕭疎接短簷，老人捫蝨背朝陽。一渠緑水閒無那，流過前溪到別莊。

燕麥青青柳綫長，平疇一望菜花黄。前村可惜難沽酒，爛醉田間也不妨。

乘興南遊復向東，江城如畫住當中。花鈿粉黛誰家女，穩坐肩輿去若風。

一鞭隱隱雉城隈，菜圃瓜畦次第開。古塔森然插霄漢〔一〕，相攜散步梵宫來。

迴欄曲檻幾迴遭，小院陰陰春日高。花雨溼衣藤礙路，此間差可息塵勞。

海水南看直接天，離離草色正芊綿。王孫何日復歸去，悔煞閨中又一年。

遊遍街頭總閉門，雞豚宴賽古風存。大家具有團圓樂，争奈離人欲斷魂〔二〕。

城郭依山路不平，夕陽欲下暝煙横。終朝衹遇閒花草，可笑春風太瘦生。

迎得春來未見春，無言桃李總含嚬。歸來偶遇藏春塢，婀娜紅梅欲笑人。

到底癯仙興不孤，天心數點見真如。會須覓取雲林筆，次第商量入畫圖。

【校記】

〔一〕『霄』，原作『宵』，據句意改。

〔二〕『斷魂』，原作『魂斷』，據用韻乙正。

立春前二日，各宮觀魚龍雜戲齊集縣庭。次日迎春，東郊行慶施惠，簫管嗷嘈，金鼓震地，士女如雲，四方畢集，縱觀之餘，得詩二十首，聊誌一方之風土云

太史承時報立春，江山風物嶄然新。催科不急干戈靖，長喜身爲聖世民。

麟書正月紀春王，潤色昇平舉若狂。恰是新晴好天氣，銀花火樹一時忙。

難得時清長史賢，買鐙不惜費金錢。魚龍雜戲攙簫鼓，亂舞公庭喜欲顛。

綵仗如林取次排，胸前個個繫銀牌。馬蹄蹴踏人聲沸，先到西城第一街。

綵輿露坐望如仙，幾曲雲璈裊篆煙。有脚陽春行過處，黃童白叟總嫣然。

安排鹵簿向東郊，帽影鞭絲拂柳梢。好是華林看馬射，春旗芝蓋色相交。

囂聲隱隱到城南，八駿驕嘶金勒唅。争比探花齊赴宴，肯輸春色十分酣。
金鼓喧闐更向東，遊人争集府城中。大家迎得春光好，含笑歸來喜氣融。
列隊雲屯未放休，紛紛遣下四牌樓。從官次第安春畢，準備明朝出土牛。
見説遊春興倍奢，近城十里路非賒。隔隣女伴頻來約，趁此歸甯阿母家。
滿城士女盛如雲，十字街頭路不分。纔覺香風吹過去，瞥於簾底覩湘裙。
未應一顧便傾城，癡絶王孫住又行。簾外看人渾不見，簾中青眼自分明。
豈須金屋始藏嬌，宋玉東隣意也消。無數花枝都解語，教他過客眼花撩。
誰把街名唤湧泉，珠緑井裏未應懸。姚黄魏紫皆真色，燕瘦環肥總可憐。
多情畢竟有情癡，顛倒無因步步遲。臨去秋波幾回顧，此中心事倩郎知。
夭桃穠李本無言，障著阿娘半倚門。知否自家行坐處，許多客子爲銷魂。

猩猩同惜奈何天，獨有渠儂倍可憐。脈脈含情誰比似，鏡花水月兩無緣。

豈是卿卿不解愁，生憎鸚鵡在前頭。又妨辜負郎情重，故曳紅裙露半鈎。

誰與靈均共目成，楚騷哀怨不勝情。將身願化金條脱，纏著佳人過一生。

者番如火復如荼，一幅行春好畫圖。莫怪旅人争嘆賞，此邦原是小成都。

或惠靈石一座，瘦古可玩，戲爲一律以紀之

石不能言者，渾同太璞然。傲人真有骨，生小恰如拳。微徑蠶叢闢，嵌空蟻曲穿。依稀臨絶巘，活潑養靈泉。俛坐形如拱，孤撑勢欲騫。苔痕迷點點，草色思綿綿。卧對宜宗子，兄呼學米顛。蓬萊原咫尺，好去覓飛仙。

苦雨

天公今年洗欃槍，十日九雨一日晴。道上泥淖深一尺，商羊舞罷鳩婦鳴。青苔斑斑長及榻，白魚潑潑跳進城。縠洛格鬬怒不息，田家占驗常思庚。野水汗漫入人户，低田瀦澤高田傾。禾

黍痿黃如中酒，蛟龍起蟄猶鏖兵。聞說濱河苦陷溺，民其魚矣秋稼平。大屋横沈蜃怪驌，鹽舸登山猿鶴驚。嗟嗟天意殊不情，故以災異殘民生。去年赤地久不雨，害稼虫作春蠶聲。譬當久病更遇毒，膏肓不起如秦嬴。我欲抗疏挽天意，草莽微賤殊無名。留心疾苦有刺史，坐論燮理歸公卿。忽然語罷却自笑，飛湍聒耳方雷轟。

青石溪四面皆高山，館舍地尤卑窪。今夏多雨，潦水陷鎒及榻，命童子戽之，不可止。因嘆不清其源而治其流，猶治絲而棼之也

爨舍文明象，居高復面陽。如何卑溼地，翻作讀書堂。林密窗全黯，苔生榻自涼。豕圈高欲並，豹脚毒難防。秉燭蟲趨燄，抛羹蟻慕羶。緣階泥曲突，倚壁設胡床。瓦礙登樓觸，檐低老樹藏。肱横多並坐，庋置不成行。乍見頻相訝，安居亦淡忘。吾曹須努力，玉署待鵷翔。

館中即事示及門諸子

蜀國天原漏，霪霖總不休。閉門長似蟄，入夏亦疑秋。座上涼澆水，階除滑似油。盎盂盛漏滴，几榻濺浮漚。蹈隙潢汙入，薰臊穢滓流。下床須赤足，戽水覓蒼頭。泥淖堂坳積，生涯汙漫遊。跳梁憎土狗，緣壁厭蝸牛。潤積衾裯膩，煤生卷軸柔。先生真可笑，得句尚微謳。

哭婦詞并序

哀逝悼亡，近古多有，婦之而哭，無亦兒女態乎！然文緣情生，情真者文必摯；情緣境出，境迫者情倍真。僕屈子離騷，杜陵漂泊。宋宏對語，情不忘夫糟糠；張瞻歸來，自乃炊夫突臼。未學鼓盆之達，用傳激楚之詞。彼栞調瑟翕者流，其不譏其嗜痂也夫！

人間無計挽雲車，幾日秋風殞舜華。消瘦容光輕似葉，彌留氣息細於沙。癡情到死猶憐我，隱恨垂危祇自嗟。臨去不知何所往，但呼侍從食無譁。

從來造物忌傾城，君不傾城數合嬴。幻夢何堪成短夢，前生悔不學長生。遺簪墮舄紛無主，賸藥殘灯慘不情。痛煞嬌兒啼索乳，夜來風雨助淒清。

憶從稚齒便歸余，爲愛儂郎結習除。學作羹湯諳食性，躬親井臼課園蔬。慣持繡譜教翻樣，閒對青鐙伴讀書。雙宿雙栖雙燕子，那知比目羡池魚。

天上人間渺莫猜，更饒何處著愁來。羞眉縱爲家貧蹙，笑口終爲郎罷開。小草漸知懷遠志，奇花且喜放初胎。自從一折將雛後，乖板拗絃不住催。

記得當年初話别，無言早已淚雙垂。悄然向壁防人見〔一〕，凄絶深閨祇獨知。地阻尚能通好語，情殷先爲訂歸期。斷機未是樂羊婦，憔悴羞郎已不支。

巧婦難爲無米炊，賃廡孟氏且相隨。裹衣泣爲儂寒改，時食要餐饌味宜。醉態狂奴憐曲諒，勝時女伴約多違。諱貧勉製兒文褓，争羡葫蘆樣入時。

滿地槐黄錦水秋，名争似覓封侯〔二〕。無多行李勞參酌，賸有賠錢助遠遊。見説風波穿峽險，無端涕泗背人流。當時祝咐嫌饒舌，祇作閒文一筆鈎。

送罷征人益自悲，歸飛繞樹竟無枝。外家疣贅原非志，落第書來故學癡。阿姊都如花並蒂，新人况識寵新移。望夫欲作山頭石，織罷迴文意轉疑。

【校記】

〔一〕『壁』，原作『璧』，據句意改。

〔二〕此句脱一字。

爲范某題山水帳檐

溪山深處水雲隈，結個茅亭亦自佳。風雨時時清興發，呼僮隨步抱琴來。

滿山江樹滿林秋，一葉扁舟自在流。我憶嘉州江上過，依稀風景足夷猶。
難得幽溪入畫圖，殷勤妙手覓倪迂。卧遊倘讀《吴船録》，何似君家范石湖。

賀壽詞

五馬從天下〔一〕，賢哉老使君。來從菊花節，出帶楚山雲。峻望儀曹肅，天香貢樹分。下車纔幾日，輿兆自欣欣。
政不多言尚，惟公務力行。思鋤大本薙，用撫聖人氓。案静無留牘，官閒祇勸耕。讞餘翻不喜，知爲得其情。
馭史無他策，嚴明兩字中。夜巡常踏月，冰語競從風。鑑藻盆難覆，苞苴路不通。蒲鞭懸有日，殿最早論功。
俗厚鴞音革，箴民握智珠。糟邸封麯蘖，博局毁樗蒲。輕騎巡邊徼，聞雞矢壯圖。魯靈光在望，枉駕造其廬。

仁者原多壽，新添海屋籌。上元過兩日，多士祝千秋。鐙合金錢買，香宜玉斝浮。况兼三月潤，春色看從頭。

春酒羔羊地，稱觴興倍高。彩筵玉陪樹，列座焕銀袍。疆任瞻蜺節，池高有鳳毛。萬民翹首處，仙管響雲璈。

叔度來何暮，星輝一路鮮。呼庚籌未雨，保甲靖祥煙。執法風裁峻，論文月旦圓。精神徵福澤，湛露聖恩綿。

大鳥山林外，多年笑不鳴。地偏尋小酉，竽濫頌長庚。久擬蘇天戴，剛爲錦水行。蒼生望霖雨，我即一蒼生。

【校記】

〔一〕『從』，疑當作『縱』。

偶有所書，筆大不良，事畢追憾，口號一首

毛錐不稱用，僅足恣塗抹。有時臨大敵，强項力難挫。譬如頑劣奴，終日司屑瑣。欲將大

事托，隕越失常所。善書不擇畢〔一〕，古人乃欺我。人無有不善，持論亦大左。用人如用筆，創論獨許可。用筆如用人，棄置復良叵。我筆既勁散，我奴更么麽。八九不如意，敗事數尤夥。何時得當意，蒐才獲藺頗。珊瑚十八架，縱横不偏跛。

【校記】

〔一〕『畢』，疑當作『筆』。

紀夢

書生夢幻大迷離，古典龐拗字字奇。高據斗竿悄聲讀，阿爺嗔督似兒時。

阿連散塾挾書回，我踞竿頭注目催。猴栗灣中疑有虎，教他趨向嶺頭來。

中庭羣從樂嬉嬉，聽話蓉城百事宜。偎近玉英肩畔立，依然笑靨逗雙眉。

淡妝疎服似耶非，小步輕盈月影微。笑向小姑尋濯粉，曲身長跪浣郎衣。

嬌憨意態總如生，出語差池漫不經。豈爲羞儂輕白眼，霎時飄散更無情。

幻夢依稀擾太清，死生離别總關情。無端鈎起羈人恨，怕聽街頭鼓柝聲〔一〕。

【校記】

〔一〕『柝』，原作『拆』，據句意改。

己卯除夕

今歲人猶昔，今年歲又除。情懷傷老大，得失問誰渠。紅友聊拚醉，青鐙重起余。隨身無長物，羸得幾囊書。

遥遥千七百，遠路憶家山。父老知何處，嬌兒失所攀。一身萍梗泛，幾輩錦標還。三十猶如此，何堪歲又闌。

大被同眠久，分飛我獨遥。團圓思共飯，塊壘漫相澆。入耳皆歡喜，凝情總寂寥。爲防人冷眼，紅燭也高燒。

爆竹聲聲徹，金吾弛禁時。侍奴皆得所，獨客自相思。身世渾如贅，頭顱亦可嗤。明年當此夕，知復遣新詞。

冉氏銅鼓歌

周宣定鼎無偏頗，鑿十石鼓留山阿。漢家丞相鑄銅鼓，南蠻歲祀仍摩抄。西陽土司胡爲者，以銅爲鼓聲如鼉。憶昔夔巫始開拓，巴渝直下江有沱。地志酉陽武陵郡，犬牙荆楚相切劘。有唐一代錫土宇，分析疆境無差訛。駙馬人才總徒旅，涪彭逆上趨牂牁。密箐深林既栞定，世守帶礪銘山河。歷宋元明歲修貢，丹書鐵券良足多。聖清垂光改流品，設官分職争濯磨。涵濡沐浴百餘載，衣冠文物齊魯科。往時髮逆肆蹂躪，獨以幽僻無驚戈。豈非神勿解鎮靖〔一〕，疑有山鬼相護呵。祠堂庋置等刁斗，亦有鼓在潭之渦。土人不識號鐵統，勢欲例以南越佗。子孫流傳失其實，誣厥祖考將如何。邇來外侮苦侵軼，法夷甫靖旋防倭。歲輪金幣罄川岳，魏降拱手方言和。廟謨宵旰弗遑暇，時艱軫念成廢痾。安能敵愾起藩屏，部領便卒趨炊鍋。長槍大戟奮驍悍，坎坎伐鼓驚歐羅。吁嗟乎！良玉錦袍竟何有，巴蔓子首今已陀。輪機戰艦日糜費，坐耗歲月羞皤皤。感時撫事三太息，拔劍斫地徒悲歌。

【校記】

〔一〕『勿』，疑當作『物』。

不能忘情吟 悼侍女李紅熺。

春林時鳥歸，春園花欲飛。大命一朝歇，孤冢誰能晞。壬辰在嘉陽，官署局遊躅。晴郊看馬射，乘輿動幽矚。是時之子來，弱齡十有二。扶持小兒女，瑣屑逐嬉戲。夭桃顔欲紅，偏得家人意。盈盈日以長，縫紝學炊饟。勤能舉家譽，聰慧戚姻獎。大婦有成言，平生共蘋蘩。形影誠相依，恩義矢勿諼。豈伊命不猶，肅肅抱衾裯。守禮不當夕，見客仍包羞。人事忽遷變，歡娱難可戀。縣官遭詿誤，余行覓安硯。門人方遺伻，趨我真溪行。謂言所親厚，求友篤嚶鳴。既或悼遐遠，又將完子婚。兼負同舟約，濡涊勞注存。惘惘別家屬，悽悽赴省門。稚子苦號踊，相欣爲淚吞。吉凶有先兆，憂心徒悄悄。耳目所覯會，惝恍雜紛擾。省門逾久睽，横舍覓故悽。同人慶蓋簪，見賢猶思齊。逡巡度餘歲，元正開酒例。朋好競招邀，談經氣猶厲。梅花開又落，獨居感離索。春風二月寒，愁緒一朝惡。舊交季子來，昕夕共徘徊。氣撼岳家軍，經術見疑猜。余方作調人，杯酒見天真。既爲東隣喜，或致西舍瞋。平生堅道誼，詎復有他意。顧余失精爽，髣髴鬼神伺。怪幻難究詰，聽覩紛岐異。以兹喪神守，惝恍百艱試。同人相扶將，扁舟返嘉陽。入門見妻子，戚戚增感傷。方幸遷喬喜，仍復意迷茫。佯狂不自止[一]，三醫猶未已。侍候盡劬瘁，日夕勞之子。瑣屑日萬端，巨細煩經紀。勤不敢告勞，歡言寸心屺。逡巡屆初夏，參伍豈遑暇。新婦入門來，嘉羞論酒價。余疾寖有瘳，重作錦城遊。檢點載行李，扁舟共泝流。舟行廿餘日，左右屢綢繆。異事中心藏，逆風阻黎頭。停舟覓寓宅，蝸舍何偪窄。輾轉竹杌間，有如駒伏軛。炊珠且析桂，巧婦難爲役。惓惓思老子，百計圖甘旨。豈敢見顔色，惟應累爪指。醫藥日盤桓，剥理尋循環。痼疾豁如釋，忽復人世觀。赤緊故人署，招遊外江去。盡室卒以行，良資將伯助。賓主既歡洽，中闔猶和豫。歲月駸駸過，瓜代時無多。長鄉遊已倦，將奈鄰水何。相持作歸計，從違寸心繫。水陸千餘程，迴翔方睥睨。辦裝亦云急，幕囊苦羞澀。慷慨贈兼金，別淚沾襟溼。鼓枻下涪陵，長風五日乘。巴水一停泊，回頭百感增。涪江留信宿，小河仍接舳。牽挽與撐持，名灘寸尺蹙。力微戒旁牾，氣盡或退縮。死生呼吸間，噴薄駭漩洑。迤邐上龔灘，扁舟一葉難。利涉賴忠信，屢危終獲安。龔灘仍小住，予又他方去。一月甫歸來，憔悴疾成痼。病軀憐了蓰，提攜返故里。既難謀藥餌，那復論瀡髓。朘削氣彌留，膹息蠶絲委。分手孟秋時，九月始言歸。十月便永訣，黯然無一辭。卿來何所爲，卿去何所之。送余抵鄉境，即是長恨期。惻惻耿懷抱，悠悠姍來遲。

【校記】

〔一〕『佯』，原作『徉』，據句意改。

述懷

少年無大志，積好在詩書。思得佳山水，誅茅搆精廬。卉花雜種植，瓜果環所居。在城面場圃，右窪蓄池魚。養親有兼饍，時新擷園蔬。良朋猝然至，斗酒聊燕譽。親戚相遺問，言賈仍補苴。躬耕長子孫，不廢犁與鋤。事乃與願違，立身竟何如。弱齡覯多閔，所志不獲舒。中歲一失耦，生計日益疏。皇皇走四方，舌耕廿載餘。重賦求凰曲，侯門曳長裾。蓄德詎云懈，經訓仍菑畬。名場苦顛躓，囊橐亦空虛。思親具甘旨，方欲賦遂初。二豎忽見災，幻象紛辜挐。貲斧一朝喪，行篋如盜胠。邇來困調飢，常乏升斗儲。吾道豈非耶，聖言甯欺余。悠悠五十載，日月同奔車。感歎百憂集，勞豈萬事除。白面今已鬢，積念何齟齬。仰天三太息，搔首空躊躕。

思賢詠并序

敘曰：璞玉在山，彫琢乃珍。異材繁林，擇採期重。師友之所砥礪，宗工之所獎藉，人亦有然。故曰：『民生於三，事之如一，得一知己，可以無憾。』宸少長鄉里，鄙質無似，然幼服詩禮之訓，長蒙眄睞之飾，較然于心〔一〕，未之敢忘。病廢里居，度終不能有所成就，及今不述，重負當世賢人君子裁成之雅知人之明，譬猶骨鯁在喉而不能下也。謹依次各撰一篇，匪曰導揚盛美，亦聊以誌景仰於無窮耳。

族伯紹潙先生繼遠

伊余在髫齔，窅然豐其蔀。蒙養兄既端，執策從其後。《孝經》甫權輿，《詩》《易》亦上口。視履稟弗恌，歧嶷乃稱首。未蒙夏楚施，恒辱獎藉厚。弱歲博青衿，榮名期不朽。何圖抱一經，千金享敝帚。邇來訪遺址，侯封乃無有。風雨感山梁，猶憶循牆走。

族兄敬盦先生序義

吾家富文彥，行誼師實敦。詞賦固所尚，隸草亦見尊。負笈昔從遊，推分故忝恩。握管始判詞，穎異衆口喧。是時四方士，濟濟盈其門。謂余後來秀，斥改乃不煩。請業未云久，養痾返家園。逮忝涉庠序，尤辱優渥言。結念若難遏，在中恒注存。展謁儻有時，縱飲傾壺罇。質秌鑒無爽，商榷理許論。當其易簀時，冥騁詎不根。喆嗣足文重，元魁行見掄。九原信有徵，含笑愉精魂。

州牧貴筑張子敏先生秉埜

黔州實炎德，公實氣騰上。年少擢甲科，志意固豪盪。捧檄來蜀都，筮仕慕雲敞。棘闈分校精，試吏設施廣。及其蒞巴渝，青天萬人仰。遷擢刺吾酉，兵燹方擾攘。輕騎走騷除，事不勞轉饟。任賢勢轉逸，况乃厲精爽。投戈爰講藝，顧乃蒙激賞。切切語尊人，佳器大延獎。惜哉公去速，未獲親函丈。猶憶敦樸風，敝履跫然響。循吏古何人，千秋勞悵想。

學使翰林院侍講學士皖江楊禮南先生秉璋

扶輿鍾秀氣，公獨擅厥清。邈矣天人姿，修然物外情〔二〕。方其動主知，忠悃由性成。出典中州試，入則侍承明。使星光照蜀，持節主文衡。玉尺厲冰鑑，棄取何研精。終日坐堂皇，朱墨判有程。矧乃視察詳，庠序無奸萌。是時兵燹後，敦俗在厚生。四子鍥正本，小學仍風行。况其仿殿本，四史斠刻成。士林頌遺澤，不朽茲盛名。曾予末小子，猥茲激賞榮。奬藉至再三，嘉惠衆目傾。賜禮並帙箋，金馬書刀瑩。尺書遠迢迢，來自錦官城。殷勤屬聯語，勉以范與程。詞林最根底，文章猶所輕。凉德遞覯閔，未及舒至誠。自此一遭阨，遂陷棘與荆。忽忽五十年，憂患常交並。鎩羽羊公鶴，不飛亦不鳴。辱公知人鑒，肝膈常憤盈。風雨激哀吟，此恨何時平。

州牧胡若川先生圻

時俗震功名，仕宦崇利濟。儒冠或迂腐，致遠常恐泥。公實稱達才，誰敢譏畚泄。學術擅甲韓，依仁遊於秇。言人等藥石，鐵筆剽精鋭。行草師右丞，佐書法古隸。繆篆析源流，奏刀究神慧。當其刺州時，課士重根柢。案牘判無留，膏火有時繼。顧予拙劣姿，契拔每加惠〔三〕。

請謁倘有時，不復闕成例。風雅在國史，爛然照百世。

州倅隕吴寅谷先生昶

吴公實儒者，犖犖抱清節。西山寄閒曹，富貴中不熱。莳花繞階砌，修竹自成列。灌池四五尺，小航致幽潔。新法出佳釀，文史自怡悦。不速客恒來，風塵未容説。顧予離僮稚，存注心常切。罇酒細論文，珍饌簋貳設。遺我五色屏，書法信傀傑。公以卓行遷，中作十年别。公釋達州篆，余駐錦官轍。想見情倍真，徵往語尤覈。殷勤餉香秔，倩客著方訣。自云宰縣時，爲政他尠缺。獄囚告蒸甓，言之心尚結。即斯悟公仁，應堪風來哲。

州牧湘潭曾晴洲先生傳道

三湘號材藪，公實文正裔。卓哉庠序賢，從戎奮精鋭。功成獲上賞，西蠍方州制。蟊賊外侮除，荼毒民生衛。愛士重器識，仍不薄文藝。屢沾膏火優，乃復門牆隸。末俗深所耻，大節再三勵。去思方未弭，牙役喜重泣。餘人絶關防〔四〕，招我函丈詣。學行豫敦勉，末乃詢身世。養疴寓巴渝，秋風覲蟾柱。同人紛請謁，辭病阻光霽。乃復容小子，婆娑覲私第。更屬兩公子，酒饌中夜繼。袖出一緘封，繾綣朱提惠。云此清俸餘，賦閑肘常掣。對衆且勿宣，此蓋出常例。持之不敢却，感激私欲涕。報稱苦末能，奄忽返仙轋。嗟哉夫子賢，簪纓祝無替。

王天航太先生 樹

惟公實秀出，早歲擢乙科。試宰中州日，四郊軍壘多。乘城冒矢石，劍珮鳴相磨。功成既策勛，爲列寧有他。洊擢二千石，假手司斧柯。憲司調賢員，移官向江沱。酉陽苦磽瘠，爲政信不苛。眄睞及賤子，推轂理不阿。猥使代筆札，豈惟宣詩歌。久矣潭潭度，體胖腹亦皤。夫惟壽者相，是以神志和。惜哉治不盡，尋復遭坎坷。試律乃所欣，一卷常自哦。雖凝鼓吹聲，受福豈不那。

李郡侯先生 承鄴

炎方出名材，橚槮挺直幹。兀然絶攀附，卓立凌霄漢〔五〕。矯矯李刺史，力果氣愈悍。匹馬行陣間，殺賊能犯難。薦擢千夫長，視若羊頭爛。投戈仍講蓺，書生重伏案。拔萃羣既超，秋闈蝨仍貫。致身二千石，勢欲凌絳灌。一麾二酉來，風骨森傲岸。剔蠹間不容，勤官食常旰〔六〕。伏莽單騎擒，積牘五花判。任賢理不勞，宓子儼同貫。伊余實孱劣，抽擢自里衎。錫宴屢見招，推轂得所館。徒步每見訪，沈滯愈咨惋。清談輒造室，留飲至日晏。惜哉直道行，大府易冰炭。屈節總戎行，譬夕何時旦。

王壬秋先生闓運

異才不世出，隆名匪倖致。湛湛湘水深，鬱鬱衡山翠。旁魄負神明，菭合發輝媚。吾師實人傑，睥睨輕一世。戴席重已多，鹿角折尤易。遊梁等司馬，過秦同賈誼。詎惟閉户精，當道盡羅致。緊惟石室彦，文翁實張幟。蜀才壘相繼，斯風豈云墜。尊經建學堂，折簡拔其萃。卓哉丁文誠，束帛戔戔畀。講席既云臻，學派乃軒輊。門牆次第窺，階梯亦旋企。談經有專科，餘業更兼肄。豈獨芥青紫，大用在經世。嶽嶽顯名碑，胥爲廊廟器。嗟予信微末，絳賬忝曾侍。雖升夫子堂，入室良所愧。泥涂尚菭辱，連命敢云累。朂哉道德光，吾寧獨憔悴。

【校記】

〔一〕『較』，疑當作『皎』。

〔二〕『修』，疑當作『倏』。

〔三〕『契』，疑當作『獎』。

〔四〕『餘』，疑當作『除』。

〔五〕『霄』，原作『宵』，據句意改。

〔六〕『旰』，原作『盱』，據句意改。

不見

不見李夫人，幽傷漢殿神。歡愉曾有幾，險阻若爲鄰。借爾愁先悴，無言意轉親。曇花剛一現，何處喚真真。

蟋蟀

蟋蟀爾何意，生涯詎有求。潛行如養晦，苦調自吟秋。不分棲離落，還勝逐斷郵。最憐風雨夜，冷落爲誰留。

亦知

亦知重無益，其奈兀愁何。得失皆由運，枯榮枉見苛。身閒家轉累，計拙意偏多。獨有遊僊夢，勞生暫息柯。

放歌行

丈夫五十無名位，枯坐窮山空識字。百年事業已半非，七尺昂軀欲何寄。舟車歷歷經險阻，筆硯勞勞耗精氣。好從紫府覓長生，歸來再閱人間世。

人生不過百年耳，神形悴衣食妻子。營營擾擾去來今，忽忽悠悠老病死。今我已晤昨者非，云何不念今之是。但令飲酒讀道書，與造物遊願足矣。

和四弟子馭有感四絶

團圓兄弟一家春，慘惻情懷敢重陳。我悔蹉跎親已老，飛騰捨爾更何人。

昔年相聚一燈青，愛爾風神玉樹亭。今日不堪重想像，幾多前輩幾零丁。

朝雲化去渺何方，記否當年赴採桑。送我歸來剛永訣，招魂愁殺遣巫陽。

皓月方西日正東，泥金專望帖書紅。傳經我尚憐兒輩，猶未傷麟怨道窮。

月夜聞歌

子夜清歌徹耳聞，聲聲嘹亮上干雲。無端觸起豪華夢，紅錦纏頭笑語温。

嘉州小鳳娉婷質，僰道王郎窈窕身。一自深山歸隱後，不堪重説玉堂春。
歌舞當筵得意時，酒如琥珀瀉金巵。寂寞故園追憶起，伯勞啼上最高枝。
廣筵絃管一時開，玉蕊瓊英簇擁來。閒與内人談往事，不堪西望首重回。

得珏兒書

兩載拋兒婦，經年缺信音。書來盈數紙，價重抵千金。舊事重相觸，新愁復不禁。平安語妻子，聊用慰勞心。

即事

擾擾平生未了緣，艱難莫辦買山錢。偶因病廢催歸棹，衹使居貧有薄田。耕鑿何曾供八口，牢愁兀自聳雙肩。近來新覓棲枝地，涸轍能蘇已隔年〔一〕。

【校記】

〔一〕『轍』，原作『輒』，據句意改。

夜坐

暝色樹蕭騷，閑情黯鬱陶〔一〕。年華急絃矢，雨雪下林皋。長路書難達，寒燈燄不高。夜窗犖坐處，兒女語嘈嘈。

【校記】

〔一〕『閑』，原作『間』，據句意改。

有感

著書苦不就，壯志任消磨。歲月拋人去，功名失意多。淮陰嗟一飯，杜老直高歌。學道誠吾分，謀生奈若何。

即事

風月黯柴扉，寒鐙冷燄微。古人千里遠，遊子幾時歸。坐久依爐火，貧深盡篋衣。凄凉向誰訴，裘馬憶輕肥。

書後又作

謀生計苦拙，學道志仍堅。行誼難移俗，生涯衹少錢。一編聊適己，萬事且由天。七尺非金石，甯禁百慮煎。

日落

日落暮雲生，黄沙莽莽晴。秋存榆塞意，人語稻田聲。世分甘長棄，吾甯謝耦耕。惟餘一尊酒，持以慰平生。

失題〔一〕

平生蹤跡劇悠悠，歷遍山程與水郵。到處雲煙虚過眼，廿年風月憶從頭。依人那便逢羊叔，作奏誰能識馬周。檢點昔時舊箱篋，旋温行紀當重遊。

【校記】

〔一〕詩題爲整理者所加。按：此詩原接排於《日落》之下而無詩題，然味詩意，與上題無涉，當爲佚題之作。

黯黯

黯黯思無邊，悲秋又憮然。稻舂拚一飽，酒貰辦千錢。吾黨誰狂狷，他鄉屢罣牽。壯心銷未得，留作夢中緣。

饑鷹

饑鷹不受縶，平野况深秋。風緊難催角，煙稍欲脱韝〔一〕。蕭閑梳雪羽〔二〕，顧盼轉星眸。何日張强弩，東方騎上頭。

【校記】

〔一〕『稍』，疑當作『銷』。

〔二〕『閑』，原作『間』，據句意改。

秋蟲

秋蟲叫寒月，何事不平鳴。調苦憑誰訴，懷悽得酒生。一鐙孤坐夜，千里故人情。健在嶒峻骨，猶思賦遠征。

秋夜不寐枕上作一首

九月蕭霜霜天高〔一〕，欲雨不雨風怒號。半夜乍聽如驚濤，猶似逆流撑强篙。何來遠韻相詰聱，髣髴春禽啼林皋〔二〕。虜騎逼境揮弦刀，趣卒築堵剜牆壕。老驥伏櫪拳屈毛，烈士遲暮增牢騷。布衾無温填緼袍，展轉反側卧不牢。歷歷細數身所遭，百慮猝起來煎熬。明珠墜海那可撈，逝川歲序流滔滔。半生志業嗟徒勞，妻孥乏食空嗷嗷。寸籌莫展同兒曹，俛仰隨人猶桔槔。猛將就縛蟹去螯，縱有意氣不敢豪。公子吕望爾何曹，晚與杰俊争翔翱。時耶運耶非可逃，行拂亂爲堅持操。視爾疥癬何腥臊，秋風疾厲鷹脱絛。羽翮健舉博六鰲，何能出没甘蓬蒿〔三〕。

【校記】

〔一〕『蕭』，疑當作『肅』。

〔二〕『髣』，疑當作『髴』。

〔三〕『蒿』，原作『高』，據句意改。

五日憶四弟子馭

共客曾千里，論情倍覺真。催歸仍兩地，想見苦無因。蒲酒臨佳節，椿暉照此辰。持觴不下咽，獨自淚沾巾。

述感

饑驅迫我苦奔馳，慣挈妻孥走路歧。皿具家常增又棄，詩文藁被竊無遺。人侵舊業如無主，債累新添未有涯。五十年來成底事，空令白眼笑書癡。

山居岑寂，憶舊遊一首

山居苦無悰，巡欄騁遐矚。平疇汎遥青，遠樹靚新緑。暝色間霽餘，生煙吐層谷。鳴蟬無停響，初禽鶩投宿。雖存棲隱懷，已畢遠遊足。感時怨不材，即事悲伐木。身縶神奮飛，潛焉亂心曲。

代朱雨棠孝廉題朱月卿太尊照像團扇

朗月團圞入握中，奉揚黎庶慰仁風。分明照出莊嚴相，莫誤前身是放翁。

一家華胄認鬚眉，想見澂懷静坐時。但祝蒼蒼長不改，料勝色綫繡袁絲。

李花詞三首録二

東風力尚微，穠李門芳菲。無言桃女怨，乘霧洛神歸。分作尋常看，飄零願早違。

芳艸緑如茵，含和暗慘神。傷春應有淚，瘞玉已成塵。年年寒食酒，還思酬一樽。零落歸何處，香泥艸自生。桃花同薄命，梨雨損前身。繁華有消歇，開早却無情。

健兒行紀夢也。

健兒被縛白雪膚，利刀割剸氣若無。瞋目大罵癬疥徒，欲殺而翁其速諸。市人集視咸嗟吁，傍有壯士顔色殊。腰佩長鋏清而癯，睨視不語心膽麤。健兒解縛無斯須，屹立不動紫血濡。壯士起身跳且驅，不知意欲何所圖，儻乃惡傷其類乎。又有三五桀黠雛，絡繹來往爭伺狙，切切耳語未肯輸。欲俟得當劫以逋，勢輕吏卒皆庸奴。嗚呼汝曹狀貌信可夸，昂昂儼若千里駒。所犯何者未被辜，圖恥未雪猶炭塗，士卒遒散軍乏樞。何不將爾跳梁果敢之氣力，一爲結黨趨强胡。夾谷盟歸魯侵地，歸來與爾分竹符。

夜苦蚊蚤，作詩排之

盛夏違清和，炎蒸漸相迫。時雨灑芳原，草木浄逾澤。遠山晴翠多，尚想蠟雙屐。禾黍蔚園林，窗户漾新碧。儵鱗集萍藻，池水深數尺。清境信可娱，䵍䵍日忘夕。更漏既已深，拂床展茵席。方擬華胥遊，近在莊周宅。紗幬甫輕颺，飛蚤入無跡。蹈𨻳潜噬膚〔一〕，殷殷肆攢螫〔二〕。况乃蚤尤夥，捫捕渺難獲。往復無定蹤，變每生肘腋。攪擾五内煩，帚搚更何益。譬如近宵小，積毁不能釋。又如困荆棘，牽挂勢尤劇。更若時勢艱，束手嘆無策。感兹毒中腸，乃爲貧賤厄。何不學仙道，虚室静生白。俗塵不可到，絮雲以爲藉。丹穴永無垢，飱霞煮白石。

【校記】

〔一〕『潜』，疑當作『潛』。

〔二〕『攢』，疑當作『鑽』。

迎秋詞 辛丑六月念四日。

大圜升降張四游，寒暑遞嬗無停留。鸝鳴蟀應各司序，乘時消息何所休。春來熙熙物前動，盛夏長養鬱蓊茸。落實取材正其時，萬寶告成嗇司諗。大火西流光浩浩，太昊司權氣流灝。溽暑斂威煩鬱退，仰睇金天紓素縞。駕白駱兮載白旂，迎秋西郊征行師。貙劉先驅服不若，明堂賞罰無偏頗。順天者祥逆天戾，執一守中神所義。百靈翕合奉豐宮，環拱樞垣億萬世。

曉望

雲海沉沉曉日深，洞天高處望分明。無端憶起少年事，遠驛寒雞趁早程。

年少朋儕相謔浪，曾言過海是神仙。於今渾坐雲端看，未識人寰海那邊。

驚蟄前二日飲茗得新味，率賦

兒時聽唱採茶歌，識得家山氣候和。種植每懷先輩意，劬勞猶念母親多。利權轉販操中土，導利甘香伏衆魔。一夜春雷試新味，果然居士在茶坡。

偶憶樂山縣署書館〔一〕，書以誌之

昔年蹤跡寄龍遊，卅六梅亭記得不。信是仙緣真境界，到時那憶幾生修〔二〕。

【校記】

〔一〕『憶』，原作『億』，據句意改。

〔二〕『憶』，原作『億』，據句意改。

偶囑

春陽悦芳心，時鳥弄好音。近睎桃李園，遠攬雲木陰。農耕語互答，童冠嬉且諶。睇巢返新燕，曝檻憩嘉禽。婦子遞營作，餢饟還烹飪。兹土良足懷，薇蕨在山岑。已往不可追，聊爲楚狂吟。

州城試院讌雅率賦

到此渾如别有天，雪泥鴻爪記前緣。卅年蹤跡看如夢，今日蓬萊小結仙。院内有書皆祕集，座間無語不真禪。要知此去皆劉阮，莫笑陳郎作酒顛。

初入州幕作

已分長淹廢，嘉招重入城。林園如有約，童稚亦知名。樹老壓窗碧，堂深納岫明。前遊重記取，何用證三生。

憶昔同文會，於茲賦小園。昔猶傍牆宇，今得啓齋軒。野興饒相適，閒情靜不宣。略如陶靖節，得意欲忘言。

州署偶書

沈沈官署等山莊，洞壑陰森渺漢唐。曉起虛窗無箇事，枇杷花細送幽香。

嘉州城中老宵頂，在府署西龍頭山側九峯書院之後，一峯插天，層樓高聳，俯瞰長江，全城在目。元宵燈火尤極繁華，士女闐咽，香燈夾道，木魚梵唄與喧佛聲和雜。予以癸巳元夜登遊，目極其盛。今溯前蹤，漫爲長句云

元宵鐙火燦繁星，士女如雲步上層。回憶十年前舊事，欲乘黃鶴再飛昇。

無題

前生不憶已今生，得失榮枯尚自明。底事近年親歷事，自家追溯不曾清。

浮雲富貴意如何，説到沈酣近入魔。回首當年歡笑事，尋常便自入悲歌。

是仙是佛是耶穌，九氏門徒笑我無。我自有心人不識，那客才子比迂儒。
自笑此生休問天，不儒不釋不爲仙。不是尚嫌知己少，竟無人説到心田。
帝王卿相非常事，未必無心竟嬾爲。大任加時擔荷重，更難比似作書癡。
天時人事日相催，又見兒曹轉寄書。五十餘年成底事，尋常醉作百年猜。
尚餘故老兩三人，一度相逢一度親。更待百年能有幾，料應不是等閑身。

謝馬生見惠洞簫一首

偉矣昆明彦，名駒騁絶塵。翩翩離濁世，矯矯度重津。沿署趨庭日，川疆接軫晨。論心原久契，把臂劇無因。幸我連枝彦，爲君問字人。思雖阻葭水，情不隔山榛。見説空山老，曾參上座賓。豪情雖盡減，逸態顧猶頻。乃剪平溪竹，勞披嶰谷珍。製裁雙管玉，刻畫數鈎銀。遠道殷懃致，深情次第陳。新詩如脱口，妙筆更通神。慚乏秦樓技，虚塵漢殿新。拜嘉誠鄭重，展玩復逡巡。瓊報嗟何有，銘情那便伸。牢騷吹屈子，儀鳳祝虞臣。得寶歌徒似，聆音愜愈真。梧桐凉月夜，楊柳曉風晨。譜調偏能叶，評量總見珍。塵緣渾欲遣，老境覽愈親。文字原非偶，才華饟愧貧。曲難工古奏，辭敢和陽春。漫擬推敲意，聊憑感激陳。他年聲雅頌，香火侈傳薪。

附馬生原作

未見先生面，虛存景仰心。屏山聊截竹，遠道拜知音。

輓鄉泉景太尊

萬姓驚垂泪，傷心矢去思。猶廛瞻使節，詎忍覩靈輀。遺愛頌何及，遥聞赴尚疑。翠屏山下水，嗚咽峴山碑。

年少貴公子，分符入蜀都。雙丁垂美譽，二酉逞洪圖。白髮依依老，丹心耿耿輸。牢盆亦曾筦，終不溷膏腴〔一〕。

矯首鳴珂里，楹書纍葉香。詞林鸞掖價，符竹豸華場。濟濟珪璋貢，森森箾筈揚。豈惟沿縣譜，到處有循良。

竹馬重迎日，神猶矍鑠驚。風觀慚後勁，月旦忝前名。遽失高山仰，空悲逝水情。束芻奉渝幙，惻惻響銘旌。

【校記】

〔一〕『腴』，原作『腴』，據句意改。

漫興

著書從古屬窮愁，似我窮愁大可羞。志道耻談衣食惡，爲生終拙稻粱謀。素心自計何曾副，丹訣長生未得修。空歎元龍豪氣減，近來不復更登樓。

廿年饜食錦江魚，扶病歸來萬念除。繼晷無膏休夜課，就隣乞米轉心虚。兒童長大稱名誤，親故凋零結識疎。獨喜高堂親健在，祇慚甘旨未能儲。

莫信安危道不窮，今番時事强難同。親情相見無顔色，里嚽難偕起訐攻。貧似相如歸蜀國，困踰項羽返江東。猶饒族黨無尤怨，酒炙招邀慰乃公。

十載窮經願已虚，更何文廣國華舒。資生賴得二三子，處事惟憑朝暮狙。庾信懟妻情愧爾，杜陵稚子乞愁余。自慚老大成何用，飲水蕭然讀道書。

平生意氣忽錢刀，底事人前興不豪。自爲囊空新斷酒，更無文賣懶揮毫。薄田已典猶餘債，長物雖留慣未高。謾語昔年恩怨事，炎涼世態付鴻毛。

太息生平淡定心，世緣恒淺道緣深。笙歌座上偏逃席，錦繡場中慣散襟。謝客性惟躭典籍，對人氣每帶山林。而今幸脱拘常習，但恨貧無術點金。

石門高處賦閒居，潦倒生涯飽蠹魚。載酒有誰問奇字，攜鑱聊自採園蔬。三杯濁酒心偏熱，千里良朋跡久疏。百歲年華剛積半，天應容我著甀書。

和李太尊卓如書感元韻

聖主龍飛荒大東，建瓴薄海衛皇宮。卜年卜世文周鼎，太息今番事不同。

南北重洋建帥旗，礮臺機廠廟謨貽。可憐應變全無用，不抵兒曹一局棋。

廷臣誰國爾忘家，分政西酋戀物華。不道禍機纏外戚，八旗子女化蟲沙。

魚池城火總成殃，誰遣天驕太桀猖。可笑文臣真愛死，伏誅青史不書戕。

話到興戎已膽寒，師無豫備禍無端。裹糧坐守觀成敗，盡道軍門虎旅桓。

征西無戰不成空，薦剡惟聞奏捷功。直到神州陸沉後，依稀猶恃夜鐙紅。
帝德兼容量本恢，中朝黨義自相猜。祇言恩怨分明甚，那管胡塵踏地來。
誰言西將盡能飛，糧缺軍單戰士稀。直到單于臨渭水，兩宮夜哭白登圍。
共道平章誤國何，舉朝鼎沸豕三訛。平心試問平夷策，築室惟聞議論多。
年來成敗細思量，一語銘心在自强。憂國憂民新立法，使君惠我福無疆。

問目

少年雙目似雙珠，左目偏明右久輸。試問重瞳誰借取，如今真目可還吾。
卌餘年事憶從頭〔一〕，此後紛紜判未休。要與箇中人語似，許多心力費推求。

【校記】

〔一〕『卌』，原作『册』，據句意改。

寄題宜仙閣

昔遊成都青羊宮，詩碑嵌入石壁中。遠視分明近迷漫，仙踪云自張三丰。今聞沿江宜仙閣，仙枕一石餘難同。盛暑時能却蚊蚋，卧看明月和清風。江流千古石不轉，神仙踪跡如崆峒。王喬好古據邱壑，裝點臺榭殊玲瓏。李尹作詩導先路，周郎顧曲序愈工。其餘題詠不勝數，牛腰卷軸堆成叢。李生謂我事吟咏，勝地那可裝癡聾。吁嗟乎！平生好道乏丹訣，學仙學佛俱無功。年來退老效蛛隱，未免頭腦嗤冬烘。眼力昏黄才力謝，愧乏奇語驚愚蒙。詩成聊用劚諸責，將毋笑倒邋遢翁。

附録

陳子馭同年《塤箎集》序

緬夫雒下機雲，飛英聲於典午；蜀中軾轍，追仙韻於長庚。秀毓一門，才稱二妙。古誠有是，今豈無之？若陳君子馭與尊兄子駿先生者，降精西谷，承學庚庭；世守青箱，夢傳彩筆。吐鳳而苞常燦九，食鷄而跗必論千。湖海共其豪情，塤箎叶其雅調。洵乎難兄難弟，皆藝苑之英翹；得筆得文，實黌宫之雋選也。予以同年之雅，得交於子馭。通家過往，近局招邀；尊酒論文，裁牋賭韻。且約青衿之侣，同聯白社之吟。觀其揮毫雨疾，得句霞飛；長離耀而百鳥斂其羽毛，清角鳴而衆工停其節奏。對壘而旌旗變色，當場而鼓吹彌豪。遂使兜率宫中，尊樂天爲教主；陳芳國裏，奉老杜以詩王。咸愧弗如，非阿所好也。暇乃出子駿先生遺著見示，迴環雒誦，擊節狂呼；字字欲仙，聲聲戛玉。《霓裳曲》只應天上，《廣陵散》固在人間。勝概豪情，想見唾壺擊碎；熏香拜祝，直教筆硯都焚。蓋先生於髫齔之年，負聖童之目。石麟識驗，雛鳳聲清。奇文見賞於宗師，出語每驚其長老。允宜驤首雲路，矯翼天衢。奏黃鐘大呂之音，作清廟明堂之器。而乃棘闈困躓，槖筆奔馳；名刺生毛，輪蹄銷鐵。谷子雲惟司筆札，樓君卿但致侯鯖。淹白雪之雄才，鬱青霞之奇氣。宜其唉嗢不平，鬱伊善感；拔刺斫地，呵壁問天。觀於《感懷》《古意》諸篇，權奇跌宕，大有凌謝超顏之概，磊落嵚崟。蓋澤古者深，故光芒冲於斗極；遭時不偶，故痛哭甚於唐衢也。而子馭者，才大於海，氣吐如虹。抱家國之憂，走風雷之筆。詠櫻花於三島，寫柳色於重關。縱吻成瀾，因心振彩。燈挑蓮幕，則有句皆仙；響振琴堂，則無音不雅。間織迴文之錦，仍如走坂之丸。雖復馬去牛來，感愴不少；蝸争蟻鬥，險難曾經。秋興一篇，詞本鄰於慷慨；琴心三疊，音不失其和平。然則鴿原競爽，雁序聯吟；異曲同工，前邪後許。合之則藍田之雙璧，判之則桂林之一枝。非必紅杏尚書，徑超蹤於大宋；亦豈鳳樓學士，必借助於賢昆也。兹者篇成華萼，集訂連珠；將付雕鐫，囑爲喤引。聽流水高山之曲，敢詡知音；入蘭苕翡翠之叢，先欣快目。佛頭放糞，知不免安石之譏；驥尾附名，亦聊表蘇門之慕云爾。

中華民國廿四年十月，年愚弟何恩湛序於半放紅梅館

《塤篪集》序

遜清宣統季年，余獲交於酉陽陳子馭先生。先生主西顧報館筆政，余亦旅居成都，每值草堂花放，錦水月明，相與登高臨深，絮絮話天下興亡事相樂也。已而間出其詩稿相示，鏗鏘發金石，馳辯湧波濤，幽眇入微茫，詞華艷錦績，所謂入李杜之堂而嚌其胾者。路事風潮起，民國旋建設，子馭參與戎機，入郄超之幕，運子房之籌，着祖狄之鞭，草陳琳之檄，從事於金戈鐵騎中，備歷艱難險阻者二十餘年。因見蜩螗羹沸，世局傖囊，尋亦倦鳥知還，省門蟄處，與余舍相距不半里許，而隔絶不通聞問。去年冬，劉叔平先生招集同人，爲懷風詩社，復與子馭遇於筵席間。鬢皤潘岳，面皺有加，精悍之氣猶洋溢於眉宇，而余亦垂垂老矣。間過訪，見案頭有子馭兄子駿先生詩集，環瑋連犿，詞雖參差而諔詭可觀，其充實不可以已。問其年，則已謝世十餘載矣。嗟乎！洛下機雲，眉山軾轍，殆古今先後相輝映歟？子馭因爲《塤篪集》，而囑余弁首。嗟乎！子駿往矣，余與子馭以頭童齒豁之身，斷梗飄蓬，浮寄孤懸於一千里外，而又風聲鶴唳，烽燧頻驚，曝纊寢闕，不遑安處，而尚奉巵酒，會華堂，聚朋儔，耽吟詠，毋乃近於哀樂失時乎！不知屈子離騷、杜陵詩史皆勞人秋士，不得志於時者之所爲。然則余與子馭之爲詩也，墨和淚染，破涕爲歡，憂從中來，長歌當哭，子駿而有知也，當亦引爲同調也夫。

長寧盧懋原序於成都

是爲序。

《塤篪集》叙

吾鄉山多而奇，靈氣所鍾，代産文人。當遜清道咸之際，經術詞章之士，蔚然羣起，其中以詩名者，尤指不勝屈。馮壺川先生輯《二酉英華》，蒐羅至數十家之多，可謂極一時之勝矣。降及同光，此風稍替，然以古近體鳴於時者，仍不乏人。予得悉其爲人生平且讀其全稿者，則惟酉西石門山子駿、子馭兩陳先生焉。子駿先生以名諸生肄業尊經書院，爲湘潭王公壬秋所賞拔，顧數奇，屢赴鄉闈，皆薦而不售。其抑塞磊落之氣，一寓之於詩，故其詩縱横排奡，有不可一世之概。迄今讀其長古數篇，猶可想見其酒酣耳熱，歌呼嗚嗚時也。子馭先生在清亦不達，入民國後，歷任合川、仁壽各縣縣令，政績在民，至今各縣之人猶能道之。顧目擊時艱，無力能挽，其憂國憂民之心，亦惟藉韻語以發之，故其詩纏綿悱惻，娓娓動人。予嘗謂子駿之詩近于李，子馭之詩近于杜，塤篪迭奏，信不誣也。甲戌秋，將付剞劂，子馭先生屬予爲之叙。予學殖久荒，於詩尤久廢不作，何足以叙兩先生之詩？然猶不能已於言者，竊嘗閲湘綺之論曰：古之詩以正得失，今之詩以養性情，雖仍詩名，其用異矣。蓋古以教諫爲本，專爲人作；今以托興爲本，專爲己作。其所謂古者，指三百篇而言；其所謂今者，則漢魏以後之作也。今兩先生之詩，既于當日之時事慨乎其言之，復於一己之心志抒寫靡遺，是既合三百篇爲人之旨，又與漢魏以來之爲己者不相背。取古今之長，而不蹈古今之弊，非厚於性情、深於學養，其孰能之？至其格律之森嚴，聲調之諧暢，詞句之典雅，錘煉之精工，凡足以爲後世法者，又其餘焉者也。質之子馭先生，其亦以爲知言否乎？

甲戌九月，姻世晚蔡錫保敍於成都少城寓齋

塤篪集自序

吾家自先伯江樓公十歲能詩文，其所作近體諸詩經採入州志。後先君眉山公則以明文名於時，而尤重匡時之學，所著《七省海防》，其畢生心血也。徒以海禁開，門户闢，海防之説，已成過去，遂竟未便刊行。先兄子駿亦弱冠遊庠，經楊禮南學使獎許有加，王壬秋先生復破例調住尊經書院，經史、小學皆具專長，惜其卷帖悉爲井研寥季平先生攜去，謂當代爲刊布，而未能也。予生晚，罔知珍惜，實亦多未寓目。雖承父兄之教，間事吟諷，然因辛亥歲編輯《西顧日報》，悉被警廳搜去，蓋四十歲以前豪放之作已略無存者。歲月不居，古稀垂近，誠無愜心之作以貽後人。重念先君之海防策略，既爲時勢所限，匿焉不傳，而先兄遺稿亦僅檢得其三十歲以前及晚年東歸後古近體詩各若干首。若併此區區者，亦竟聽其淹没無聞，則上無以對父兄，下無以示子弟，負咎深矣！爰就其遺編，代加整理，並收集予四十以後諸詩，竊附其後，名曰《塤篪集》，排印成册，就正高明，非敢出以問世也。益以近年詩風偏重俚俗，無意義，無律法，皮毛西什，自謂新聲，雖漸有專家體倂樂府，然千百中不一二覯。蓬爲麻掩，人多厭棄，風雅一道，遂又駸復古初。顧詩雖小道，律極精深，誠知其難者，每不敢輕於自炫。而莽夫傖父於古人詩讀未上口，輒自詡爲李杜復生，禍棗災梨，動刊專集。予爲此懼，安用效顰？今刊此集，實緣先兄遺著僅存此編，表而出之，弟之責也。拙稿附後，知不免貂續貽譏，特暗運典籍，感慨時事，集中亦間有獨到之處，明眼人當能鑒及。若夫王勃鶩霞，蹈襲前哲；毛氏獺祭，譏訕妻孥。腹儉如予，庸陋滋甚，貽笑通人之處，正恐指不勝屈，惟冀深知此道者鑒其苦而恕其狂，則爲幸厚矣。

中華民國二十四年重九日，陳寬子馭氏自序於成都西偏

壎篪集詩序

子駿、子馭昆季，不羈才也。駿年少文名籍甚，學使楊禮南先生屢賜書刀扇聯等，最激賞之。厥後王壬秋以海内大師掌教尊經，亦器其才，調住院爲高才生。駿經學益宏博，取科第如

拾芥，識與不識，以金馬玉堂人目之。丙寅丁内艱，辛卯鄉試，擬中矣，以卷有塗改絀之，才高而不遇。子馭壯年奔走國事，創《西顧報》，鼓吹革命，蜀之有日報自子馭始。旋入日本明治大學，畢業，民六參軍事、主筆政，來往於晉康書農軍師長之間，歷任重慶府暨仁壽、合川、安縣知事，有惠政，來暮去思，人民稱贊不絶口，功在民社，際遇過乃兄。然遇矣而未盡其才，惟其然也，發爲詩歌，慷慨悲壯，淋漓痛快，每藉以寫不平之胸而壯山川之色。李青蓮爲翰林學士，遇明主，不久家。少陵作拾遺，遇而不遇。韓退之遇矣，東野不遇。故爲詩或雄放超軼，或奇拔沈雄，或艱澀險怪，並爲詩宗，各有千古。駿、馭昆季何獨不然哉！駿著述最富，所作經解、小學各名著爲廖平子攜去，今不可覓，僅存詩一帙。乙亥秋，馭爲之次第。馭詩亦富，頻年戎馬憂患中多散逸，今梓其所存者，定名曰《壎篪集》，囑余序之。顧余於作人不敢妄自菲薄，而爲文非其所長。少陵無人謫仙死，韓文且自嘆才薄，况不肖之瑣瑣者乎！今讀駿詩有云，激浪喧豗，鏗訇憤薄，天樂齊鳴，鼓鐘競作，如駿馬蹴踏而香塵迸飛，如疾雷轟烈而風濤壯闊，如壯士掣劍而哀厲長吟，如嫠婦哭泣而嗚咽叫絶，人來其間，退立錯愕，横奇無匹，天風浩然。慨然曰：是即駿之詩序也，取以序之宜也。馭之詩以質勝，其古體真力彌滿，近體風趣詼詭，比之駿一時瑜亮。集中諸作皆約言豐義，見到十分，能説到十分，無不達之意，質勝故也。質由識生，識由理足。古人有謂詩不談理者，余每非之。夫不談理者，非詩也，三百篇無之。馭之詩理足，故語樸而俊，質而有力，其佳者近大、小雅，不關句之長短也。吾人涉學自振，臨之以兵革患難而不改其常，試之以軒冕塗泥，不爲加，不爲損，遇不爲喜，不遇不爲戚，不在語言文字之末也。然非語言文字，無以覩胸中所蓄之理，非有遇有不遇，又無以見豪宕縱横、清遒高逸之概。今觀《壎篪集》中每於所置及離合之踪，隨意吟嘯，其鬱勃深穩、磊落抑塞之氣，光怪昂藏，不可掩蔽，而又昂頭天外，漠然無有富貴貧賤之見存焉，其識度之越人不亦遠乎？焕章於子馭爲同年友，既不文，又不獲辭，謹取詩中之意、詩外之事綴之爲序，後之景仰兩先生者，本此旨而誦其詩，庶有以知兩先生之爲人，而兩先生益遠矣。

中華民國二十四年十月，年愚弟杜焕章拜叙